U0506528

王逸楚辭章句新論

陳鴻圖 著

圖書在版編目(CIP)數據

王逸《楚辭章句》新論 / 陳鴻圖著. —上海：上海古籍出版社，2021.11

ISBN 978-7-5732-0144-7

Ⅰ.①王… Ⅱ.①陳… Ⅲ.①楚辭研究 Ⅳ.①I207.223

中國版本圖書館 CIP 數據核字(2021)第 243624 號

王逸《楚辭章句》新論

陳鴻圖　著

上海古籍出版社出版發行

（上海市閔行區號景路 159 弄 1-5 號 A 座 5F　郵政編碼 201101）

（1）網址：www.guji.com.cn

（2）E-mail：guji1@guji.com.cn

（3）易文網網址：www.ewen.co

上海商務聯西印刷有限公司印刷

開本 890×1240　1/32　印張 9.375　插頁 2　字數 210,000

2021 年 11 月第 1 版　2021 年 11 月第 1 次印刷

ISBN 978-7-5732-0144-7

K·3085　定價：49.00 元

如有質量問題，請與承印公司聯繫

序

記不起是哪個時候開始對楚辭有點印象，小時候家中有一本《翰苑七賢楷書楚辭》，漂亮極了，可惜只有白文，當然看不懂，還有一本沈德鴻（沈雁冰）注釋的《楚辭》，楚辭文字本來已不容易讀，沈注過度簡約，也提不起勁來讀。中學時當然讀過課本選文裏的楚辭，老師教得認真，只是當時學得無心。後來上大學，修讀"屈原文"，老師以默書爲務，於是把六十四開本郭沫若《離騷今譯》放在口袋裏，閒暇時拿出來翻閱。大學畢業後，準備到京都大學讀研究院，知道要師從小南一郎老師研讀楚辭，纔托師兄訂購《楚辭補注》和索引，開始讀起來。王逸的章句和洪興祖的補注真的不容易讀，一句明白一句不明白地讀下去，只恨自己的基礎不好，王、洪的學問真的高深莫測。回到香港中文大學工作之初，陸續整理在研究院時所寫楚辭研究的舊稿，大致都圍繞着楚辭作品的結構和音樂。有一年，突然收到小南老師的消息，説要在中國音韻研究會年會那裏發表有關楚辭音韻的論文，可惜本來由小川環樹先生領隊的日本學者最後都沒有成行。過了幾年之後就讀到小南老師《王逸楚辭章句をめぐって──漢代章句学の一側面》，推想要在音韻研究會年會發表的内容就是其中一個部分，這篇大論打開我的眼界，領我由楚辭的文句研究走到王逸章句那裏。

於是 20 世紀 90 年代中期開始，就沿着小南老師的方向開展以《楚辭章句》爲中心對現存的漢人章句的研究。起初的確有點孤單，後來得陳碧君女士、姚蕙清女士、陳如珠女士、蔡紫珊女士和陳鴻圖教授陸續加入，研究得以順利展開，陳碧君女士專攻《孟子章句》的研究；姚蕙清女士負責綜合的研究，整理洪興祖的補注；陳如珠女士專注於《老子道德河上公章句》；蔡紫珊女士撰寫與此相關的《緇衣》的研究；而陳教授則展開對王逸章句研究。他們各有所成，也陸續發表了相關的論文，其中以陳教授用力最勤，爲時最久，所得也最多，十數年來，反覆參詳修訂，蔚然名家，本書就是陳教授部分研究成果，都是不刊之論，未來二三十年研究王逸章句，以至漢人章句，不參考這本書都不能説是走在學術的前沿。

《楚辭章句》可以説是先秦兩漢學術的一個縮影。錢穆先生《孔子與春秋》一開始就説到《春秋》是孔子唯一的著作，《論語》只是門人弟子的記載，又説《春秋》與其他“五經”同屬於王官學，與百家言有別。不禁令人想到《楚辭章句》也可以套用錢先生的説法，《離騷》自古以來都稱爲“離騷經”，《九歌》則是祝禱的篇什，而小南老師更指出《天問》是與盟誓相關的基要常識答問，這三個作品都可以視之爲楚人傳承歷世所守的“經籍”。至於《九章》《遠遊》之類，是否屈原所作，歷來有爭議，但其中有出於秦火之前者則無可置疑（請參閱拙稿《老子道德經河上公章句音韻文字札記》），《九章》《遠遊》的作者以自己的憂患遨游這些深切著明的行事，成爲楚人的儀表。後來漢人諸篇，都是以描述屈原行誼爲中心，可以説是題爲“屈原”的作品的韻文注釋。當然王逸章句裏的“韻文注”更爲值得注意，韻文注不單功在古音之學，更重要的是把“經傳合編”的歷史大大提前（請參閱拙稿《讀九辯章句——楚辭章句韻注研究之二》），這裏不是説《楚辭章句》的地位等同於六經傳記，而是説楚人的作品的確有"經傳"的意識，以及王官與百家的分別，這是王逸注存亡繼絶的地方，非常可貴，也是依經立義的另類證據。

　　近讀漢代的歷史，更覺得《楚辭章句》的可貴。孔子懼世衰道微，邪説暴行，撰寫《春秋》，可惜到了漢代就被有司利用，所謂《春秋》斷獄，所謂正統論之類，把《春秋》刻意"打扮"起來，好像戾太子的嫡長孫宣帝繼位，就據《穀梁傳》之説；王莽又從《左傳》找出堯舜革命之説，爲自己尋到繼漢的道理。兩漢章句完整保存下來的，除了《楚辭》，還有《老子》和《孟子》，漢文帝和竇太后喜好《老子》，以黃老南面之術駕馭天下，因此無論是河上公的章句，還是嚴遵的指歸，是真是僞，閲讀時總不免有點"權術"的陰影。趙岐藏在夾壁之中寫成《孟子章句》，本來也叫人肅然起敬，只是王莽頒行井田制，他的理論根據竟然脱胎自《孟子》（請參閱渡邊義浩《漢帝國——400 年の興亡》）。這樣利用經傳，恐怕也正是孔子自己最爲畏懼的事。《楚辭章句》的編者王逸，雖官至侍中，但没有顯赫的事蹟，任職校書郎的時候編撰章句也是爲了表揚屈原的德行，殘存的《正部論》也反映王逸推崇士節，而且評論中肯，陳教授在書中就《正部論》對班固和劉安的評價論述，也足以説王逸心明義理。也許文學作品可以超然於權勢之外，以達不朽，附驥於《楚辭》的章句，也似乎得到天地神明的呵護，流傳至今。

黃耀堃謹識於庚子初冬沙田火炭

目　　録

序…………………………………………………………………… 001

緒論……………………………………………………………… 001

第一章　王逸《正部論》考
　　　　——兼論其與《楚辭章句》之關係 ……………… 018

第二章　正德本《楚辭章句》刊刻及版本考略 ……………… 045

第三章　重論王逸《楚辭章句》與劉向《楚辭》的關係 ……… 061

第四章　論《楚辭章句》的編次與經、傳結構 ……………… 087

第五章　《楚辭章句》韻文注的性質與時代 ………………… 107

第六章　《楚辭補注》本《楚辭章句》"一云"與"或曰"論考 … 148

第七章　從漢代屈原之爭看王逸《楚辭章句》的詮釋方法 …… 198

附錄一　《天問》"后帝"與地神祭祀釋證 …………………… 228

附錄二　方績《屈子正音》及其用韻研究 …………………… 248

徵引書目 …………………………………………………… 261

後記 …………………………………………………………… 289

緒　論

一、研究現狀及旨趣

“楚辭”一詞最早出現於西漢武、宣之時，①據《史記·酷吏列傳》的記載：

> 始長史朱買臣，會稽人也，讀《春秋》。莊助使人言買臣，買臣以楚辭與助俱幸，侍中，爲太中大夫，用事。②

此事又見於《漢書·朱買臣傳》：“會邑子嚴助貴幸，薦買臣。召見，説《春秋》，言楚詞，帝甚説之，拜買臣爲中大夫，與嚴助俱侍中。”③朱買臣（西漢人，生卒年不詳），是武帝（前156—前87）時人，竟能因“言”楚辭而被委派作官，反映武帝對楚辭有着一定的偏好。而

---

①　“楚辭”一是指以屈原等人創作的文體，屬於作品種類，另一是指由劉向編集而成的《楚辭》。前者本文引用時不加書名號，後者則以書名號標示。

②　司馬遷撰，裴駰集解，司馬貞索隱，張守節正義：《史記》卷一二二《酷吏列傳》，北京：中華書局，1959年，頁3143。

③　班固撰，顏師古注：《漢書》卷六四《朱買臣傳》，北京：中華書局，1962年，頁2791。

《漢書·王褒傳》又載録：

> 　　宣帝時修武帝故事，講論六藝羣書，博盡奇異之好，徵能
> 爲楚辭九江被公，召見誦讀，益召高材劉向、張子僑、華龍、柳
> 褒等待詔金馬門。①

宣帝(前 91—前 49)召見九江被公(西漢人，生卒年不詳)，再命他
誦讀楚辭，可以看出楚辭在宣帝心中的地位，②因此在武、宣兩帝
的尊崇之下，楚辭當時顯然是受到時人追捧的。

　　一般認爲最早將楚辭結集成書的是西漢時的劉向(前 79—前
6?)。譬如《四庫全書總目》謂：

> 　　劉向裒集屈原《離騷》、《九歌》、《天問》、《九章》、《遠遊》、《卜
> 居》、《漁父》，宋玉《九辯》、《招魂》，景差《大招》，而以賈誼《惜
> 誓》、淮南小山《招隱士》、東方朔《七諫》、嚴忌《哀時命》、王褒《九
> 懷》及向所作《九歎》，共爲《楚辭》十六篇，是爲總集之祖。③

---

①　《漢書》卷六四《王褒傳》，頁 2821。
②　按：朱買臣、九江被公的楚辭未必和《楚辭》這部書有關，據王逸《章句·後序》
所載後者的編纂是："逮至劉向，典校經書，分爲十六卷。"洪興祖撰，白化文等點校：《楚
辭補注》，北京：中華書局，1983 年，頁 48。成帝時劉向奉命校訂中祕藏書，《四庫》館臣
因而稱："裒屈、宋諸賦，定名'楚辭'，自劉向始也。"永瑢等總裁，紀昀等總纂：《四庫全
書總目》卷一四八，北京：中華書局，1981 年，頁 1267。按照《四庫》館臣的説法，《楚辭》
專書之名始於劉向。黃靈庚謂："因爲現在没有任何文獻材料可以證明朱買臣、九江被
公等當年所'言'、所'誦'的'楚辭'就是指屈、宋賦類的作品。退一步來説，朱買臣、九江
被公所'言'、所'誦'的'楚辭'，果真是屈、宋賦類的作品，則爲何在《漢書·藝文志》未
別立一'楚辭'的文體，而統以'賦'稱之？"《〈楚辭〉十七卷成書考辯》，《復旦學報》(社會
科學版)，2008 年第 3 期，頁 3。
③　永瑢等總裁，紀昀等總纂：《四庫全書總目》卷一四八，頁 1267。

而對屈原作品進行注釋的則始於武帝時的劉安（前 179—前 122），
據《漢書》記載：

> （劉安）都壽春，招賓客著書。而吳有嚴助、朱賈臣，貴顯
> 漢朝，文辭並發，故世傳楚辭。①

劉安招攬的賓客多是深於"文辭"的名家，遂於楚辭多有創作。而
淮南國更是楚國舊地，故當劉安奉詔入京作《離騷傳》，便能於"且
受詔"而"日食時"呈上，②充分展現出他對《離騷》的熟習程度。③
劉安以後，東漢的賈逵（30—101）和班固（32—92）分別撰有《離騷
經章句》，而王逸（東漢人，生卒年不詳）同代的馬融（79—166）則有
《離騷注》行世。④　西漢時，太史公（前 145—前 86?）還以"口論"訓
解《天問》，劉向、揚雄（前 53—18）兩人分別"援引傳記，以解説
之"。⑤　依此而言，直至王逸之時，漢人注釋《楚辭》還未有超出《離
騷》與《天問》兩篇。

王逸字叔師，南郡宜城人，其生卒年尚無確考。陸侃如《中古
文學繫年》一書根據他的仕履推定其生年在永元二年（90）左右，卒
時七十五歲左右，任校書郎則始於二十五歲左右。⑥　龔克昌《全漢
賦評注》以陸氏認定的生年似偏早，參考其子王延壽（東漢人，生卒

---

①　《漢書》卷二八《地理志》，頁 1668。

②　《漢書》卷四四《淮南衡山濟北王傳》，頁 2145。

③　按：《離騷傳》之説，參湯炳正：《楚辭類稿》，成都：巴蜀書社，1988 年，頁
138—142。

④　范曄撰，李賢等注：《後漢書》卷六〇，北京：中華書局，1965 年，頁 1972。

⑤　《楚辭補注》卷三，頁 118。

⑥　陸侃如：《中古文學繫年》，北京：人民文學出版社，1985 年，頁 142。

年不詳)死時二十四歲,推斷王延壽生時王逸應爲四十四歲,定生年於永元十年(98)。① 王逸及其子的生平事蹟均十分簡略,《後漢書・文苑傳》卷八〇的記載最爲詳細,現摘録如下:

> 元初中,舉上計吏,爲校書郎。順帝時,爲侍中。著《楚辭章句》行於世。其賦、誄、書、論及雜文凡二十一篇。又作《漢詩》百二十三篇。
>
> 子延壽,字文考,有儁才。少遊魯國,作《靈光殿賦》。後蔡邕亦造此賦,未成,及見延壽所爲,甚奇之,遂輟翰而已。曾有異夢,意惡之,乃作《夢賦》以自屬。後溺水死,時年二十餘。②

近代學者續有利用各種文獻,補訂《後漢書》中王逸的事蹟,但整體而言,並無多大的改變。③ 王逸約於漢安帝元初中(約 115—116)"舉上計吏,爲校書郎"。④ 漢代上計吏一職乃承襲秦制而來,⑤主要職責是"條奏郡内衆事"。⑥ 各地每於"歲盡,遣上計掾史各一人",⑦元初中王逸擔任地方之上計吏,以"上計吏"的身份到中央匯報地方事務。上計吏停駐在京師的日子一般時逾三月,⑧完成

---

① 龔克昌等評注:《全漢賦評注》,石家莊:花山文藝出版社,2003 年,頁 679—682。
② 《後漢書》卷八〇《文苑傳》,頁 2618。
③ 有關王逸的生平事蹟及著作,可參許子濱:《王逸〈楚辭章句〉發微》第二章《王逸生平及學術考》,上海:上海古籍出版社,2011 年,頁 4—39。
④ 《後漢書》卷八〇《文苑傳》,頁 2618。
⑤ 高敏:《秦漢上計吏述略》,《秦漢史探討》,鄭州:中州古籍出版社,1986 年,頁 181。
⑥ 沈約:《宋書》卷四〇,北京:中華書局,1974 年,頁 1258。
⑦ 杜佑撰,王文錦等點校:《通典》卷三三,北京:中華書局,1988 年,頁 904。
⑧ 李大明:《王逸生平事蹟考略》,載《楚辭研究》,濟南:齊魯書社,1988 年,頁 416。

職責後須回歸原地。自和帝時允許郡國的上計留任中央的郎官後，①上計吏逐漸成爲地方官吏晉身中央的臺階，而王逸正是循地方上計吏一職留在京師擔任校書郎。② 王逸於東觀校書期間，以校書郎之職參與經典故籍的整理。據《後漢書》記載：

> （元初）四年，帝以經傳之文多不正定，乃選通儒謁者劉珍及博士良史詣東觀，各讎校家法，令倫監典其事。③

估計是年王逸開始擔任校書郎，參與劉珍（？—126）所領校經典的活動。身爲官方校書郎，自然能够接觸到中祕藏書，故王逸編定《楚辭章句》（下簡稱《章句》）很可能參考過前代的楚辭學著作，正如朱季海所云：

> 蓋自逸以前，《離騷》、《天問》而外，徒有口説相傳，至逸始備其章句。前賢或文有離合（如班、賈之壯爲狀），義有異同者，逸頗爲之整齊，有討論潤色之功矣。其自序有云："稽之舊章，合之經傳。"其云"合之經傳者"，猶劉、揚之援引傳記，班固之博采經書也；至云"稽之舊章"，則亦將考故老之言，采諸家之傳矣。觀其援《書序》以釋五子，則舍劉而從班；《離騷章句》一曰"撫壯"，再曰"方壯"，初不作"狀"，則又未嘗墨守班、賈也。④

---

① 《後漢書》卷四《和帝紀》："是歲，初復郡國上計補郎官。"頁 190。《後漢書》卷五四《楊終傳》："時郡國計吏多留拜爲郎。"頁 1772。
② 《王逸〈楚辭章句〉發微》，頁 6—10。
③ 《後漢書》卷七八《文苑傳》，頁 2513。
④ 朱季海：《楚辭解故·後記》，上海：上海古籍出版社，1980 年，頁 355。

惟漢代舊注於王逸後幾乎全佚，所剩的《章句》遂成爲最早的本子，更是歷來研讀《楚辭》最重要的本子之一。宋代洪興祖（1090—1155）於其編撰的《楚辭補注》（下簡稱《補注》），就指明要以王逸本爲正，其謂：

> 世所傳《楚詞》，惟王逸本最古，凡諸本異同，皆當以此爲正。①

至明代馮紹祖（明代萬曆年間人，生卒年不詳）重印《楚辭》時，所撰《重印校楚辭章句議例》一文也主張要依據《章句》，所謂：

> 《楚辭》先輩稱王逸本最古，蓋去楚未遠，古文不甚流濫脱軼耳。後人人各以意攛易，若晦翁所次《九辯》諸章，固自玢齒，要非古人之舊矣。今一意存古，故斷以王氏本爲正。②

馮氏批評宋人竄改《章句》，破壞原書之原貌，而有明一代尤熱衷於翻印《章句》單刻本，實際上説明明人正是利用重刊《章句》來抗衡宋人的改編本。整體而言，《楚辭》研究在南宋以前，基本以《章句》爲主，南宋之後由於朱熹（1130—1200）學術地位的提升，《楚辭集注》（下簡稱《集注》）逐漸取替《章句》，成爲最流行的本子。至明代正德（1506—1521）年間，高第（正德進士，生卒年不詳）和黄省曾（1490—1540）據宋本《章句》重加校正梓刻，開啓了有明一代刊刻

---

① 《楚辭補注》卷一，頁 13。
② 馮紹祖：《重印校楚辭章句議例》，載王逸：《楚辭章句》，馮紹祖觀妙齋萬曆十四年（1586）刻本，臺北：藝文印書館，1974 年，頁 11。

《章句》的風氣，使《章句》重新得到士人的重視。

　　前人對《章句》的本子推崇備至，易重廉《中國楚辭學史》指出《章句》一書至少有七項成就，包括："篇章的確定"、"背景的介紹"、"音義的注釋"、"楚語的發掘"、"文獻的保存"、"思想的闡發"和"藝術的發抉"。① 近人研究《章句》大抵不出以上七個範疇之内，然由於内容和方法各有側重，至今仍尚存不少分歧之處，有待進一步的釐清，以下先回顧近人的研究成果，再闡述本書的研究旨趣。②

　　現代的楚辭學中，一般視《章句》爲從屬於《楚辭》的"附注"，也許是因爲這一點，專以《章句》爲主題的研究專著並不多見。近現代學者對《章句》一書已有過不少的探索，但多以單篇期刊論文爲主，而部分以章節形式的撰作則收於專書中。過去研究《章句》的選題主要以經學思想與文學評論兩方面爲主導，再於其下分出字詞訓詁和文本校勘。③ 這種研究偏向，相信跟王逸以儒釋騷，在經學和文學史上都産生較大的影響有關，所以較受研究者的重視。《章句》研究最令人矚目的成果當數黄靈庚於 2007 年出版的《楚辭章句疏證》，④該書綜合多種《章句》及相關之版本，先校正注文異同，再疏證其義，考證精審，屬近年來最可喜的成果。目前已出版

----

① 　易重廉：《中國楚辭學史》，長沙：湖南出版社，1991 年，頁 68—74。

② 　下面只列舉較具代表的著述，其他研究成果由於每一章之前有所介紹，限於篇幅，不逐一臚列。

③ 　以上可通過本書所附引用書目，以及中國期刊全文數據庫的檢索結果以檢驗。值得一提的是過去有幾篇碩士論文探討《章句》訓詁體例，例如劉利《王逸〈楚辭意句〉訓詁研究》（徐州師範學院文學研究所 1987 年碩士學位論文）、葛文傑《王逸〈楚辭章句〉訓詁研究》（南京師範大學 2005 年碩士學位論文）、張麗萍《〈楚辭章句〉和〈楚辭補注〉訓詁比較》（蘭州大學 2007 年碩士學位論文）等。

④ 　黄靈庚：《楚辭章句疏證》，北京：中華書局，2007 年。此書另有增訂本，已於 2018 年由上海古籍出版社出版。

之專著包括許子濱《王逸〈楚辭章句〉發微》和鄧聲國《王逸〈楚辭章句〉考論》。① 前者立足於經學，着重從時代文化思想背景來考察，並援引歷代《楚辭》論説予以詮釋；後者則從文獻學、小學、學術史研究的角度入手，對《章句》各個專題進行全面考證，二書的出版無疑使《章句》的研究得到進一步的推進。

　　海外研究方面，誠如柯馬丁（Martin Kern）所言，歐美研究《楚辭》的成果遠不及《詩經》多，②而專以《章句》爲題的更是鳳毛麟角。然而，在一些專書或學位論文中仍可以發現與《章句》有關的論述。歐美最著名的《楚辭》英譯本首推霍克思（David Hawkes）*The Songs of the South: An Anthology of Ancient Chinese Poems by Qu Yuan and Other Poets*，該書曾簡略介紹王逸注釋的内容和特色。③ Geoffrey R. Waters 於 1980 年提交給美國印第安納大學的博士論文 "Three Elegies of Ch'u: An Introduction to the Traditional Interpretation of the *Ch'u Tz'u*"，④除選取《九歌》中

---

　　① 許子濱：《王逸〈楚辭章句〉發微》，上海：上海古籍出版社，2011 年；鄧聲國《王逸〈楚辭章句〉考論》，北京：國家圖書館出版社，2011 年。許子濱《王逸〈楚辭章句〉發微》一書是在其碩士論文《屈原行義王逸説考辨》上增訂而成，初稿成書於 1994 年。

　　② Martin Kern, "Literature: Early China" in Haihui Zhang, Zhaohui Xue, Shuyong Jiang, Gary L. Lugar, eds., *A Scholarly Review of Chinese Studies in North America* (Ann Arbor: Asia Past & Present: New Research from AAS, no. 11, 2013.), pp.296 - 297.

　　③ David Hawkes, trans. *The Songs of the South: An Ancient Chinese Anthology of Poems by Qu Yuan and Other Poets* (London: Penguin Books Ltd, 1985), pp.28 - 51, 307 - 308.霍克思對王逸及《章句》的介紹另見 Michael Loewe ed., *Early Chinese Texts: A Bibliographical Guide* (Berkeley: The Society for the Study of Early China: Institute of East Asian Studies, University of California,1993), p.52.

　　④ Geoffrey R. Waters, "Three Elegies of Ch'u: An Introduction to the Traditional Interpretation of the *Ch'u Tz'u*" (Ph.D. diss., Indiana University, 1980).

的《東皇太一》、《雲中君》和《湘君》三篇,以及王逸、《文選》五臣、洪興祖和朱熹等人的相關注釋翻譯成英文外,並繼承王逸等傳統以來循傳統政治和説教角度闡釋《九歌》篇中的意旨。

　　九十年代末最令人注目的《楚辭》論著莫過於白馬(Michael Schimmelpfennig)以德文撰寫的博士論文"Qu Yuan's Transformation from Realized Man to True Poet: The Han-Dynasty Commentary of Wang Yi to the 'Lisao' and the *Songs of Chu*".① 該書部分章節後來曾以中英文發表,②引起了學界注意。其中在探討王逸的注釋形態及《章句》與前人注釋的關係方面,著力尤深。陳偉强(Timothy Wai Keung Chan)在 *Considering the End: Mortality in Early Medieval Chinese Poetic* 一書中,撰有專章分析王逸如何塑造屈原的忠君愛國形象,並揭示出《章句》的注釋目的。③ 美國學者蘇古柏(或稱夏克胡,Gopal Sukhu)於 2012 年出版的專著 *The Shaman and the Heresiarch: A New Interpretation of the Li Sao*,內容以"離騷"爲中心,書中設有兩個專章專門從漢代政治形勢來詮釋王

　　① Michael Schimmelpfennig. "Qu Yuan's Transformation from Realized Man to True Poet: The Han-Dynasty Commentary of Wang Yi to the Lisao and the *Songs of Chu*" (Ph.D. diss., University of Heidelberg, 1999).

　　② 例如"The Quest for a Classic: Wang Yi and the Exegetical Prehistory of his Commentary to the *Songs Of Chu*", *Early China* 29 (January 2004), pp.111-162.《不同的評註,不同的評註者——以〈楚辭章句〉的多樣化評註爲基礎試探本書的成書的過程》,中國屈原學會編:《中國楚辭學》(第九輯),北京:學苑出版社,2007 年,頁 89—124.《重建王逸〈楚辭章句〉的立足點——再論今已失傳的劉安〈離騷傳〉》,中國屈原學會編:《中國楚辭學》(第十二輯),北京:學苑出版社,2009 年,頁 1—39.

　　③ Timothy Wai Keung Chan, "Wang Yi on integrity and Loyalty", in Timothy Wai Keung Chan, *Considering the End: Mortality in Early Medieval Chinese Poetic* (Leiden: Brill, 2012), pp.7-40.

逸注釋《楚辭》背後所隱藏的意圖。① 另馬思清（Monica E. M. Zikpi）
最近撰寫之"Wanton Goddesses to Unspoken Worthies: Gendered
Hermeneutics in the *Chu Ci Zhangju*"一文，②從性別的角度探討《章
句》的注釋，也令人耳目一新。

　　《楚辭》至少早於唐代已於日本流傳，③當地研究《楚辭》的學者
代不乏人，④然專研王逸《章句》的論著並不多見。據筆者所見，淺野
通有（Asano Michiari）、⑤宮野直也（Miyano Naoya）、⑥竹治貞夫
（Takeiji Sadao）、⑦小南一郎（Kominami Ichirō）、田宮昌子（Tamiya
Masako）和田島花野（Tajima Kaya）⑧等人均撰有專文探討。小南

---

　　① Gopal Sukhu. *The Shaman and the Heresiarch: A New Interpretation of the Li Sao* (New York: State University of New York Press, 2012), pp.39 - 69. 蘇古柏另撰有英譯《楚辭》專著，見 *The Songs of Chu: An Anthology of Ancient Chinese Poetry by Qu Yuan and Others* (New York: Columbia University Press, 2017).

　　② Monica E. M. Zikpi. "Wanton Goddesses to Unspoken Worthies: Gendered Hermeneutics in the *Chu Ci Zhangju*", *Early China* 41 (January 2018), pp.333 - 374.

　　③ 稻畑耕一郎（Inahata Koichiro）指出，"假如以上的意見是正確的話，那末《楚辭》或其通過《文選》已成爲七世紀初頭日本知識分子的讀物"。見氏著《日本楚辭研究前史述評》，《江漢論壇》1986年第7期，頁56。

　　④ 參徐志嘯：《日本楚辭研究論綱》，北京：學苑出版社，2004年。

　　⑤ 《漢代の楚辞——"楚辞章句"成立への過程》，《漢文学会会報》14，1968年，頁13—24。《"楚辞章句"における九弁の編次——王逸によって意図された経伝的構想》，《国学院雑誌》71(7)，1970年，頁1—11。

　　⑥ 《班固と王逸の屈原評価について》，《九州中国学会報》26卷，1987年，頁37—55。《王逸"楚辞章句"の注釈態度について》，《日本中国学会報》39集，1987年，頁84—98。《"楚辞章句"引書考》，《鹿児島女子大学研究紀要》第11卷第1號，1990年，頁251—271。

　　⑦ 竹治貞夫主力介紹《章句》之卷數和篇次，見氏著《楚辞研究》，東京：風間書房，1978年，頁155—166。

　　⑧ 《〈楚辞章句〉"卜居"注の押韻》，《東北大學中國語學文學論集》，第23號，2018年12月30日，頁1—16。《〈楚辞章句〉"漁父"注の押韻(付)"卜居"注の前漢音》，《東北大學中國語學文學論集》，第25號，2019年12月30日，頁37—60。

一郎最具代表的文章是《王逸"楚辭章句"をめぐって—漢代章句の學の一側面》一文，①該文從漢代《楚辭》文學的傳承來討論《章句》注釋的形成，拓闊了《章句》研究的新視野。近年來田宮昌子運用計量方法，歸納和分析《章句》中的詞頻，用以探討王逸的注釋特色，也值得注意。②

　　相對於《楚辭》豐碩的研究成果，上述有關《章句》的研究數量仍顯得遠爲落後。舉例而言，大多數研究者都是爲了探究"《楚辭》說了甚麼"，而非"《章句》說了甚麼"。由於《楚辭》一書纔是學者比較會觸及的研究對象，因此研究者往往將《章句》看作零碎的片段，大多漠視王逸注編排中所呈現的體系，繼而對文字版本之間的差異多未加措意。歷代校勘《楚辭》異文的專著成果迭出，③但在黃靈庚《楚辭章句疏證》一書於 2007 年出版之前，專門校勘王逸注的著作幾乎是一片空白，可見《章句》仍不是學者所關注的重點對象。

　　另一方面，由於材料上和方法上的局限，前人對於《章句》各個

---

①　日文版最早見於《東方學報》第 63 册，1991 年，頁 61—114。後收入氏著《楚辞とその注釈者たち》，京都：朋友書店，2003 年，頁 299—369。中文版見小南一郎著，劉萍譯：《王逸〈楚辭章句〉在漢代注釋史上的地位》，《古籍整理與研究》第 6 期，1991 年 6 月，頁 277—285。小南一郎著，張超然譯：《王逸〈楚辭章句〉研究——漢代章句學的一個面向》，《中國文哲研究通訊》第十一卷第四期，2001 年 12 月，頁 1—35。

②　主要論文有《テクストとしての王逸〈楚辭章句〉：その問題点》，《宮崎公立大學人文學部紀要》第 13 卷第 1 號，2006 年，頁 171—181。《王逸〈楚辭章句〉全卷における〈離騒〉テーマの展開》，《宮崎公立大學人文學部紀要》第 19 卷第 1 號，2012 年，頁 59—78。《王逸〈楚辭章句〉注文にみる屈原像の祖型》，載大野圭介主編：《楚辞と楚文化の總合的研究》，東京：汲古書院，2014 年，頁 349—378。

③　正如褚斌傑指出，過去研究《楚辭》的專門著作可謂汗牛充棟，"凡是值得思考的問題，前人差不多有人思考過、探討過、論證過，要再進一步實在很不容易"。褚斌傑：《楚辭要論》，北京：北京大學出版社，2003 年，頁 4。另參白銘編著：《二十世紀楚辭研究文獻目錄》，北京：學苑出版社，2008 年。

面向的研究仍持有相當紛歧的看法。舉例而言，《章句》通篇夾雜韻文和散文體注釋，在漢人經注中非常罕見，《四庫提要》雖略略提出過，但直至現代纔引起熱烈的討論，其中韻文注與散體注到底存在什麼關係，至今仍未有定論。又如《章句》中混雜大量"一云"和"或曰"注文，過去多認為出自王逸徵引《楚辭》舊注的孑遺，卻鮮有提出具體證據，因而留下許多疑問，有待進一步的分析。

　　總而言之，研究《章句》的首要之務，必須先解決《章句》在形成過程中存在的各種問題。《章句》獨特的性質如能得到彰顯，《楚辭》的研究也能開闢出更廣闊的天地。① 本書之撰，即擬於前人和時賢的學術成果上，發掘研究者所忽略的環節，以補充《章句》研究之不足。

二、研究重點及方法

　　全書除緒論外，共有七章，各章重點簡介如下：

　　第一章考辨《正部論》，並論述其與《章句》的關係。王逸著作傳世者不多，至今僅存《章句》一書而已，很少人會提及其另一部著作《正部論》。現存《正部論》已佚，本書綜合馬國翰和勞格輯本，嘗試恢復王逸《正部論》之部分佚文，以進一步了解全書內容。本書考定《隋志》著錄"十卷"之數，論證《王逸集》合併於《正部論》內，以及《正部論》卷數的差異。通過《正部論》的佚文，分析了書中表現

---

　　① 如小南一郎指出："在我們現今所使用的《楚辭》各種版本中，即使彼此間有着承傳關係，但如果追溯其源流，則全部都是來自於《楚辭章句》。因此，解決《章句》諸多的相關問題，在鞏固《楚辭》研究的基礎上，便成為不可或缺的工作。"見小南一郎著，張超然譯：《王逸〈楚辭章句〉研究──漢代章句學的一個面向》，頁1。

王逸思想的内容，並進而與《章句》一書互相證明。

第二章探討正德本《章句》刊刻及版本。明正德年間，高第和黄省曾合刊《章句》，開啓明代刊刻《章句》之先河，影響明代楚辭學甚鉅。正德本作爲明代最早刊本，不但打破了《集注》的壟斷地位，更開啓了刊刻《章句》的風氣，一直爲後代研究者所重。唯歷來對是書刊刻過程多未能詳述；至於各版本之間的嬗變，是否有重刻等問題，前人多語焉未詳。本章對上述各項加以探究，爲深入研究《章句》的版本提供基礎。

第三章重論王逸《章句》與劉向《楚辭》的關係。劉向輯録屈原等人的作品，編成十六卷《楚辭》，今已佚亡，後來王逸爲《楚辭》作注釋，編成《章句》。過去學界多認爲王逸《章句》的底本必然出自劉向編集之《楚辭》，本章指出宋以來學者僅據王逸序言考證兩書版本的關係並不可靠。從漢代校勘古書的方法來看，校勘典籍先是兼備異本，除其重複，作成定本後再對勘文字，並非是以某一底本再加以對校的形式。《章句》底本爲《楚辭》之説極有可能肇始於宋人，他們習慣性地將單刻本的題稱寫上劉向和王逸的名稱，經過圖書的散播流傳而逐漸演變成後世的“常識”，反過來又成爲王逸《章句》以劉向爲底本“事實”的證據。辨清《章句》與《楚辭》兩書的關係，將有助吾人釐清古人底本的觀念，對進一步了解古書注本的形成亦有很大裨益。

第四章論《章句》的編次與經、傳結構。關於《章句》的篇章序次，歷來頗有爭議。《楚辭釋文》本《章句》不按作者時代排列，學者多以爲混亂難解；《四庫》館臣指出《楚辭釋文》本無“經”字，似乎亦佐證《楚辭釋文》並非王逸原本面貌。本章嘗試從王逸注暗合《楚辭釋文》序次，以及宋人引用《楚辭釋文》皆作《離騒經》，説明《楚辭釋文》本的編次應是較接近《章句》的本子。本章又循經、傳的結構分析《楚辭釋文》本《章句》的編次，指出《楚辭釋文》的序次並非毫無規律。

第五章考論《章句》韻文注的性質與時代。《章句》中夾雜韻文和散文體注釋，是漢人經注非常罕見的方法。小南一郎最先指出韻文注是王逸承襲前人舊説的孑遺，然白馬則否定韻文注出自王逸本人，認爲那是王逸之後其他人的注釋。隨着近年研究的深入，韻文注開始受到更多的關注，對於韻文注的性質和時代仍存有不少爭議。本章先從聲韻學方法論證韻文注的時代，再全面分析韻文注的類型，揭示韻文注的注釋規律，只是釋義上受到句式的限制，不及散文注般易於義理的發揮。其後從韻文注與散體注的關係探析韻文注的時代，指出散文注中一些類似韻文注的句式並非來自韻文注。最後從韻文注與散文注同條的情況出發，指出散文注對韻文注補充，進一步證明韻文注的時代早於散文注的看法。

第六章分析《補注》本《章句》"一云"與"或曰"。《章句》混雜大量"一云"和"或曰"注文，前人多認爲出自王逸徵引《楚辭》舊注的孑遺。本章嘗試全面分析《補注》本《章句》"一云"和"或曰"的注文，發現"一云"多屬洪興祖校語，既非《章句》原有，更與王逸引用《楚辭》舊注無關。其次，現存《章句》五十七例"或曰"泰半以上存有疑問，帶有異文性質的"或曰"更可能早於唐代李善（？—689）注《文選》時已被混入《章句》。考察餘下較可信的"或曰"條目，得知王逸徵引"或曰"只是補充文義，表現一己之異説，當非有意掩襲前人舊注。辨清"一云"和"或曰"的性質，將有助吾人深入探究王逸的注釋體例和思想，進而對《章句》原本之面貌有更準確的掌握。

　　第七章以王逸詮釋《章句》爲討論中心。漢代的論屈之爭，簡括而言就是屈原的“人格”之爭，爭論的重點不離屈原的行爲與品格。對於屈原及其作品的評價，漢人幾乎都是從經學以及儒家的綱常倫理規範出發。前人大多認爲王逸《章句》的注解比附經義，穿鑿附會，以達到依經釋騷的目的，此一看法已成爲現代研究者理解王逸的基本共識。但是，這種過於廣泛而無所不包的“共識”卻也反過來窒礙了探究王逸詮釋方法的嘗試。本章以漢人論屈之爭爲切入點，重新探析《章句》的詮釋方法，指出王逸的儒者身份使他無法質疑班固等人的儒學立場，也無法逾越儒家範疇重新立説，因而最終只能採取重新定義的詮釋策略。王逸的注釋進一步增衍“聖賢”、“諷諫”、“同姓無相去之義”等意涵，奠定了後世屈原的模樣，一直左右後人的解讀，可見在經典詮釋上，《章句》有其非常獨特的地位。

　　總觀以上各章，主要利用版本、目録、輯佚和聲韻等方法，針對前人所忽略的問題進行考證和詮解，而研究面向則大體涉及《章句》的成書、注釋形態和詮釋方法。各部分的論述雖各有偏向，主題卻大多圍繞《章句》一書的形成，其中或能對漢代傳世古書（尤其是古注一類）的形成帶來以下幾點啓示。

　　其一，古書的形成過程往往是複雜與混亂的。李零曾指出：“古書從思想醖釀，到口授筆録，到整齊章句，到分篇定名，到結集成書，是一個長過程。”①前人批評《楚辭釋文》本《章句》編次混亂

①　李零：《出土發現與古書年代的再認識》，《李零自選集》，桂林：廣西師範大學出版社，1998年，頁30。

不堪，實際上透過比對《章句》和《易經》的編次，會發現兩者的結構非常相近。今人指出《離騷》和《九章》兩篇摻入後人模擬屈原之作，但古人並無嚴謹的"著作權觀念"，擬仿之作與本文的混合反而顯示出古書早期面貌的特色，因此上述情形不應只歸咎於"竄改"行爲，研究古書也不應拘於今人的觀念。

其二，過去對漢人注釋古書與經文（正文）的關係缺乏關注。譬如，關於古人注釋對原書版本的取捨，兩者之間的因襲等，都很少會深入探討其原因。透過本書的初步研究可以發現，今人執持《章句》因襲劉向《楚辭》的版本之說，其實可能是後人在圖書的流播過程中逐漸形成的觀念，而非原有的事實，此方面透露出對秦漢古書運用版本的研究有值得進一步開拓的空間。

其三，前文提到古人並無"著作權"的觀念，所以糅合古注多不注出處，這本是無可厚非的做法，但漢人的注釋也經常運用"一云"、"或曰"等注語。儘管這些注釋是注釋者存取異義，甚至引用前人舊訓的表現方式，然而正如呂思勉指出"或曰"、"一曰"之類多屬後人增入。[①] 經過本書研究，益可證一些早期古書中所包含的此類術語多是後人竄入之文，呂氏之論值得重視，只是因年代悠久，無法證明這些是什麼人所加而已。

其四，古注使用韻文主要是爲了方便記誦，利於傳承或學習。對《章句》而言，韻文注釋兼具模擬的性質，此種對《楚辭》的傳承，又非僅僅爲了解釋正文，這些都不能與傳統經注相提並論。唯過去對此種注釋體甚少研究，今後若能收集韻文注釋，加以匯編整理，或可大大擴展漢人經學研究的空間。

---

① 呂思勉：《章句論》，臺北：臺灣商務印書館，1977 年，頁 32。

　　總而言之，本書一方面希望在前人研究的基礎上，開拓新的研究視野，以彌補目前有關研究的不足，另一方面則冀望通過不同面向的研究，能有助於重新審視《章句》的學術地位和價值，從而增進吾人對漢代古注的認識。

第一章　王逸《正部論》考
——兼論其與《楚辭章句》之關係

一、前　言

　　王逸是東漢楚辭大家,以撰作《章句》聞名。過去研究王逸,多注意其《章句》,很少會提及《正部論》。《正部論》不見於《後漢書》本傳,至《隋志》纔於"王符《潛夫論》"下附注云:"梁有王逸《正部論》八卷,後漢侍中王逸撰。"①可知其成書當不晚於梁代。現存《正部論》已非全書,清代馬國翰(1794—1857)和勞格(1820—1864)分別有輯本行世。② 章太炎(1869—1936)曾於《檢論·學變》論漢、晉間學術有五變,以《正部論》一書歸於《法言》一系的著作,謂:

　　　　《法言》持論至豈易,在諸生間,峻矣。王逸因之爲《正部

---

　　① 魏徵等撰:《隋書》卷三四《經籍志》,北京:中華書局,1973年,頁988。
　　② 馬國翰本見《玉函山房輯佚書》,《續修四庫全書》據清光緒九年(1883)嫏嬛館刻本影印,上海:上海古籍出版社,1995年,第九一六冊,卷六六,頁129—130。勞格本載於其《讀書雜識》,《叢書集成續編》據光緒戊寅(1878)吳興丁氏刊月河精舍叢鈔本影印,臺北:新文豐出版公司,1989年,第十九冊,卷六,頁6—8,總頁938—939。

論》，以《法言》雜錯無主，然已亦無高論。①

《法言》弘揚儒家之道，仿用《論語》語錄體，章氏視兩者同出一源，大抵是以《正部論》爲弘揚儒家之作，惜前人論述王逸的爲人及思想時，甚少注意到《正部論》，更遑論取之與《章句》比較。本章據現存文獻資料，先簡略考述王逸的著作内容，繼而對《正部論》的卷次、篇目、佚文作一論述，進而探討其與王逸及《章句》的關係，冀能裨益於《章句》之研究。

二、王逸著作述要

王逸的生平和著作流傳主要記録於《後漢書・文苑傳》，然其著述只有以下寥寥數語：

> 著《楚辭章句》行於世。其賦、誄、書、論及雜文凡二十一篇。又作《漢詩》百二十三篇。②

《後漢書》單列《章句》一書，而其他賦、誄、書、論及雜二十一篇則分門別類，這是因范曄（398—445）《後漢書》將專書獨立著録的體例。③ 除此外，《隋志》著録《王逸集》、《正部論》兩書，應是後人所

---

① 章太炎：《檢論・學變》，《章太炎全集》，第三册，上海：上海人民出版社，1982年，卷三，頁444。

② 《後漢書》卷八〇《文苑傳》，頁2618。

③ 郭英德：《中國古代文體學論稿・〈後漢書〉列傳著録文體考述》，北京：北京大學出版社，2005年，頁64。

輯録的本子，①並非王逸親自編定。以下嘗試綜述歷代史志中有關王逸作品的流傳狀況，並對其中一些爭議的地方加以考論。

《王逸集》：《隋書・經籍志》集部“後漢南郡太守《馬融集》九卷”下附注云梁有：“《王逸集》二卷，録一卷，亡。”《舊唐書・經籍志》：“《王逸集》二卷。”《新唐書・藝文志》：“《王逸集》二卷。”②東漢以後始有題稱“集”的書名，梁代稱“《王逸集》”應是後人的輯本，大約在隋或以前佚亡。後人編有數種輯本，如明代梅鼎祚（1549—1615）《東漢文紀》、張溥（1602—1641）《漢魏六朝百三家集》和清代嚴可均（1762—1843）《全後漢文》等，③以上諸家的録文大都輯取《章句》的序文，其中以張溥所收的篇章數量最多，④今摘其章目如下：《機賦》、《荔支賦》、《楚辭章句序》、《離騷經章句序》、《九歌章句

---

①　章學誠《文史通義・文集》指出：“《《後漢書》）皆云所著詩、賦、碑、箴、頌、誄若干篇，而不云文集若干卷，則文集之實已具。”收入章學誠撰，葉瑛校注：《文史通義校注》，北京：中華書局，1985 年，上冊，頁 296。

②　《隋書》卷三五《經籍志》，頁 1057。劉昫等撰：《舊唐書》卷四七《經籍志》，北京：中華書局，1975 年，頁 2055。歐陽修、宋祁撰：《新唐書》卷六〇《藝文志》，北京：中華書局，1975 年，頁 1577。

③　梅鼎祚：《東漢文紀》，《景印文淵閣四庫全書》，臺北：臺灣商務印書館，1986 年，第一三九七冊，卷一四，頁 28b—39a，總頁 307—312。張溥：《漢魏六朝百三家集》，《景印文淵閣四庫全書》，臺北：臺灣商務印書館，1986 年，第一四一二冊，卷二〇，頁 1a—21b，總頁 494—506。嚴可均：《全後漢文》，北京：商務印書館，1999 年，卷五七，頁 578—588。明人致力於輯録漢魏六朝詩文，《四庫提要》已指出：“自馮惟訥輯《詩紀》，而漢魏六朝之詩匯於一編。自梅鼎祚輯《文紀》，而漢魏六朝之文匯於一編。自張燮輯《七十二家集》，而漢魏六朝之遺集匯於一編。溥以張氏書爲根柢，而取馮氏、梅氏書中其人著作稍多者，排比而附益之，以成是集。”《四庫全書總目》，卷一八九，頁 1723。

④　梅鼎祚缺《機賦》、《荔支賦》、《九思》、《琴思楚歌》四篇；嚴可均缺《琴思楚歌》一篇，其餘皆同。蔣天樞謂：“核本傳‘賦、誄、書、論及雜文凡二十一篇’之語，似各叙文本不載《王逸集》中也。”《〈後漢書・王逸傳〉考釋》，收入《楚辭論文集》，西安：陝西人民出版社，1982 年，頁 205。

序》、《天問章句序》、《九章章句序》、《遠遊章句序》、《卜居章句序》、《漁父章句序》、《九辯章句序》、《招魂章句序》、《大招章句序》、《惜誓章句序》、《招隱士章句序》、《七諫章句序》、《哀時命章句序》、《九懷章句序》、《九歎章句序》、《九思章句序》、《九思》、《琴思楚歌》二十二篇。又，顧懷三(清人，生卒年不詳)《補後漢書藝文志》輯得《妍媸論》、《折武論》、《臨豫州教》和《與樊季齊書》四篇，①可以補充輯本之闕漏。

《齊典》：《隋志》史部"《齊典》五卷"，注謂"王逸撰"。《舊志》云："《齊典》四卷"，注謂"王逸志"。《新志》云："王逸《齊典》四卷。"②三志所録有一卷之差，而唐代《册府元龜》卷五五五作"王逸撰《齊典》五卷"，③合於《隋志》之數，未知孰是，今存疑。

《廣陵郡圖經》：李善《文選·蕪城賦》注引"王逸《廣陵郡圖經》曰：'郡城，吳王濞所築。'"④文中引"郡城"當指"廣陵郡"，《後漢書·郡國志》載"廣陵郡十一城，戶八萬三千九百七，口四十一萬百九十。"注謂："吳王濞所都，城周十半"，⑤與王逸稱引同。是書並不見於歷代正史藝文志，竊疑王逸所引《廣陵郡圖經》非其親撰，⑥姑仍依清人

① 顧懷三：《補後漢書藝文志》，《二十五史補編》，北京：中華書局，1955年，第二册，頁143，總頁2273。
② 《隋書》卷三三《經籍志》，頁958。《舊唐書》卷四六《經籍志》，頁2008。《新唐書》卷五八《經籍志》，頁1490。
③ 王欽若等纂：《册府元龜》，《景印文淵閣四庫全書》，臺北：臺灣商務印書館，1986年，第九一一册，卷五五五，頁30a，總頁637。
④ 蕭統編，李善注：《文選》卷一一，北京：中華書局，1977年，頁11b，總頁167。
⑤ 《後漢書》卷二一《郡國志》，頁3461。
⑥ 李大明謂："王逸任侍中後幹過何事，未見史載。而據《後漢書·順帝紀》，順帝陽嘉元年甲戌下詔，遣侍中王輔等人詣岱山、東海、滎陽、河、洛祈雨。時王逸任侍中不久，如果還未外任，當如王輔一樣奉詔持節詣某地禱神祈雨。又據《續漢書·郡國志》三，東海郡屬徐州。王逸此次所詢或即東海，豈于完成祈雨事之餘又走廣陵而爲《圖經》耶？"《王逸生平事蹟考略》，頁424。可備爲一說。

補續後漢志暫歸入王逸名下之例，以待考。

《漢詩》與《漢記》：《後漢書》"（王逸）又作《漢詩》百二十三篇"，[①]張政烺據王逸"象牙書籤"作"《漢書》一百二十三篇"，指出"今此牙籤'詩'作'書'，然則《漢書》一百二十三篇，蓋指《東觀漢記》之別本而言。"[②]李大明認爲《後漢書》"又作《漢詩》百二十三"之語應是後人增入，並非范氏之語，[③]然李氏未有闡明他的觀點，張氏的論據則疑點處處，以下嘗試加以辨證。

唐代劉知幾《史通·史官建置》謂：

> 劉、曹二史，皆當代所撰，能成其事者，蓋惟劉珍、蔡邕、王沈、魚豢之徒耳。而舊史載其同作，非止一家，如王逸、阮籍亦預其列。[④]

"劉、曹二史"分別是指劉珍領銜編修的《漢記》和曹氏之《魏志》，但劉知幾謂"舊史載其同作"則不知所出。余嘉錫《四庫提要辨證》考

---

① 《後漢書》卷八〇《文苑傳》，頁 2618。

② 張政烺：《〈王逸集〉牙籤考證》，頁 202。蔣天樞承張氏所論謂："范書本傳《漢詩》'詩'字，今所見宋明刻本《後漢書》皆如是，疑'詩'爲'書'字之譌。其誤或尚出於宋刻之前。"《〈後漢書·王逸傳〉考釋》，頁 206。

③ 李大明謂："《後漢書》本傳言其'又作《漢詩》百二十三篇'之語，筆者據《後漢書》對有著述人物著作情況記載之通例，以及《東觀漢記》撰修情況，論定其爲後人所增，而非范氏之語。考據頗繁，限於本文篇幅，茲不贅述。"《王逸生平事蹟考略》，頁 429。按：蔣天樞前文已謂："蔚宗敘'又作《漢記》'於本傳，即示意叔師曾預修《漢記》。亦或蔚宗作傳時本無此語，後人以其曾參預《漢記》修撰，因竄入此句於本傳中。尤以後者之可能爲大。《三國志·虞翻傳》中有後人附加語可證。"頁 206。

④ 劉知幾撰，趙呂甫校注：《史通新校注》，重慶：重慶出版社，1990 年，頁 666。

出"知幾所謂舊史,蓋指謝承、司馬彪等書言之",①然余氏之言是否可信,仍待證明。張政烺因"《史通》述《漢記》纂修始末最詳,必有所據",推斷王逸曾參與《漢記》的修撰,認爲"《漢詩》"應爲"《漢書》"之誤。②

然張氏之言或未能成立,以下先從《漢記》的修撰談起。漢代修撰《漢記》始於東漢明帝(28—75)時,《隋志·正史序》謂:

> 先是明帝召固爲蘭臺令史,與諸先輩陳宗、尹敏、孟冀等,共成《光武本紀》。擢固爲郎,典校祕書。固撰後漢事,作《列傳載記》二十八篇。其後劉珍、劉毅、劉陶、伏無忌等,相次著述東觀,謂之《漢記》。③

《漢記》之編纂最初乃是班固等人所編的《光武本紀》及列傳載記二十篇,再經劉珍等人補續成書而稱作《漢記》,其後於"元嘉中(約152),桓帝復詔無忌與黃景、崔寔等共撰《漢記》",④及"(熹平年間172—178)復徵拜議郎,與諫議大夫馬日磾、議郎蔡邕、楊彪、韓説等並在東觀,校中書五經記傳,補續《漢記》"。⑤《史通》只言及王逸"亦預其列",而未交待他參預的過程,⑥張氏辯稱"以事理論不得輒專作者之名","非必百二十三篇皆王逸之手作也"。不過《後

---

① 余嘉錫:《四庫提要辨證》卷五,昆明:雲南出版社,2004年,頁207。
② 張政烺:《〈王逸集〉牙籤考證》,頁204。
③ 《隋書》卷三三《經籍志》,頁957。
④ 《後漢書》卷二六《伏侯宋蔡馮趙牟韋列傳》,頁898。
⑤ 《後漢書》卷六四《吳延史盧趙列傳》,頁2117。
⑥ 李大明根據王逸於元初中由上計吏留拜校書郎及入東觀校書,後又遷校書郎中參修《東觀漢記》,可參。見《王逸生平事蹟考略》,頁416。

漢書》引“《漢記》”不會沿用“《漢書》”之名。① 《後漢書》中《漢書》特別是專指班固的《漢書》，也就是説《後漢書》引用《漢記》時當不會混同《漢書》。② 另一方面，假若王逸參與《漢記》的編撰，也只屬配角，爲何主要修撰者如劉珍等人未有列出所編纂的篇數，而只有王逸纔注出“百二十三篇”，則未免啓人疑惑。何況《後漢書》記載修史者多使用“共撰”、“撰集”、“撰補”、“補續”等詞語，若如張氏改“作《漢書》百二十三篇”，不但是用個人名義取替集體寫成之作，不符合編纂事實，更有違《後漢書》著録的方式，因此“《漢詩》”爲“《漢書》”之誤的説法恐怕並不能成立。

三、《正部論》之卷數

王逸另撰有《正部論》，《隋志》子部儒家“王符《潛夫論》”下附注云：“梁有王逸《正部論》八卷，後漢侍中王逸撰。”③ 又馬總（？—823）《意林》作《正部》十卷，然梁庾仲容（487—551）《子鈔》作六卷。④ 《正

---

① 如《後漢書》卷二六《伏湛傳》：“元嘉中，桓帝復詔無忌與黃景、崔寔等共撰《漢記》。”頁 898。卷五九《張衡傳》：“永初中，謁者僕射劉珍、校書郎劉騊駼等著作東觀，撰集《漢記》。”頁 1940。卷六〇《蔡邕傳》：“邕前在東觀，與盧植、韓説等撰補《後漢記》。”頁 2003。卷六四《盧植傳》：“歲餘，復徵拜議郎，與諫議大夫馬日磾、議郎蔡邕、楊彪、韓説等並在東觀，校中書五經記傳，補續《漢記》。”頁 2117。卷八〇《文苑傳·李尤傳》：“安帝時爲諫議大夫，受詔與謁者僕射劉珍等俱撰《漢記》。”頁 2616。

② 按：許子濱《王逸之生平及學術考》亦謂：“何況范曄原文必無作‘漢書’之理，《東觀漢記》之書名，東漢、三國以至兩晉只稱《漢記》，稱作《漢書》未見一例。其本作‘漢詩’抑或‘漢書’，疑未能決也。”《王逸〈楚辭章句〉發微》，頁 33—34。

③ 《隋書》卷三四《經籍志》，頁 988。

④ 王天海《意林校注》卷四，貴陽：貴州教育出版社，1998 年，頁 286。高似孫《子略》，《叢書集成初編》，上海：商務印書館，1939 年，卷一，頁 61。

部論》匯輯成書大約不晚於梁代，其卷數卻因諸家載録不同而有
出入。《隋志》記載"梁有《正部論》八卷"，卻異於唐代《意林》的
"十卷"。《意林》是據梁代《子鈔》鈔録，按理不應和《隋志》裏的
梁代書目有别。最早對此提出折衷之論的是姚振宗（1842—
1906），他謂：

> 《子鈔》著録十卷，《七録》八卷，阮、庚同時所見不致互異，
> 似仲容并其它文字二卷爲十卷。文貞處士［按：阮孝緒］分析
> 編類，以後二卷入之别集歟。①

按照姚氏之説，他認爲庚仲容《子鈔》本作十卷，當中應該包含
《王逸集》在内，後來阮孝緒（479—536）《七録》分拆《王逸集》
二卷，方形成兩種本子。《隋志》因據後出八卷本，纔出現記載
差異。② 其後，張政烺在姚説上進一步提出："《正部論》占《王逸
集》十分之八，遂掩本集之名，故曰《正部》十卷。"③佐證了姚氏的
論説。
　　不過姚氏僅以卷數推測，未見有實證支持，難以令人信服。正
如蔣天樞質疑兩書相合併："無以《正部》賅文集之理也"，④就揭示

---

① 姚振宗：《後漢藝文志》，《二十五史補編》，北京：中華書局，1955 年，頁 79，總
頁 2383。
② 按：姚氏以爲《隋志》的"梁有"是指阮孝緒的《七録》，故《正部論》當見於
《七録》。然有學者已指出"梁有"不僅指《七録》，還可能包括其它的目録。見丁延
峰：《〈隋書·經籍志〉之"梁有"考釋》，《中國文化研究》2005 年秋之卷，頁 135—
139。
③ 張政烺：《〈王逸集〉牙籤考證》，載《張政烺文史論集》，北京：中華書局，2004
年，頁 205。
④ 蔣天樞：《〈後漢書·王逸傳〉考釋》，頁 205。

出文集中的賦、誄不能和論類作品相混的情況。事實上，漢人專集多出自後人追輯成書，①《王逸集》和《正部論》兩書均不見於《後漢書》，《隋志》始著錄兩書，應是後人所輯錄的本子。當時《王逸集》不包括《正部論》，故《隋志》所錄書名、卷數和存佚均分作兩書，自不能將兩書混爲一談。此外，姚氏引用《子鈔》十卷，是根據唐代馬總《意林》，但他忽略了宋代高似孫（1158—1231）《子略》在引錄庾肩吾《子鈔》時，《正部論》只作“六卷”，②異於《意林》的“十卷”。由是可見，《正部論》在現存文獻載錄中，至少有“六卷”、“八卷”、“十卷”三種異説。既然《子鈔》引用《正部論》的卷數不同，則不能無視兩者差別，故此所謂《正部論》併合《王逸集》之説亦無法成立。

四、《正部論》之稱名、篇目

　　唐代以來，《正部論》的佚文就以不同的異稱散見各書之中。馬總《意林》引用《正部論》時已省作“《正部》”，至《北堂書鈔》則另作“王逸《論》”、“《王逸子》”和“王叔師云”。宋代《太平御覽》亦以“《正部》”、“《正部論》”、“《王逸子》”三名同稱。如“或問張騫可謂名使者歟”一條（見下文），《太平御覽》卷九七七正引作“《正部》曰”，而《北堂書鈔》和《太平御覽》兩書作“《王逸子》”，③可見“王逸

---

①　饒宗頤：《中國文學在目錄學上之地位》，《文轍新編》，收入《饒宗頤二十世紀學術文集》編輯委員會：《饒宗頤二十世紀學術文集》，臺北：新文豐出版公司，2003年，卷一一，頁831。

②　《子略》，卷一，頁59。

③　《玉函山房輯佚書》，頁2461。

子"只是《正部論》的異稱，與《王逸集》佚亡的内容無關。後人輯録時或不察類書稱引不一，遂出現將《正部論》當作别書之誤。如大明在輯録《王逸集》佚文時，就曾誤把類書中"王逸子"的條目都歸於《王逸集》名下，①從中可見，區别《正部論》之書名，可避免與《王逸集》混淆。

此外，姚振宗還指出《北堂書鈔》一篇題稱"折武論"（按：《北堂書鈔》作《杜武論》）屬《正部論》一書篇目，②曾樸（1871—1935）《補後漢書藝文志》持相近看法，其謂：

> 《書鈔》九十七引用"道德爲弓弩，仁義爲鎧甲"，稱王逸《折武論》。吴淑《事類賦》注引"玉符"一條，稱王逸《玉論》，疑皆此書中篇名。又《意林》四引"仲尼敘書，上謂天談，下謂民語，兼該男女，究其表裏。《淮南》浮僞而多恢，《太玄》幽虚而少效，《法言》雜錯而無主，《新書》繁文而鮮用"。似此書序文，蓋自謂出諸子上也。③

現存《正部論》佚文未見有以"論"爲名的單篇作品，因而亦不能明確斷定和原書有關。上文提到曾氏謂"玉論"：

> 或問《玉符》曰："赤如雞冠，黄如蒸栗，白如猪肪，黑如純

① 大明：《王逸著作存佚略考》，《四川師範大學學報》（社會科學版）2000 年第 3 期，頁 56。
② 《後漢藝文志》，頁 79，總頁 2383。
③ 曾樸：《補後漢書藝文志並考》，《二十五史補編》，北京：中華書局，1955 年，頁 87，總頁 2533。

　　漆，玉之符也。”①

此條見於郭璞（276—324）《山海經》注引《玉符》一段，今檢得標作
《玉子靈符》的條目，書名並見於唐代李善《文選注》和北宋《雲笈七
籤》等書。② 據此可知，王逸稱引之“《玉符》”是前人佚亡之書，並
非王逸所撰。③ 今存《正部論》以“或問”起首的佚文，數見於書中，
如“或問張騫可謂名使者歟”一條。《正部論》引《玉符》原意是借他
書發問，並非本來篇目。曾氏誤將《玉符》視爲《正部論》篇目，所述
未精，顯而是未能了解《玉符》的來源所致。

五、《正部論》之佚文

　　《正部論》之輯録始於清人馬國翰，後收入馬氏所編《玉函山房
輯佚書》。近人王仁禄《東漢儒家佚籍輯本考》一文嘗謂今見《正部
論》“僅馬氏輯本一種”，④是未知馬氏之外，勞格亦有輯本。今集
合兩家所録，除去重複，共得二十二條，除最後一條據勞本補入，其

---

　　① 《補後漢書藝文志並考》，頁 87，總頁 2533。
　　② 郭璞：《山海經》，《景印文淵閣四庫全書》，臺北：臺灣商務印書館，1986 年，第
一〇四二冊，卷二，頁 11b，總頁 14。張君房：《雲笈七籤》，《景印文淵閣四庫全書》，臺
北：臺灣商務印書館，1986 年，第一〇六〇冊，卷七二，頁 37b，總頁 782。《文選》卷四
二，頁 11a，總頁 592。
　　③ 又許子濱認爲：“《王子靈符應》所載，同乎《玉府》、《玉書》，必非王逸《正部論》
原文。”見《王逸〈楚辭章句〉發微》，頁 26。
　　④ 王仁禄：《東漢儒家佚籍輯本考》，《學術論文集刊》第四期，臺中：“國立中興大
學”教務處出版組，1977 年，頁 40。

餘均從馬本輯入。下文並就馬氏所校録以外，①另加訂正，其中案語爲筆者所加，俾便參考。

1. 凡人矇矇冥冥，學以啓起，行以處身，進於道則成君子，非於禮則曰小人。君子之舉，履德而榮光；小人之動，險惡而傷刑。案："起"，《意林》卷四作"志"。②

2. 皎皎練絲，得藍則青，得丹則赤，得蘗則黄，得涅則黑。

3. 玉不琢，則南山之圓石。

4. 穿窬之徒不避腰領，奔北之士不憚斧鉞。

5. 漢家窮天涯，究地坼。左湯谷，右虞淵。前炎楚，後塞門。祁連以北，黄山以南，碣石以東，合黎以西，莫不襁負來貢。

6. 仲尼敘書，上謂天談，下謂民語，兼該男女，究其表裏。

7. 《淮南》浮僞而多恢，《太玄》幽虚而少效，《法言》雜錯而無主，《新書》繁文而鮮用。

8. 或問："《玉符》曰：'赤如雞冠，黄如蒸栗，白如脂肪，黑如淳漆。此玉之符也。言成雅訓，辭作典謨，此人之符也。'"案："《玉符》"，郭璞《山海經》注作"《王子靈符應》"，《雲笈七識》則作"《玉子靈符》"。③ 又"玉之符也"，郭璞注"符"後有"彩"字。

9. 山神曰螭，物精曰魅。土精曰羵羊，水精曰罔象。木精曰畢方，火精曰遊光，金精曰清明。天下有道則衆精潛藏。

10. 天以仙人曰子，衆人曰芻狗。愛其子，私其壽。賤芻狗，聽

---

① 馬氏本見《玉函山房輯佚書》，頁 129—131。文中原有夾附各條目出處，此處引用從略。

② 馬總：《意林》，《景印文淵閣四庫全書》，臺北：臺灣商務印書館，1986 年，第八七二册，卷四，頁 11b，總頁 254。

③ 《山海經》，卷二，11b，總頁 14。《雲笈七籤》卷七二，頁 37b，總頁 782。

其夭。

11. 若不學，譬如無目而視，無脛而走，無翅而飛，無口而語，不可得也。

12. 桀、紂雖有天子之位，而無一人之譽，猶朽株枯樹，逢風則仆。案：此條同見《太平御覽》卷八二引"譙周《法訓》"，"朽株"作"朽木"。①

13. 明刑審法，憐民惠下，生者不怨，死者不恨。諺曰："政如冰霜，姦宄消亡；威如雷霆，寇賊不生。"案：《北堂書鈔》卷二七"諺曰"作"舜云"、"宄"作"軌"。又，卷三六引"王逸《論》云"，"威如"作"畏以"。②

14. 或問："張騫可謂名使者歟？"曰："周流絶域十有餘年，自京都以西、安息以東，方數萬里。其中胡貊百有餘國，或逐水草，或逐城郭。騫經歷之，皆知其習俗，始得大蒜、蒲萄、苜蓿也。"

15. 顔淵之簞瓢，則勝慶封之玉杯，何者？德行高遠，能絶殊也。

16. 自比如萍，隨水浮游。

17. 草有巨暢威熹，木有扶桑、梧桐、松柏，皆受氣淳美，異於羣類者也。松柏冬茂，陰木也；梧桐春榮，陽木也；扶桑，日所出陰陽之中也。案："松柏冬茂"以下一段馬本原缺，今據宋羅願（1136—1184）《爾雅翼》補人。③ 明陳耀文（明人，生卒年不詳）

---

① 李昉等撰：《太平御覽》，上海涵芬樓據影宋本影印，北京：中華書局，1960年，卷八二，頁14b，總頁386。

② 以上見虞世南編：《北堂書鈔》，東京大學東洋文化研究所藏萬曆二十八年（1601）序刊本，卷二七，頁2b；卷三六，頁3b。

③ 羅願：《爾雅翼》，《景印文淵閣四庫全書》，臺北：臺灣商務印書館，1986年，第二二二册，卷九，頁8a，總頁334。

《天中記》引同。① 又《太平御覽》卷九九四"巨"上有"玄"字。②

18. 仲尼門人餔道醇、飲道宗。

19. 夏禹治水，腓無胈，脛無毛。

20.《易》與《春秋》同經，總一機之微，經營天道以成人事。案：《太平御覽》卷六〇九"微"作"織"。③

21. 自幽、厲禮壞樂崩，天綱弛絕。諸侯力攻，轉相吞滅，德不能懷，威不能制。至於赧王，遂喪玉斗。

22. 屈原、宋玉、枚乘、相如、王褒、揚雄、班固、傅毅，灼以揚其藻，斐以敷其豔。案：此條見《北堂書鈔》卷一〇〇"王叔師云"，④馬本原闕，勞格據之補入，今從。

六、《正部論》與王逸《楚辭章句》之關係

經前文考證，可知《正部論》之概略，下文將透過是書佚文，進一步考察王逸的爲人及思想內涵。在討論《正部論》與《章句》關係前，先分析王逸撰作《章句》的動機，再對比《正部論》的內容，冀可對王逸及《章句》一書的旨意有更全面的瞭解。

（一）王逸撰作《楚辭章句》的動機

關於王逸編撰《章句》的動機是什麼，前人多語焉不詳。小南一郎提出：

---

① 陳耀文：《天中記》，《景印文淵閣四庫全書》，臺北：臺灣商務印書館，1986年，第九六七冊，頁55b，總頁 462。

② 《太平御覽》卷九九四，頁 4b，總頁 4400。

③ 《太平御覽》卷六〇九，頁 4a，總頁 2739。

④ 《北堂書鈔》卷一〇〇，頁 6a。

　　在《離騷》後敘中，王逸談到了以下屈原的處世態度，比起
一般的論説，更意識到具體的人的行爲……或者，就像朱熹
《楚辭集注》嚴厲地斥責揚雄政治性行爲的心情一樣，在王逸
如此議論的背後是否也可能隱藏着相同的情懷。①

小南未肯定王逸是否出於與朱熹相同的情懷，但將《章句》與《集
注》相提並論，無疑暗示出他的傾向。李中華、朱炳祥《楚辭學史》
懷疑"王逸注釋《楚辭》，是否因爲現實政治的感觸，有激而爲之，還
有待於作進一步的探討"。但其後引出《九思》卻認爲："王逸注《楚
辭》中寄寓了某種現實之感，也不是沒有可能的。"②《章句》的編纂
年代大約介乎安帝（94—125）元初中至永寧元年（120），正適逢東
漢國勢走向衰亡之時。政治上諸帝多弱年就位，如章帝（57—88）
即位年僅十九，和帝（79—106在位）即位更只有十歲。幼主登位
因無力處理朝政，多由太后居中掌權，故造成外戚專權的亂局。而
外戚之擁權自重，任用族親朋黨，培植勢力，得以專橫朝政，任意妄
爲。如范曄（398—445）《後漢書·皇后紀》便指出：

　　　　東京皇統屢絕，權歸女主，外立者四帝，臨朝者六后，莫不
　　定策帷帟，委事父兄，貪孩童以久其政，抑明賢以專其威。③

幼主長大後又不甘君權被削，乃借助宦官之力，加以奪權。據范曄

---

　　①　小南一郎著，張超然譯：《王逸〈楚辭章句〉研究——漢代章句學的一個面向》，
頁21。

　　②　李中華、朱炳祥：《楚辭學史》，武漢：武漢出版社，1996年，頁51。

　　③　《後漢書》卷一○，頁401。

《後漢書・宦者列傳》之記載：

> 中興之初，宦官悉用閹人，不復雜調它士。至永平中，始
> 置員數，中常侍四人，小黃門十人。和帝即祚幼弱，而竇憲兄
> 弟專總權威，內外臣僚，莫由親接，所與居者，唯閹宦而已。故
> 鄭眾得專謀禁中，終除大憝，遂享分土之封，超登宮卿之位，於
> 是中官始盛焉。①

一旦襄助君主取得大權，宦官等人就可以"享分土之封，超登宮卿
之位"。和帝時，宦官蔡倫（61—121）嘗以中常侍一職，"豫參帷
幄"，②權傾一時，可謂宦官得皇帝重用之顯例。不過宦官之取替
外戚，政權乃落在其手上，實是另一種惡性循環。東漢末年，宦官
影響時政最著名的例子，無疑是黨錮之禍，其株連死傷者無數，最
爲慘烈。③　王逸撰作《章句》時，宦官氣燄還未過分囂張，但時局動
盪和社會矛盾早已萌芽。永初五年（111），安帝因災禍連連而下達
求賢令：

> 詔曰："朕以不德，奉郊廟，承大業，不能興和降善，爲人祈
> 福。災異蜂起，寇賊縱橫，夷狄猾夏，戎事不息，百姓匱乏，疲
> 於徵發。重以蝗蟲滋生，害及成麥，秋稼方收，甚可悼也。朕
> 以不明，統理失中，亦未獲忠良以毗闕政。傳曰：'顛而不扶，
> 危而不持，則將焉用彼相矣。'公卿大夫將何以匡救，濟斯艱

---

① 《後漢書》卷七八，頁 2509。
② 《後漢書》卷七八，頁 2513。
③ 《後漢書》卷六七，頁 2183—2190。

皂，承天誡哉？蓋爲政之本，莫若得人，襃賢顯善，聖制所先。
‘濟濟多士，文王以寧。’思得忠良正直之臣，以輔不逮。其令
三公、特進、侯、中二千石、二千石、郡守、諸侯相舉賢良方正，
有道術、達於政化、能直言極諫之士各一人，及至孝與衆卓異
者，并遣詣公車，朕將親覽焉。”①

詔令發布於永初五年，距王逸入京擔任上計吏約六年，地方發生的
災異已日漸頻繁，而盜賊蜂起，外部更受戎事擾邊。朝廷多次徵
發，已使“百姓匱乏”，負擔沉重，國家之弱點可謂暴露無遺。面對
以上難題，漢廷苦無可用之材，觀安帝一朝，至少六次下達求賢
令，②對人才之渴求可謂溢於言表。

可是，士人因宦戚當道，朝政被把持，不甘受掣肘，而大多不太
願意出仕。③ 另有出於全身避害考慮，而不欲爲利祿牽制的道德
名士。例如，當時很有名氣的周燮（東漢人，生卒年不詳），安帝以

---

① 《後漢書》卷五，頁 217。

② 除上引永初五年一次，另外五次包括：永初元年三月，詔“公卿内外衆官、郡國
守相，舉賢良方正、有道術之士，明政術、達古今、能直言極諫者，各一人”。永初二年七
月詔曰：“[⋯⋯]令公卿郡國舉賢良方正，遠求博選，開不諱之路，冀得至謀，以鑒不逮，
而所對皆循尚浮言，無卓爾異聞。其百僚及郡國吏人，有道術明習灾異陰陽之度璇機之
數者，各使指變以聞。二千石長吏明以詔書，博衍幽隱，朕將親覽，待以不次，冀獲嘉謀，
以承天誡。”永初二年九月，“詔王國官屬墨綬下至郎、謁者，其經明任博士，居鄉里有廉
清孝順之稱，才任理人者，國相歲移名，與計偕上尚書，公府通調，令得外補”。永初五年
七月，“詔三公、特進、九卿、校尉，舉列將子孫明曉戰陳任將帥者”。永初六年二月，“詔
三府選掾屬高第，能惠利牧養者各五人，光禄勳與中郎將選孝廉郎寬博有謀，清白行高
者五十人，出補令、長、丞、尉”。建光元年十一月，“詔三公、特進、侯、卿、校尉，舉武猛堪
將帥者各五人”。《後漢書》卷五，頁 206、210、211、217、229、234。

③ 《後漢書·荀韓鍾陳列傳》論曰指出：“漢自中世以下，閹豎擅恣，故俗遂以遁身
矯絜放言爲高。”見《後漢書》卷六二，頁 2069。

玄纁羔幣相聘，仍無法動搖他隱居不仕的決心。① 最有名的莫過
於與王逸同時的樊英（東漢安、順時人，生卒年不詳）。② 樊英的傳
記見於《後漢書·方術傳》：

> 樊英字季齊，南陽魯陽人也。少受業三輔，習《京氏易》，
> 兼明五經。又善風角、星算、《河》《洛》七緯，推步災異。隱於
> 壺山之陽，受業者四方而至。州郡前後禮請不應；公卿舉賢良
> 方正、有道，皆不行。③

樊英精於經學術數，卻不應州郡徵詔。安、順二帝得知其大名，先
在建光元年（121），詔公車賜策書，徵英等人至洛陽，④樊英等人抗
拒而不至。順帝永建二年（127），更"策書備禮，玄纁徵之"，樊英
"復固辭疾篤"。⑤ 但後來樊英被漢廷委任為"五官中郎將"，卻與
王逸之襄助有關，其中的曲折實有助理解王逸的政治態度，以下試
作說明。

據李賢（651—684）注引謝承（後漢人，生卒年不詳）《後漢書》，
王逸素與樊英親善，因樊英人格孤高，多次抗拒漢廷徵召，王逸致

① 參《後漢書·周黃徐姜申屠列傳》："舉孝廉、賢良方正，特徵，皆以疾辭，延光二
年，安帝以玄纁羔幣聘變，及南陽馮良，二郡各遣丞掾致禮。宗族更勸之曰：'夫修德立
行，所以為國。自先世以來，勳寵相承，君獨何為守東岡之陂乎？'變曰：'吾既不能隱處
巢穴，追綺季之迹，而猶顯然不遠父母之國，斯固以滑泥揚波，同其流矣。夫修道者，度
其時而動。動而不時，焉得亨乎！'"卷五三，1742—1743。
② 以上參考王煥然：《漢代士風與賦風研究》，北京：中國社會科學出版社，2006
年，頁144—145。
③ 《後漢書》卷八二《荀韓鍾陳列傳》，頁2721。
④ 《後漢書》卷八二《荀韓鍾陳列傳》，頁2722。
⑤ 《後漢書》卷八二《荀韓鍾陳列傳》，頁2723。

書樊英並引古譬喻，勸使出仕。① 結果樊英竟被王逸打動，使推崇他的支持者都頗感失望。② 但此事重要之處足以爲王逸之政治態度提供一個側面：東漢中期彌漫着不仕的風氣，王逸爲朝廷招攬人才，盡顯其積極用世之心態。聯繫至《章句》會發現其極力提倡"危言以存國，殺身以成仁"的"人臣之義"，③實與東漢國勢頹弱，士人隱身不仕相謀合，所以《章句》一書應當映射了其救國之心態。④ 譬如，《離騷》"冀枝葉之峻茂兮，願竢時乎吾將刈"兩句，王逸引申君主"宜蓄養衆賢，以時進用，而待仰其治也"，方可達成治道。⑤ 至《離騷》"昔三后之純粹兮，固衆芳之所在"一句，王逸於此下的注釋説：

> 言往古夏禹、殷湯、周之文王，所以能純美其德而有聖明之稱者，皆舉用衆賢，使居顯職，故道化興而萬國寧也。⑥

王逸闡釋屈原藉舉用賢臣，實現"道化興而萬國寧"的理想，表面上是申述屈原的想法，實際上也寄托他的政治理念。試看《離騷》"豈維紉夫蕙茝"一句，注以"蕙、茝皆香草"以喻賢者，引申之則是：

---

① 此事見於李賢注引謝承《後漢書》，見《後漢書》卷八二《荀韓鍾陳列傳》，頁2724。

② 見謝承引《後漢書》"談者失望"，《後漢書》卷八二《荀韓鍾陳列傳》，頁2723。

③ 《楚辭補注》卷一，頁48。

④ 誠如張隆溪所言"經典的解釋往往離不開評注者所生活的時代和現實，而對經典的闡釋也往往是將經典所言應用於當前的實際"。《中西文化研究十論》，上海：復旦大學出版社，2005年，頁206。

⑤ 《楚辭補注》卷一，頁11。

⑥ 《楚辭補注》卷一，頁7。

言禹、湯、文王，雖有聖德，猶雜用衆賢，以致於治，非獨索蕙茝，任一人也。故堯有禹、咎繇、伯夷、朱虎、伯益、夔，殷有伊尹、傅説，周有吕、旦、散宜、召、畢，是雜用衆芳之效也。①

屈原没有舉出真實世界裏也有這種人才，王逸卻不厭其詳地列出前代賢君手下的"衆芳"，若聯繫以上文句，不能説不是隱含個人所見以及時代的需要。再看《七諫》"痛楚國之流亡兮，哀靈脩之過到"兩句，王逸注："言懷王之過，已至於惡，楚國將危亡，失賢之故也。"②將楚國之危亡歸究於没有賢才之故，巧合的是，東漢中期不仕之風甚爲盛行，安帝時，朝廷多次下達招攬人才的詔令，於人才之要求和重視，與王逸之注釋正相呼應。

王逸不但重賢，而且更提倡人臣之義。東漢中期國勢走下坡的現實政治環境，滯礙了士人的出仕。姦人當道、吏治敗壞的局面，教不少人失望，王符(85？—163？)《潛夫論·務本》謂其時：

多姦諛以取媚，撓法以便佞。苟得之徒，從而賢之。此滅貞良之行，而開亂危之原者也。③

王符説"開亂危之原"，已預見東漢衰敗的結局。

觀王逸注釋中，把屈原所處時代的情形，喻爲讒佞與忠良的爭鬥，是勢如水火的兩個極端。《九辯》"何氾濫之浮雲兮，焱壅蔽此

---

① 《楚辭補注》卷一，頁7。
② 《楚辭補注》卷一三，頁251。
③ 王符撰，汪繼培箋：《潛夫論》卷一，上海：上海古籍出版社，1978年，頁20。

明月"中，他説："浮雲行則蔽月之光，讒佞進則忠良雍也。"①以雲喻作讒佞，月則爲忠良，雲之蔽月猶如忠良受制於讒佞，難以發放光芒，明指忠良在小人的攻擊下難以施展其才。在他眼中，屈原之忠貞不能與讒邪承君順非、貪圖富貴苟合相比。因此他在《卜居》一再强調屈原的"忠貞之性"：

> 屈原體忠貞之性，而見嫉妒。念讒佞之臣，承君順非，而蒙富貴。已執忠直而身放弃，心迷意惑，不知所爲。②

小人之嫉妒，引致屈原有"心迷意惑，不知所爲"，患得患失之感，因而決定以著龜"定嫌疑"。讒佞與忠貞不能走在一起，已是鐵一般的事實，只有去取讒邪，國家纔能得治。試看《離騷》一文，屈原有過"不撫壯而棄穢兮，何不改此度"的嘆息，個中意義爲何，因屈原未有指明而有賴注家的闡釋。王逸此句的解釋則作："脩明政教，棄去讒佞，無令害賢"，③當中的注釋可堪玩味。若結合上文來看，"棄去讒佞，無令害賢"不也正是王逸於東漢所處的時代背景嗎？此中情懷於王逸撰作《九思》已有所表現，如《九思·怨上》描繪楚國姦人當道的情景爲："令尹兮謷謷，羣司兮讙讙。哀哉兮溷溷，上下兮同流。"④又指出要"舉天罼兮掩邪，穀天弧兮躲姦"。⑤ 此所述的姦人當然是楚國的現狀，但不無寓含東漢政治的現實。所以《楚

---

① 《楚辭補注》卷八，頁 193。
② 《楚辭補注》卷六，頁 176。
③ 《楚辭補注》卷一，頁 7。
④ 《楚辭補注》卷一七，頁 316。
⑤ 《楚辭補注》卷一七，頁 326—327。

辭今注》指"《九思》之作,意在傷悼屈原,嘉其忠貞之志,斥責羣小
亂國,賢士流放"。① 由王逸的情懷看來,是十分恰當的。

　　王逸透過《章句》批評那些"懷道以迷國,詳愚而不言"的人,這
種持逃避態度的人"雖保黄耇,終壽百年,蓋志士之所恥,愚夫之所
賤"。後來又舉出伍子胥不恨浮江,比干不悔於剖心,認爲有志之
士"進不隱其謀,退不顧其命",②然而王逸説屈原忠貞節義行爲可
敬,表面是談屈原一生可歌可泣的故事,背後實包含個人的時代和
所感,王逸撰作《章句》時,乃將屈原的忠正視作他那個時代的寄
托,《章句》之撰作動機蓋亦源於此。

　　(二)《正部論》與《楚辭章句》的關係

　　《正部論》爲弘揚儒家之作,故《隋志》歸於儒家一類,今從佚文
可見是書尤重推崇君子品德,其謂:

　　　　進於道則成君子,非於禮則曰小人。君子之舉,履德而榮
　　光,小人之動,險惡而傷刑。③

此處論君子與小人之別,強調君子進於有道,小人非於禮,表現了
截然不同的道德觀,凸顯了君子修身達致道德的要求,由是可知王
逸側重於君子德行的傾向。此一思想還表現於他對顏淵與慶封兩
人的比較:顏淵簞食瓢飲,曲肱陋巷,王逸認爲其遠勝於慶封之玉
杯,然原因爲何? 王逸的答案是顏淵"德行高遠,能絶殊",其中隱

---

　　① 　湯炳正、李大明、李誠、熊良智:《楚辭今注》,上海:上海古籍出版社,1996 年,
頁 376。

　　② 　《楚辭補注》卷一,頁 48。

　　③ 　《玉函山房輯佚書》,頁 129。

含"人之貴賤,在德行,不在身外之物也"的思想。

王逸高揚君子道德人格,大抵建基於他信奉儒家思想,如他認爲人初生之時"矇矇冥冥",必需"學以啓起,行以處身",因爲"若不學,譬如無目而視,無脛而走,無翅而飛,無口而語,不可得也"。此與《論語》子夏所説"博學而篤志,切問而近思,仁在其中矣"相近,①兩者同是主張以儒家修學立志之途建立人格。然更深一層的原因則恐怕是來自現實世界的影響。王符《潛夫論·務本》概括其時:"多姦諛以取媚,撓法以便佞。苟得之徒,從而賢之。"②在人心敗壞、姦臣當道的時勢,維繫品格道德已着實不易,有志之士還受制於戚宦而難有發揮之處,最終選擇不仕,形成了東漢的不仕之風。王逸於《章句》斥責小人"懷道以迷國,詳愚而不言",呼籲有志之士"進不隱其謀,退不顧其命",提倡"危言以存國,殺身以成仁"的"人臣之義",③也是有感於消極避世的風氣,恰與《正部論》宣揚的思想相近。

從另一方面而言,《正部論》提出具體的政治措施,也可以視爲王逸對"人臣之義"的引申説明。譬如,他説:"明刑審法,憐民惠下",可使"生者不怨,死者不恨"。又引諺謂:"政如冰霜,姦宄消亡,威如雷霆,寇賊不生。"皆可以説明王逸認爲治亂世之下,絕不能姑息小人,必須附加刑法措施。由此可見,王逸主張治理國家有賴吏治清明,也强調維繫民心的重要。

正因爲出於對國家前途的關懷,王逸在論及幽、厲兩代覆亡

----

① 《十三經注疏》整理委員會:《論語注疏》卷一九,北京:北京大學出版社,2000年,頁292。

② 《潛夫論》卷一,頁19。

③ 《楚辭補注》卷一,頁48。

時,乃有以下的觀察:

> 自幽、厲禮壞樂崩,天綱弛絕。諸侯力攻,轉相吞滅,德不能懷,威不能制。至於赧王,遂喪玉斗。①

幽、厲覆亡固然有"諸侯力攻"、"天綱弛絕"等外在條件,但在王逸眼中,最根本的原因還是道德淪落,禮崩樂壞,導致權力淪落,最終導致國君連性命也不能保全,此中反映了王逸在政治上出謀獻策,關心國家存亡的表現。此外,《正部論》指爲政者當"明刑審法,憐民惠下。生者不怨,死者不恨",流露痛恨姦人的情緒,並引諺謂:"政如冰霜,姦宄消亡,威如雷霆,寇賊不生。"明刑審法的政治理念明顯針對姦人當道的政治現實,不也正和《章句》注釋的態度一脈相承嗎?

反觀《章句》一書,在頌揚屈原之忠貞的同時,更主張有志之士要具備人臣之義,做到人臣之義之餘更要懷有"殺身以成仁"的勇氣。王逸的注釋,除了表揚屈原的品德忠貞,還兼具仁義,正如他在注釋《離騷》"苟余情其信姱以練要兮,長顑頷亦何傷"時,謂屈原:

> 言己飲食清潔,誠欲使我形貌信而美好,中心簡練,而合於道要,雖長顑頷,飢而不飽,亦何所傷病也。何者? 衆人苟欲飽於財利,己獨欲飽於仁義也。②

---

① 《玉函山房輯佚書》,頁 130。
② 《楚辭補注》卷一,頁 12。

將屈原與小人作出比較,王逸認爲屈原處於饑寒交迫的困難之
中,仍然抱持仁義之道。由於"仁義"是"人臣之義"的一部分,
屬於人臣道德修養的內容,君主任用人臣正是取決於人臣的仁
義。再看《離騷》"夫孰非義而可用兮,孰非善而可服",王逸解
釋作:

> 言世之人臣,誰有不行仁義,而可任用;誰有不行信善,而
> 可服事者乎? 言人非義則德不立,非善則行不成也。①

人臣具備了仁義纔能表現出他的德行,繼而可以受任用。王逸在
《折武論》更說:"苞含六藝,遊覽百家。用道德爲弓弩,用仁義爲鎧
甲",《臨豫州教》又謂"舉遺逸於山藪,黜姦邪於國"。② 這些都說
明了他主張用"道德"和"仁義"來拯救危難社會。此舉和《章句》斥
責羣小、倡議忠信仁義的想法一脈相承,也是《正部論》不斷言說儒
家道德仁義的原因。

　　除了政治思想外,《正部論》還提到班固和劉安兩人。綜觀漢
代屈原爭論之中,王逸對兩人有截然不同的評論。對班固而言,他
有"虧其高明,而損其清潔者"的貶抑,③不滿班固貶抑屈原的忠
貞。然《正部論》一書,王逸所論"屈原、宋玉、枚乘、相如、王褒、揚
雄、班固、傅毅"八人的文章,有"灼以揚其藻,斐以敷其豔"的高度
評價,其中就赫然有班固之名。至於劉安作《離騷經章句》,被王逸
稱作"大義粲然",極爲推崇,但《正部論》對劉安另一部《淮南子》則

①　《楚辭補注》卷一,頁 24。
②　《北堂書鈔》,卷九七,頁 7b;卷三三,頁 2a。
③　《楚辭補注》卷一,頁 48。

有"浮僞而多恢"的批評。《正部論》中，王逸對班固、劉安兩人所持態度，與《章句》中的批判立場完全相反，可見是王逸在兩書中設定了不同的立場，從而影響了對兩人的評價。

前文雖説王逸積極用世，然其爲人也甚自負，尤於評論前代著作，多不留情面，指出其失。譬如《章句》批評太史公、劉向、揚雄等人的《天問》注解"不能詳悉"；①《離騷後序》貶斥班固、賈逵的《離騷經章句》"義多乖異，事不要括"，②而《正部論》所載的前人著作，他同樣毫無所保留地批評。除上文舉出"《淮南》浮僞而多恢"外，所批評對象還有"《太玄》幽虚而少效，《法言》雜錯而無主，《新書》繁文而鮮用"，這些都是漢代頗有名氣的著作，但在王逸眼中都各具缺點，此種自負雖不一定是正面的，卻因王逸勇於與他人爭一日之長短，多少促使了他著作時對自我的要求，是以王逸的《章句》先批評前人之不足，正是這種自信的表現。

最後試比較一下《正部論》和《章句》的釋義，《正部論》説：

> 木有扶桑、梧桐、松柏，皆受氣淳美，異於羣類者也。松柏冬茂，陰木也；梧桐春榮，陽木也；扶桑，日所出陰陽之中也。③

以上將"扶桑"釋作"日所出陰陽之中"，今《章句・離騷》於"飲余馬於咸池兮，總余轡乎扶桑"一句下，"扶桑"解作"日所拂木也"，④兩者都指日出之處，意義相同，可見兩書亦可作互證之用。

---

① 《楚辭補注》卷三，頁118。
② 《楚辭補注》卷一，頁48。
③ 《玉函山房輯佚書》，頁130。
④ 《楚辭補注》卷一，頁27。

七、結　語

　　王逸的作品傳世者不多，至今僅存《章句》一書而已。本章利用殘存佚文，考訂其所作《正部論》一書，共得出以下四點：

　　（一）前人因《意林》"十卷"之數，將《王逸集》二卷合併於《正部論》內，並未充分考慮到《正部論》"六卷"、"八卷"、"十卷"三種著錄差異，本章推翻《正部論》的成書是從《王逸集》而來，並指出卷數之分合有待解決。

　　（二）唐代以來，《正部論》便散見諸書之中，出現不少異稱，本章釐清後人引用原書稱名、章目之誤，有助考訂《正部論》內容。

　　（三）《正部論》是後人根據王逸作品輯錄而成，本章據馬國翰和勞格兩家所錄共得佚文二十二條，同時就馬本所校錄以外，另加訂正，原書之餘貌由是得見。

　　（四）王逸撰作《章句》時，將屈原的忠正視作他那個時代的寄托，《章句》之撰作動機大抵亦源於此。通過現存《正部論》的佚文，從中進一步瞭解到王逸爲人及思想的傾向。其爲人自負，但頗關心時政，提出過具體的施政措施。思想上則以儒家爲尊，提倡君子人格，重視道德仁義，這都可以和《章句》一書互相證明，可見是書有助於王逸及《章句》一書的研究。

第二章　正德本《楚辭章句》
刊刻及版本考略

一、前　　言

　　《章句》收録戰國以來屈原等人的作品，並由東漢王逸以章句體注釋，是秦漢楚辭最具代表的集大成之作。自東漢以來，《楚辭》傳本即一直以王逸《章句》本流傳最廣，至宋代初期亦然。[①] 唯宋代單刻本《章句》今已不得見，現存最早刊本皆屬明代重刊本，當中又以明正德（1506—1521）年間，黄省曾和高第刊本存世最早。黄省曾，字勉之，號五嶽山人，蘇州吳縣人。嘉靖十年（1531）舉鄉試，後兩試禮闈不第。從王守仁（1472—1529）、湛若水（1466—1560）遊，又學詩於李夢陽（1472—1529）。自少性喜讀書，博洽多聞，每誡人曰：“三日不觀書即不能作文，故其嗜書也。”[②] 又“於書無不

<hr />

　　①　參看第三章《重論王逸〈楚辭章句〉與劉向〈楚辭〉的關係》。
　　②　以上參牛若麟修，王焕如纂：《吳縣志》，《天一閣藏明代方志選刊續編》據明崇禎十五年（1642）刻本影印，上海：上海書店，1990 年，第十九册，卷四七，頁 100。張德夫修，皇甫汸纂：《長洲縣志》，《天一閣藏明代方志選刊續編》據明隆慶五年（1571）刻本影印，上海：上海書店，1990 年，第二十三册，卷一四，頁 492—493。

覽，而考研鉤審，精思微辨。於經傳義疏、古今事變、典彝章物、幽邈猥雜、損益變化，無不究通，故其詳聞奧學，近古無比"。① 黃省曾著作繁富，據黃虞稷（1629—1691）《千頃堂書目》一書所録共十七種之多，②内容涵蓋經學、史學和農學等多方面，其中較著者有《五嶽山人集》、《西洋朝貢典録》和《擬詩外傳》等。黃氏爲明代知名學者，一生博學精研，致力於文獻整理，刊刻圖書，除《章句》一書外，所刻《嵇康集》、《山海經》和《水經注》諸書，皆爲後世學人所重。高第，字公次，正德九年（1514）進士，曾出宰長洲，歷任寧波知府，累陞雲南副使。高氏家富藏書，嘗輯落溪紀詩爲《蓉溪書屋續集》，③姜亮夫稱高氏"耽玩圖籍，貫串百家，率能舉其指要"，④蓋亦好學稽古之士。

　　正德本《章句》合黃省曾和高第二人之力校刻而成，開啓明代刊刻《章句》之先河，影響明代楚辭學甚鉅，實具獨特意義。又是書刊刻較早，素來爲校勘家所重視，王國維（1877—1927）即曾以正德本校勘洪興祖《補注》，收穫甚豐，反映出正德本的文獻價值。⑤ 正德本《楚辭》存世刊本尚多，唯歷來對是書刊刻之過程和版本源流

　　① 劉鳳：《續吳先賢讚·黃省曾》，《四庫全書存目叢書》據中國科學院圖書館藏明萬曆（1573—1620）刻本影印，濟南：齊魯書社，1997年，史部第95冊，卷一一，頁3a，總頁202。

　　② 包括《輿地經》、《吳風録》、《西洋朝貢典録》、《西湖游詠》、《藝菊書》、《養魚經》、《獸經》、《高士傳頌》、《申鑒注》、《稻品》、《芋經》、《蠶經》、《與崆同書》、《老子玉略》、《五嶽山人集》、《騷苑》、《詩法》。黃虞稷撰，瞿鳳起、潘景鄭整理：《千頃堂書目》，上海：上海古籍出版社，2001年，索引，頁449。

　　③ 王河主編：《中國歷代藏書家辭典》，上海：同濟大學出版社，1991年，頁363。

　　④ 姜亮夫：《楚辭通故》，《姜亮夫全集》，昆明：雲南人民出版社，2002年，第二輯，頁242。

　　⑤ 王國維批校本見黃靈庚主編：《楚辭文獻叢刊》，北京：國家圖書館出版社，2014年，第12至13冊。

多未能詳述；至於諸版本之間的嬗變，是否有重刻等問題，前人多語焉未詳。以下擬就上述各項加以探究，以期釐清《章句》各版本之間的關係，繼而爲進一步深入研究《章句》版本提供基礎。

二、正德本《楚辭章句》刊刻年份及過程

　　正德本《章句》首次重刊於明代，乃現存單刻《章句》系列存世最早的版本，[①]具有彌足珍貴的版本價值。關於此書之刊刻過程，過去因缺乏直接記載而難知其詳，近年隨着明代楚辭學和黃省曾研究的深入，陸續發掘出不少珍貴材料，爲深入考證黃氏刊刻《章句》提供了更多的考證依據。[②]

　　正德本《章句》前有吳中名士王鏊（1450—1524）撰作《重刊王逸注楚詞序》一文，序文署“正德戊寅夏（1518）”，[③]諸書簿録多據之爲正德本的刊刻年份。然而，王鏊的序文畢竟不是真正的刊刻紀録，難以據此斷定於是年梓刻。傅增湘《藏園羣書經眼録》一書據高第任職於長洲，指出“蓋高公次尹長洲時所刊也”，[④]其說雖未

---

① 黃靈庚：《明正德覆宋本》，《楚辭文獻叢考》，北京：國家圖書館出版社，2017年，頁16。

② 如黃省曾《漢校書郎中王逸楚辭章句序》一文過去鮮爲諸書目録所載，就筆者所見，較早提及此序見於陳煒舜《明代楚辭學》，香港：香港中文大學中國語文及文學學部哲學博士論文，2003年，頁9—10。又，黃靈庚《楚辭文獻叢考》亦曾加以利用，頁14—15。

③ 王鏊：《重刊王逸楚辭章句序》，載王逸撰，黃省曾校正：《楚辭章句》，《楚辭文獻叢刊》，第1冊，總頁1。

④ 傅增湘：《藏園羣書經眼録》，北京：中華書局，1983年，第四冊，卷一二，頁977。

指實刊刻年份，但已大體劃出刊刻年代的範圍，可在此基礎上作進一步論述。按隆慶（1567—1572）《長洲縣志》卷三云：

> 高第，綿州人，進士。（正德）十一年任，儒雅以文學餙吏，郡士多被禮接。陞刑部主事，歷吏部郎、雲南副使。①

至正德十六年（1521）由郭波（明正德年間進士，生卒年不詳）接任，②王鏊作《瓦屋山歌》，題注云："瓦屋山在雅州之榮經，其地絕勝。長洲尹高君第聞之曰：'吾將老焉。'余悲其長往而不來也，以吳人之意招之。"詩中有云："君今此去何當還。長洲父老翹首日西望，願君少住慰我吳下之鱸鮸。"③此詩作於正德十五年（1520），高第於是年離長洲任而去，王鏊乃爲之賦詩作別。據此可知，高第署任長洲知縣在正德十一年（1516）至十五年（1520）之間，由於正德本《章句》卷前載有高第和黃省曾之刊刻題記，是可證本書刊刻年份上限在正德十三年（1518），而下限必不會晚於高氏離任長洲知縣之年。有學者據高第在正德十一年就任長洲縣令，遂斷定正德本刊於是年，④似未細檢現存正德本載有王鏊於正德十三年爲《章句》所作序文，而不能上推至正德十一年。

　　正德本《章句》各卷首題"後學西蜀高第"、次列"吳郡黃省曾"校正，黃靈庚指出後世版本著録往往單稱"黃本"，而抹去"高第"之

---

① 《長洲縣志》卷三，頁98。
② 《長洲縣志》卷三，頁9。
③ 王鏊：《王文恪公全集·瓦屋山歌》，哈佛大學藏明萬曆間（1573—1620）震澤王氏三槐堂刊本，卷八，頁4b—5a。
④ 李清宇：《五嶽山人黃省曾年表稿》，《中國文學研究》2014年第1期，頁117。

名,未審其故。① 葉德輝(1864—1927)《郋園讀書志》以爲:"前有正德戊寅王鏊序,據序云是書爲高第所刻,黄省曾所校,各家書目以爲黄省曾刻者,誤也。"②是書之刊刻前人多歸美於黄省曾一人,竊以爲或因黄省曾校刻典籍精審,深受士人推崇,聲譽頗具,反觀高氏過去未聞有其他刊刻之舉。再者,正德本雖合高第和黄省曾二人之力而成,主要校刻工作應當由黄氏本人承擔,此從黄省曾序文可證,其云:

> 暇與長洲邑君高公次品藻羣作,談及此編。尋頃假去,讀之洋洋,窺冀堂户。乃歸予讐校,授工梓之。③

由黄序可見,高、黄二人一直究心《章句》一書,先發起校刊雖出自高第之意,但黄氏附和後則交由他負責"讐校"和授工梓之。現存正德本《章句》先列高第,後次黄省曾的次序,蓋因其時高氏正身居一縣之長,而黄氏僅屬一介書生,二人身份地位有別,故刊刻時特以尊者居先而已。抑有進者,高第雖屬好學稽古之士,唯身居一縣之長,致力政務之餘,恐怕亦未必有太多暇餘參與校刻工作。反之,黄氏一生勤於著述,收藏古書之餘,一直有志將圖籍校刻成書,以廣流傳。觀黄氏所校刊《水經注》、《申鑒》和《山海經》等書頗爲

---

①　黄靈庚:《明正德覆宋本》,《楚辭文獻叢考》,頁14。

②　葉德輝撰,楊洪升點校:《楚辭章句十七卷》,《郋園讀書志》,上海:上海古籍出版社,2010年,卷七,頁326。

③　黄省曾:《漢校書郎中王逸楚辭章句序一首》,《五嶽山人集》,《四庫全書存目》據南京圖書館藏明嘉靖(1507—1567)刻本影印,濟南:齊魯書社,1997年,集部第九十四册,卷二五,頁7a—8b,總頁733。

時人所重，無疑較高氏更有能力勝任校刻一事。因此，儘管高第曾
參預其事，但整體校刻之工作大有可能由黃省曾完成，是以黃氏於
撰寫的序文對於《楚辭》一書之源流，以至《章句》之刊刻始末都能
夠具述其詳。王鏊在《章句》序文謂此書經高、黃二人"相與校正，
梓刻以傳"，①因其非親預刊刻一事，自不能如黃省曾般清楚了解
到刊刻的過程，故仍當以黃氏的説法較爲可信。

三、正德本《楚辭章句》刊刻之由

正德本卷前載有王鏊《重刊王逸註楚辭序》，陳煒舜指出王鏊
從文學和文獻學的角度審視，比較《章句》和《集注》兩書，既肯定前
者的優點，也對後者神化的地位提出質疑。② 相較之下，黃省曾
《漢校書郎中王逸楚辭章句序》一文則強調朱熹《集注》一書衍生出
的種種流弊，而非其蘊含的學術價值。此序現存正德各本不知何
故都未有收錄，以下依據《五嶽山人文集》卷二五引錄如下：

予讀班固《藝文志》，詩賦家首敍《屈原賦》二十五篇，則劉
向所定《離騷》、《九歌》、《天問》、《九章》、《遠遊》、《卜居》、《漁
父》，蓋舊次也。其宋玉《九辯》、《招魂》，景差《大招》、賈誼《惜
誓》、淮南小山《招隱》、東方朔《七諫》、莊忌《哀時命》、王褒《九
懷》，皆傷原而作，故向悉類從什伍之，而又麗附《九歎》。及玉
逸則疏其旨蘊，而抒《九思》以終焉。傳歷詞林，莫之疵少。至

①　王鏊：《王文恪公全集》卷一四《重刊王逸註楚詞序》，頁 5b—6a。
②　陳煒舜：《永樂至弘治間吳中文士的楚辭論》，《明代前期楚辭學史論》，臺北：
臺灣學生書局，2011 年，頁 147。

宋晁補之乃短長向録，移置簡列。朱氏後出，大病晁書《續》、
《變》二集，僅有擇取，亦薪芻見陵之證也。其論《七諫》、《九
懷》、《九歎》、《九思》，則曰"雖爲騷體，然詞氣平緩，意不深切，
如無所疾痛而强爲呻吟者"。嗚呼！四賢去原代遠，安能如躬
遭者之疾痛邪！玉之於原已迥乎間矣，況其後者乎！特尚其
懷忠慕良，緬思其人，而矩武其譔，斯亦靈脩之徒也。仲尼次
《詩》、《風》、《雅》與《頌》，惟以體萃，而詞意差錯不預焉。苟以
詞意，則《關雎》、《鹿鳴》、《文王》、《清廟》之音，靡有倫繼者矣！
四賢所譔，既曰騷體，則體同而類以從之，又何疑乎！且《離
騷》者，屈子一篇之名也。朱氏輒以槩冠衆目之上，此則語之
童嬰學究，當皆以爲未安者。由是觀之，則其所排削銷燬之
文，豈足以服藝苑之心乎！猥予翹景往哲，寶誦向書久矣。暇
與長洲邑君高公次品藻羣作，談及此編。尋頃假去，讀之洋
洋，窺冀堂户。乃歸予釐校，授工梓之。柱國王公欣然爲序，
予則悲其泯廢，幸其復傳，豈特通賢之快覽，雖質之屈子，必以
舊録爲嘉也。①

觀以上黄氏序文所論，約可概括作三點：

（一）劉向編纂《楚辭》一書，原本依序次先列屈原作品，次列
宋玉（約前 298—前 222）、景差等憫傷屈原之作。後來晁補之
（1053—1110）重編各篇序列，率先破壞劉向"舊次"的面貌。朱熹
雖後出，並有所取捨，但在黄省曾看來，增刪各篇仍未合乎屈騷本
意，其與晁氏並無差别。

---

① 　黄省曾：《漢校書郎中王逸楚辭章句序一首》，頁 7a—8b，總頁 733。

（二）劉向《楚辭》舊本原有東方朔《七諫》、王褒《九懷》、劉向《九歎》和王逸《九思》，朱熹認爲此四篇詞氣平緩，實屬無病呻吟之作，乃逕自刪除。黃氏則持相反意見，指出此四篇的作者與屈原身處的時代環境不同，已不能感同身受屈原當時的遭遇，實屬正常，但正因他們都哀嘆屈原受性忠貞，不遭遇明君，故堪稱"靈脩之徒"。此猶如孔子刪次《詩經》，各類作品"惟以體萃，而詞意差錯不預焉"，故四人所撰既然能歸入"騷體"，則不應予以刪除。

（三）朱熹將《離騷》以外各篇，均冠以"離騷"二字，黃氏則認爲《離騷》乃屈原作品的題名，並不適宜將餘下各篇都統稱作"離騷"。

由以上所論，可以大體了解黃氏對朱熹《集注》的批評。事實上，朱熹《集注》特以義理闡發爲主導，確能打破前人專以訓詁爲主的注釋傳統，從而開拓了楚辭研究的新方向。由於明初社會和學術思想一直以朱熹爲主導，影響所及，《集注》成爲當時流傳最廣、影響最大的版本。黃氏敢於此氛圍底下批評朱子"排削銷爐之文，豈足以服藝苑之心乎"，無疑表現出他對《集注》的極大不滿。而從序文可見，他企圖通過《章句》一書的呈現，展現自己心中最接近屈原原本的《楚辭》讀本，即所謂"雖質之屈子，必以舊錄爲嘉也"。黃氏之所以大力抨擊朱子，主張恢復劉向《楚辭》"舊次"，固然跟正德以來復古風氣興起，士人對程朱道學多有異議的時代特徵吻合。然若進一步探究，也不難發現正德本的刊刻還滲透了個人"感言"在內。

早於正德十四年，黃省曾屢次參加鄉試不中，[1]同年黃氏選擇

---

①　王成娟：《黃省曾研究》，杭州：浙江大學碩士學位論文，2007年，頁26。

刊刻荀悦(148—209)《申鑒》一書,在自序中曾慨歎:

> 荀卿五十遊齊,在襄王時爲老師,被讒適楚,處濁世、亡國亂君之間,著書數萬言,而竟無所施究,悲哉! 逮十三世而有悦,其所遭之時如卿然……悦於見幾君子,誠若有愧,然立漢庭十二年,清虚沈靜,未嘗效一言於操,不其賢歟! 不其賢歟! 予嘗悲其所遭,而讀其書,間窺其領要,遂爲之注。[①]

荀卿學識淵博,深爲世人尊崇,最終"竟無所施究",令人悲嘆。後來荀悦同樣遭遇空負才名、有志難伸的厄運。黄省曾對二荀的生平際遇寄予無限同情,乃促使了他爲《申鑒》作注。然而,正如王鏊在《申鑒》所作的序言中指出:"雖然,悦之書,其有所感而爲乎! 勉之之注,豈亦有感而爲乎!"可見黄氏注釋及刊刻此書除了悲嘆二人懷才不遇外,還寄寓個人不能施展抱負的情懷在內。

黄省曾早年頗有建功立業之志,據自撰《臨終自傳》言"山人思樹勳常",最終卻怯於"瞻言百里必有搖敗"的教訓,"故不樂組綬"。[②] 雖然追求高官顯位並非黄氏本來所願,但其報效家國之志卻終生不泯。檢《五嶽山人集》中載有黄氏《讀〈史記〉詠屈平》一首,最能呈映出他對屈原的評價。詩中感嘆屈原行爲忠直,卻遭羣小挑撥離間,其中如:"上官奪憲令,懷王麾左徒。《離騷》光日月,其詞鬱芳敷。西秦虎狼國,寧肯捐商於。赤子斬八萬,血流丹陽

---

① 黄省曾:《注申鑒序》,《五嶽山人集》卷二五,頁 12b,總頁 735。
② 黄省曾:《臨終自傳》,《五嶽山人集》卷三九,頁 19b—20a,總頁 851。

波"、"古來雞雄翔且舞，獨彼鳳鳥生無晨。蒼蠅邑犬何營營，霜秋感激懷沙臣"，等等，①完全顯露出他對屈原的悲憫和同情。如上文所言，正德本之刊刻介乎十三年至十五年間，在此期間黃氏刊刻《申鑒》，緬懷二荀，又在《章句》付梓的序文中留下"猥予翹景往哲，寶誦向書夕矣"、"予則悲其泯廢，幸其復傳"等感嘆之言，從這種種迹象，不難看出其中滲透着他借屈原遭遇以澆個人胸中塊壘之情懷。

四、正德本《楚辭章句》版本時代

正德本《章句》於明代首次重刊，底本採自黃省曾家藏本，過去多認爲翻刻自宋本，惜王鏊的序文以及黃省曾自序兩文，都未直言採用的底本時代，令人疑惑其真正版本是否源出宋槧。② 王國維在利用正德本校訂《補注》時，最早提出過正德本源出宋本的證據有二：（一）"行款大雅，字畫精湛，實出宋槧"。（二）"目錄自《九章》至《九思》下均有傳字，與洪興祖《補注》所引一本合"。③ 王氏所論甚是，尤其是他能夠從《補注》比勘《章句》的文本中提出堅實的證據。不過王國維同時指出"書中不避宋諱"的觀點實誤，④黃

---

① 黃省曾：《讀史記詠屈平》，《五嶽山人集》卷一〇，頁 4b，總頁 614。
② 如李大明《宋本〈楚辭章句〉考證》謂"王鏊《序》未明言此本是否宋本"，《楚辭文獻學史論考》，成都：巴蜀書社，1997 年，頁 284。
③ "國立中央圖書館"特藏組編：《"國立中央圖書館"善本題跋真迹》，臺北："國立中央圖書館"，1982 年，頁 1842。
④ 王國維《傳書堂藏書善本書志》謂此乃"重刊宋本"，並云"惟每卷首加校正者姓名耳"。見謝維揚、房鑫亮主編；傅傑、鄔國義分卷主編：《王國維全集》，杭州：浙江教育出版社，2009 年，第 10 卷，頁 123。

靈庚分析正德本《章句》，揭示出是書：

> 於"匡"、"桓"、"恒"等少數宋諱字皆缺筆，猶存宋槧舊觀。避諱不甚嚴整，於"胤"、"敬"、"殷"、"構"、"玄"、"慎"、"貞"、"禎"等字皆不避。①

明翻宋本各處避諱不一，個別地方常有一時遺忘不諱的情況，②但這並不妨礙從避諱方法推斷本書的版本年代。進而有之，正德本雖源出宋槧，但到底屬於北宋抑或南宋本，此前學者均未有論及。若單看上述舉出諸如"匡"、"恒"、"桓"等諱字，似當斷作北宋本。然筆者從書中檢得《七諫》"飲菌若之朝露兮，構桂木而爲室"之"構"字缺筆，③明顯乃避南宋高宗趙構（1107—1187）諱而改，此一例子除可爲正德本源出宋本增添另一例證外，同時提供了本書底本出自南宋時期的新證據。

五、正德本《楚辭章句》版本流傳

正德本《章句》在國內包括上海、北京、山東等地圖書館均有收藏，④現時已刊布者有黃靈庚主編《楚辭文獻叢刊》收錄之北京國圖兩種。台灣方面，從臺北"國圖"古籍影像查詢系統檢索，著錄黃

---

①　黃靈庚：《明正德覆宋本》，《楚辭文獻叢考》，頁16。

②　姚伯岳：《中國圖書版本學》，北京：北京大學出版社，2004年，頁278。

③　王逸撰，黃省曾校正：《楚辭章句》卷一三，13a，總頁299。

④　中國古籍總目編纂委員會編：《中國古籍總目·集部》，上海：上海古籍出版社，2013年，頁2。

省曾重刊本共三種,版刻年代都標作“嘉靖本”。① 崔富章早已指出:“著録爲‘嘉靖’本似誤,王鏊正德戊寅(1518)已明言黃、高‘相與校正,刻梓以傳’,是正德刻本無疑,編目者未及細檢耳。”②臺北“國圖”三種藏本中,“‘國圖’代管原北平圖古籍微片”原屬於微影膠片覆本,去除重複實際上只有兩種。檢兩種中鈐有“詒莊樓藏書印”的本子,本章稱作臺北“國圖”本(一);另一種版式和文字與前者略有差異,本章則稱作臺北“國圖”本(二)。③ 除此外,臺北故宮博物院和“中研院”傅斯年圖書館分別藏有兩種正德本,前者有王國維題跋,原屬觀堂舊藏,後者則曾經民國時東方文化事業總委員會庋藏。

　　筆者以寓目之臺北“國圖”本(一)、傅圖和北京國圖三本比勘,④發現三者版式行款都是半葉十行,行十八字,左右雙邊,注文字雙行。此外,版心白口,雙魚尾,上魚尾下方題“楚辭卷幾”,下魚尾上方記葉次。三種本子卷數和篇目相同,避諱處諸如恒、構、匡等字缺筆無不一致,可證三者依據的底本當源出同一系統。⑤ 然若仔細核對三本,會發現傅圖藏本在個別地方之處與前兩種均有

---

① 《“國家圖書館”善本書志初稿》所收黃本《章句》,亦作“明嘉靖間吳郡黃省曾校刊本”,見臺北“國家圖書館”特藏組:《“國家圖書館”善本書志初稿·集部》,臺北:“國家圖書館”,1999年,頁3—4。

② 崔富章:《楚辭書目五種續編》,上海:上海古籍出版社,1993年,頁21。

③ 詳細內容可參臺北“國家圖書館”特藏組:《“國家圖書館”善本書志初稿·集部》,頁3—4。

④ 本文所用北京國圖本,收入黃靈庚主編:《楚辭文獻叢刊》,北京:國家圖書館出版社,2014年。

⑤ 明翻宋本爲了冒充宋元板多抽除序跋題記,臺北“國圖”本(一)和(二)皆無王鏊序,異於其他版本,未知是否與此有關。有關刊本抽除序跋題記研究,見屈萬里、昌彼德著,潘美月增訂:《圖書板本學要略》,臺北:中華文化大學出版部,1986年,頁88。

不少差異，兹舉例而考察如下。

　　首先，臺北"國圖"本（一）和北京國圖本卷底端載列各頁刊刻工姓名，例如卷一頁一"李清"、卷一頁六"張鷟"、卷一頁二三"李槐"、卷二頁九"奎"、卷二頁一四"浩"、卷三頁四"李清"、卷三頁一二"先"、卷三頁一三"章"、卷四頁一七"李直"、卷四頁二二"直"、卷一○頁一"李清"和卷一七頁二"偲"等，傅圖本與之相對應的版頁全部缺錄。其次，傅圖本多有誤字，如卷四題下"王逸叔師章句"，"句"字誤作"旬"；①卷一一《惜誓》"黄鵠後時而寄處兮，鴟梟羣而制之"二句，注文"常集高山茂林之上"之"茂"字，"艹"部誤作"日"。同卷"神龍失水而陸居兮，爲螻蟻之所裁"，注文誤"虬蜉"爲"蜪蜉"。此三例臺北"國圖"本（一）和北京國圖本同樣不誤。最後，傅圖本的字體寫法也多異於其餘兩本，僅舉其明顯者如下。卷一《離騒》題署"黄省曾校正"的"黄"字，傅圖本上部作"艹"，臺北"國圖"本（一）和北京國圖二本則作"廿"；卷二《九歌·雲中君》"蹇將憺兮壽宫"，"將"字傅圖本右上部作"夕"，另兩本則作"夕"；卷五《遠遊》"漠虚静以恬愉兮"的"漠"字，傅圖本右上部寫作"艹"，而另兩本則作"廿"。

　　由以上各種差異來看，似乎可説明傅圖本與其他二本並非同一板刊刻。正德本於明代首印後，直至萬曆年間因梓板年代久遠，模糊不能辨認，申時行（1535—1614）序明萬曆年間朱燮元（1566—1638）、朱一龍（萬曆進士，生卒年不詳）校刊《章句》時已提到："是書梓於郡中，少傅文恪公爲之序，歲久漫漶，習者病焉。"②大抵因

---

① 按："國圖"本（二）此處同誤，見《"國家圖書館"善本書志初稿·集部》，頁4。
② 王逸撰，朱燮元、朱一龍校，西村時彦批校：《楚辭章句》，《楚辭文獻叢刊》據明萬曆（1573—1620）刻本影印，北京：國家圖書館，2014年，第6冊，頁4a，總頁393。

爲原刻版保存不佳，影響書籍流通，嗣後便出現不少新刻《章句》版本，較要者如朱多煃（1534—1593）隆慶五年（1571）豫章夫容館翻宋本、馮紹祖（萬曆年間人，生卒年不詳）萬曆十四年（1586）觀妙齋校刻本，以及朱燮元、朱一龍萬曆二十九年（1601）校刻本等，都成爲當時頗爲流行的本子。唯現有各種楚辭目錄著錄正德本時大多只著錄一種，並未見載有重刊之本。姜亮夫曾提及個人庋藏之《楚辭箋注》，扉頁題稱"朱長孺先生鑒定，王文恪公訂正"、"翼聖堂梓行"，內容和版式均同於正德本，①王文恪即是王鏊，與朱長孺（1606—1683）同樣是明代頗有聲譽的學者，但二人生前未曾校訂過《章句》，而翼聖堂更是當時專門仿刻圖籍的書坊，②由此來看，姜氏此書極可能出自書賈依據正德本仿造，再假托名人抬高書價，以牟取暴利。

就上述所見正德各本，傅圖本字體較爲粗糙，內文間有誤字，加上刪削刊工姓名，這些差異之處都足以説明是書與另兩種本子非同一書版刊刻，令人懷疑此本或許是根據正德初刻本重新刊刻。傅圖本到底由何人於何時梓刻，目前尚無法確知，但經本章之考證，至少可以説明現存正德各本之間存在不同書版刊印的本子，甚至有初刻和重刊之別。今存《章句》早期版本著錄中，夫容館本有原刻、重修、遞修本之別；馮紹祖觀妙齋本也有初刻和重刻之分，③只有正德本未見重刻之記載，因此日後若利用是書版本時或須加

---

① 姜亮夫：《楚辭書目五種》，北京：中華書局，1961年，頁12。

② 郭明芳指出："'翼聖堂'應該是萬曆以降一間專仿刻暢銷書以牟利書坊"，見《從"東海大學圖書館"藏〈正續名世文宗〉考論是書刊印時地》，《東海大學圖書館館訊》第143期（2013年8月），頁61。

③ 以上參見《楚辭書目五種續編》，頁21—25。

以區別,以辨別初刻和重刻之異同。①

六、總　結

　　屈萬里和昌彼得在《圖書板本學要略》一書中説:"正德中葉以後,覆刻宋本之風漸盛。而爾時習尚,最重詩文。"②自戰國以降,楚辭便成爲歷代文人表現情志的重要文體,詩人抒懷吟詠,無不深遠其影響。東漢以來,《楚辭》傳本一直都以王逸《章句》本流傳最廣,至宋代朱熹《集注》面世後方逐漸被取替。由於朱子學術權威地位的影響,《集注》成爲當時最普及的《楚辭》讀本,至明代早期《集注》仍是研習《楚辭》最重要的版本。高第和黄省曾二人於正德年間首據宋本重加校正梓刻,不但打破《集注》的壟斷地位,更開啓了刊刻《章句》的風氣,出現了諸如朱多煃夫容館本、馮紹祖觀妙齋刊刻《章句》等諸本,標誌着《章句》的價值重新得到後人的認同。正德本《章句》作爲明代最早刊本,一直深受後人推崇,本章對是書刊刻及版本方面之考證,共得要點如下:

　　(一)現行各目録書記載正德本《章句》,絕大部分依據王鏊《重刊王逸注楚詞序》一文,將本書刊刻年份釐定在正德十三年。另有學者從高第在正德十一年就任長洲縣令,論定正德本刊於是年。今從正德本載有王鏊正德十三年爲《章句》作序文,以及高第於正德十五年離長洲任,論證是書之刊刻年份當介乎十三年至十

―――――――――

　　①　據筆者最近寓目所及,韓國國會圖書另藏有一部明刊正德本《章句》,行款和字體等均與傅圖本俱合,或可證此本曾刊行一時,值得研究者多加注意。

　　②　《圖書板本學要略》,頁78。

五年間，而正德十一年之説並不能成立。

（二）正德本雖合高第和黄省曾二人之力而成，後人卻多逕稱黄曾省本而忽略高氏之名。今據黄省曾所撰序文，得知正德本校刻工作主要由黄氏本人承擔。然因高氏身居一縣之長，而黄氏僅爲一介書生，刊本特以尊者居先，故現存正德本《章句》各卷首題"西蜀高第"、次列"吴郡黄省曾"。

（三）高第和黄省曾二人特將東漢王逸《章句》梓刻成書，無疑受到明代復古風氣的影響，然從黄氏的序言及其詩文作品，可見他大力抨擊朱子《集注》之餘，亦摻雜借刊刻屈原之作以抒發自身的情感。

（四）正德本刊刻底本源出黄氏家藏本，學者多據書中避宋諱字，定作宋槧，本章則進一步指出書中避"構"字諱缺筆，版本當源自南宋本。

（五）本章比較現存正德本，揭示各本之間存在不同書版刊印的本子，甚至有初刻本和重刻本之分，有助將來進一步甄別不同的《章句》版本。

以上所論旨在釐清正德本《章句》之刊刻和版本問題，俾便將來進一步探究《章句》版本。至於是本與明代其他《章句》版本之間的關係，限於篇幅未能一一細論，有待日後另文再探。

第三章　重論王逸《楚辭章句》與劉向《楚辭》的關係

一、引　言

　　據清代《四庫全書總目》館臣之言，西漢劉向輯録屈原、宋玉等人作品，編成《楚辭》一書（下簡稱劉本），後來王逸根據劉本《楚辭》增入己作《九思》成十七篇，並爲全書作注釋，編成《章句》。[①] 依照秦漢古書單篇別行的通例，[②]劉本《楚辭》成書之前，或以單篇的形式流行。正如司馬遷（約前 145—90）讀屈原之作，所舉《離騷》、《天問》、《招魂》、《哀郢》四篇，[③]皆未言明出處，大概是依據單行本之故。而漢人注《離騷》、《天問》都以一篇爲限，又可證《楚辭》未成書前，屈賦傳本大多是單篇別行。聞一多說最早合編的屈原作品應是《九章》一類的作品。按今本《九章》收録的九篇題稱“屈原”的作品，聞氏認爲可以分爲甲、乙兩組。甲組題名皆兩字，篇末皆有

---

①　《四庫全書總目》卷一四八，頁 1267。
②　余嘉錫《古書通例》說：“古人著書，本無專集，往往隨作數篇，即以行世。”見余嘉錫：《古書通例》，北京：中華書局，2007 年，頁 244。
③　《史記》卷八四《屈原賈生列傳》，頁 2503。

亂辭。乙組的題名三字均摘自篇首，篇末皆無亂辭，因此乙組的作品大概是"擬"或"代"屈原的作品，而被後人誤認出自屈原之作。①依聞氏之說，擬作者或出於炫人耳目，借重"屈原"之名，但今人已無法分辨哪些是後人之作，只是它們一早被貫作"屈原"之故，可見把不同文本編合起來，也許是漢人編纂屈原作品的另一種方式。

正式採用屈原名義編成的文集，一般認爲是《漢志》"屈原賦二十五篇"。此"二十五篇"原是劉向在官方主導下編訂的本子，因而著録於班固的《漢志》。但在官方的本子以外，王逸在《離騷後序》另有楚人"二十五篇"之說：

> 屈原履忠被譖，憂悲愁思，獨依詩人之義而作《離騷》，上以諷諫，下以自慰。遭時闇亂，不見省納，不勝憤懣，遂復作《九歌》以下凡二十五篇。楚人高其行義，瑋其文采，以相教傳。②

所謂"教傳"，褚斌傑指是教授子弟以傳後世，不是一般的流傳，而是有所輯録。③ 雖然楚人"以相教傳"不一定要如劉向輯録成定本纔能教授弟子，然透過"教傳"對屈賦的形成和流傳産生過影響。④

---

① 聞一多：《論九章》，《聞一多全集》，武漢：湖北人民出版社，1993年，第五册，頁637、642。

② 《楚辭補注》卷一，頁48。

③ 《楚辭要論》，頁102。

④ 小南一郎指出："屈原賦二十五篇不單只是傳，而被説爲是'教傳'，因此可以推測其中包含如何誦讀這些作品的教傳，以及相關《楚辭》理解的詳細指示。"見小南一郎著，張超然譯：《王逸〈楚辭章句〉研究——漢代章句學的一個面向》，頁22。

　　早期能夠選入二十五篇中的作品都題稱作"屈原"，後來十六卷本《楚辭》在屈原傳本的基礎上，卻增入宋玉等人的作品，吳宏一認爲：

> 可以看出來自有他（按：劉向）取捨的標準。他想編選的，不是《楚辭》作品的總集，而是輯録屈原的紀念集，把當時傳世的屈原作品彙集起來，再把宋玉以下追愍屈原的辭賦作爲附録。簡單的説，劉向所編《楚辭》的目的，就是要追愍屈原，並且彰明屈原的孤忠諒節。①

經歷過早期單篇別行的階段，到西漢廣收非屈之作，正式編成《楚辭》的專集，由始至終都可以體現出編者以"屈原"爲中心的宗旨。

　　傳統以來，對劉向編纂《楚辭》"十六卷"之説幾無異議。過去學界大多指出王逸是繼劉向之後撰作《章句》，其底本必是出自劉向編集之《楚辭》。此一觀點很早就有人提出，宋人晁補之（1053—1110）《離騷新序》云："劉向《離騷楚辭》十六卷，王逸傳之"，②至明代王世貞（1526—1590）《重刊王逸楚辭序》又謂："其前十五卷爲漢中壘校尉劉向編集……前後皆王逸通故爲《章句》"，③可見兩人均將王逸《章句》看作是劉本的孑遺，並認定兩書之承傳關係，於是到清代《四庫全書總目》館臣總結《楚辭》一書的形成時，就説得比之

　　①　吳宏一：《詩經與楚辭》，臺北：臺灣書店，1998 年，頁 151。

　　②　晁補之：《雞肋集》，《景印文淵閣四庫全書》，臺北：臺灣商務印書館，1986 年，第一一八册，卷三六，頁 3a，總頁 682。

　　③　王世貞：《弇州四部稿》，《景印文淵閣四庫全書》，第一二八〇册，卷六七，頁 16a—b，總頁 166。

前更爲仔細：

> 初，劉向裒集屈原《離騷》、《九歌》、《天問》、《九章》、《遠
> 遊》、《卜居》、《漁父》，宋玉《九辯》、《招魂》，景差《大招》，而以
> 賈誼《惜誓》、淮南小山《招隱士》、東方朔《七諫》、嚴忌《哀時
> 命》、王褒《九懷》及向所作《九歎》，共爲《楚辭》十六篇，是爲總
> 集之祖。逸又益以己作《九思》與班固二《敍》爲十七卷，而各
> 爲之註。①

劉本《楚辭》早已佚亡，其篇名固不可確考，但《四庫》館臣仍堅信
《章句》保存劉本的原貌，故透過《章句》一書便能够推知劉本十六
篇的篇目。至於後世輯刻劉本《楚辭》，多從王逸《章句》録出，②則
又反映除篇目之外，劉本的具體内容都能根據《章句》一書得以恢
復。近世學界大體上承古人的觀點，林維純《劉向編集〈楚辭〉初
探》一文説：“東漢王逸《楚辭章句》所依據的底本，原是由劉向編集
而作。”③《楚辭著作提要》則指出《章句》使用劉向編集的《楚辭》爲
底本，“基本上爲學術界所認可”。④　由是可見，自宋以來學者對
《章句》以劉向《楚辭》爲底本撰寫而成大多無甚異議，以致很少人
深究其説之然否。

　　然而，若細察目前留存下來的各種文獻記載，會發現兩書的承

---

① 《四庫全書總目》卷一四八，頁 1267。
② 《楚辭書目五種續編》，頁 3。
③ 林維純：《劉向編集〈楚辭〉初探》，《暨南學報》1984 年第 3 期，頁 86。
④ 崔富章總主編：《楚辭著作提要・楚辭章句》，武漢：湖北教育出版社，2002
年，頁 3。

傳關係，只是建立在王逸《離騷後序》的簡短序言上，但該篇序言實無法提供《章句》因承劉本《楚辭》的證據。再者，除王逸此篇序言外，過去鮮有論者注意到宋代以前，文獻著錄中幾乎未見提及王逸因承劉向本《楚辭》一事，兩書之版本關係要到宋代纔逐漸確立。從以上兩個疑問出發，劉本《楚辭》與《章句》之間的關係似乎仍存在着諸多疑點須要辨明，實有重探的必要。① 職此之故，本章擬綜合歷來各説，先梳理出劉向與《楚辭》的關係，以作後文討論的依據。其次，從宋以前文獻著錄出發，辨析《章句》與劉本《楚辭》的關係，繼而從王逸任職東觀校書郎編撰《章句》的具體情況入手，探析《章句》與劉本《楚辭》的承傳關係。最後，在前文的基礎上，嘗試從現存《章句》刊本書題分析王逸因承劉本《楚辭》之説的形成，冀能夠藉此釐清《章句》與劉向《楚辭》的真正關係，以推進《章句》的研究。

二、劉向編纂《楚辭》之説平議

　　傳統以來一般認爲劉向將屈原、宋玉等人的作品彙編成集，定名爲《楚辭》，但是到了近代，《楚辭》是否出自劉向卻成爲一個有争議的問題。關於劉向本《楚辭》編纂一事，最早是由王逸《章句·後序》提出：

　　　　逮至劉向，典校經書，分爲十六卷。孝章即位，深弘道

---

　　① 前人論《章句》與劉向《楚辭》的關係散見於不同著作，其中《章句》據劉向《楚辭》爲底本的觀點可追溯至宋代，至今仍成學界主流觀點，故本文所謂"重論"並非針對某一文章或專著。

藝。而班固、賈逵復以所見改易前疑，各作《離騷經章句》。
其餘十五卷，闕而不説。又以“壯”爲“狀”，義多乖異，事不
要括。今臣復以所識所知，稽之舊章，合之經傳，作十六卷
章句。①

這段簡要的説明影響深遠，也是對劉向編纂《楚辭》的重要證明，廣
爲後人採録。② 明代張溥（1602—1641）《漢魏六朝百三家集》在
《王叔師集》的提要即抄録文中内容：

　　漢武帝時，淮南王作《離騷傳》，向典校經書，分爲十六卷，
東京班固、賈逵各作《離騷章句》，餘十五卷，闕而不説。至王
逸復作十六篇章句，又續爲《九思》，取班固之序附之，爲十七
篇，今世所行《離騷》，皆王本也。③

清人編修《四庫全書》時，逐一列出劉本十六篇篇目，正是始自王逸
此一舊説。但到了三十年代初，王雲渠於《北平晨報》發表一系列
文章質疑《楚辭》的編者不是劉向，④提出《楚辭》不著録於《漢志》：

---

① 《楚辭補注》卷一，頁 48。
② 當然前人深信王逸之言，基本上是根據兩種判斷。首先“典校經書”即成帝
時劉向受詔校書一事，根據《漢書・藝文志》，劉向主理六藝、諸子、詩賦三略，任宏、尹
咸和李柱國分別負責兵書、數術和方技。各人分工合作，《楚辭》一書由負責主理《詩賦
略》的劉向校理，符合工作的分配。而其“分爲十六卷”，和劉向校書得出的“十六卷”亦
完全吻合。
③ 張溥著，殷孟倫注：《漢魏六朝百三家集題辭注》，北京：人民文學出版社，1960
年，頁 53。
④ 王雲渠：《楚辭十六卷是劉向所校集的麼（一）》，《北平晨報》，1931 年 11 月
24、26、27 日。

　　如果十六卷《楚辭》全係劉向親手校集，班固在《劉向傳》
和《藝文志》中，也不應對劉向校集《楚辭》一段事實，一字
不提。①

此一斷言隨即引起各方熱烈討論，出現兩種截然不同的意見。除
王雲渠外，朱東潤同樣提出相近的質疑：

　　此書如出劉向所集，其後向子劉歆作《七略》，班固復本
《七略》作《漢書·藝文志》，皆不應不收入。今《漢書·藝文
志》無此書，此其可疑者一。②

兩人都從劉向奉詔校書切入，指出校書的書目理應保存於班固《藝
文志》之中，《楚辭》不可能不著錄於《漢志》。隨後，王雲渠還發現
《楚辭》收錄的其他單篇作品，《漢志》同樣也有闕錄的情況，如王氏
提出《大招》一篇：

　　假定劉向曾經校集《楚辭》，曾將《大招》一篇，入《楚辭》
中，則劉向《詩賦略》，無論《大招》是否景差所作，也一定把《大
招》一篇，錄入《詩賦略》中。③

---

① 王雲渠：《楚辭十六卷是劉向所校集的麼(一)》，《北平晨報》，1931 年 11 月 24
日，第九版。
② 朱東潤：《楚歌及楚辭——楚辭探故之一》，收入作家出版社編輯部編：《楚辭
研究論文集》，北京：作家出版社，1957 年，頁 366。
③ 《楚辭十六卷是劉向所校集的麼(一)》，《北平晨報》1931 年 11 月 24 日，第
九版。

甚至他還指出：①

> 所有在東方朔傳本未被記載過的，全是僞書，全是別人假
> 托的，全都不是東方朔自己的著作。這一類的僞書，全没曾經
> 劉向校録過。……假定劉向校《詩賦略》，真曾被劉向認爲確係
> 東方朔作，劉向也一定把《七諫》同東方朔作其他嫚戲不可讀的賦
> 一齊録入第四種賦——雜賦裏邊，絕對不得和前三種賦並齒。②

《漢書·東方朔傳》收録東方朔（前154—前93）諸作，但未載録劉
向選録的《七諫》，確使人懷疑《楚辭》是否劉向所編，但對於《漢志》
之闕録，余嘉錫《古書通例》有如此的解釋：

> 《藝文志》於漢時書，不盡著於録，證之本書，章章可考。③

因此《漢志》（如《大招》等）的不著録很可能是出於收録範圍有限之
故，不一定跟劉向的編纂有關。至於班固《漢書》東方朔之作中未
有收録《七諫》，甚至連《漢志》都不録用，④必須從另一個角度來理

---

① 除此之外，王雲渠和朱東潤兩人另外舉出其他證據，但考慮到均與《漢志》有
關，故不再贅述。另外，龔俅對朱東潤提出的六個懷疑（見《楚歌及楚辭——楚辭探故之
一》，頁365—367）有很仔細的駁論，參氏著《〈楚辭〉研究三題》，廣西師範大學碩士學位
論文，2007年，頁12—14。

② 《楚辭十六卷是劉向所校集的麼（二）（三）》，《北平晨報》，1931年11月26日、
11月27日，第九版。

③ 《古書通例》卷一，頁191。

④ 《七諫》是否不見於《漢書》，學者仍有爭議。如湯炳正懷疑《七諫》即本傳所舉
之《責和氏璧》，見湯炳正：《淵研樓屈學存稿》，北京：中國社會科學出版社、華齡出版
社，2004年，頁114。然何天行卻指出《七諫》內容與此題不合。見何天行：《楚辭作於
漢代考》，上海：中華書局，1948年，頁10。由於爭論涉及許多複雜的問題，非本章能處
理，故暫仍假設班固之言可靠。

解。因爲最受争議的是班固"凡劉向所録朔書"這一段話。實際上班固所言"凡劉向所録朔書"一段的依據雖是劉向，但所作"世所傳他事皆非也"的結論卻非出自劉向，而是班固個人的判斷，若據此否定劉向與《楚辭》一書的關係，實是把班固當作劉向，張冠李戴，將導致誤解萌生。

　　上述非劉之説的主張者，大抵沿襲《漢志》不著録這一點。但是，現代學者並非一面倒地反對劉向爲編者之説，譬如力之就以《漢志》設定的體例來解釋不著録的原因，從而對舊説提出辯解：

　　　　考《藝文志·詩賦略》，賦分爲四類，前三類以人爲别，而後一類以内容爲歸。然而，《楚辭》既不同於前者，又異於後者，故其無所歸，收它即壞《詩賦略》之體。何況，其最主要的部分——《屈原賦》25 篇，已被單獨著録（從《藝文志》之體例説，《屈原賦》又絶不能不著録）；其所附的代屈原設言之作，亦多有所歸。①

除此外，林維純推斷《楚辭》是一部未完成稿，因而未能及時録入《漢志》：

　　　　最大的可能是班固當時未看到劉向所集《楚辭》一書，看

────────────

①　力之：《〈楚辭〉研究二題》，《楚辭與中古文獻考説》，成都：巴蜀書社，2005 年。頁 31。又熊良智亦認爲，"這個原因當然是由於《漢書·藝文志》的體例所限，王儉《七志》變《詩賦略》爲《文翰志》，就因爲'詩賦之名不兼餘制'。同時也因爲向、歆父子校書中祕，楚辭之書還不足成類"。熊良智：《楚辭文化研究·從古代目録學看楚辭的學術淵源》，成都：巴蜀書社，2002 年，頁 355。

　　來這書在劉歆時代亦未完稿成書。班固所見到的《楚辭》，當
是"世相教傳"的其他本子，或加上劉安的《離騷傳》等。原因
是劉向所集《楚辭》，在當時只是一部未完成的書稿。這從今
本《楚辭章句》一些篇章的前敘中可以找到證據。①

王宏理也持有類似的觀點：

　　　　劉氏之所編并未列於志目，正説明至少在此時，所謂《楚
辭》仍是臨時奉詔而作，未必有定本也。②

至於董運庭引徐復觀之説認爲：

　　　　劉向編纂《楚辭》是在建始元年以前廢棄期間的個人行
爲，典校經書則是河平三年以後奉詔而行的"政府行爲"，二者
在性質上和目標上都是不同的，不可混爲一談。③

整體而言，從上述各種非劉之説來看，不難發現論者主要依憑
《漢志》這條"孤證"，甚至可視之爲"默證"。譬如朱東潤推翻
劉向之後，提出編者是"王逸"，後來卻再加推爲"王逸以後的
妄人"：

────────────

① 林維純：《劉向編集〈楚辭〉初探》，頁92。
② 王宏理：《楚辭成書之思考》，《杭州大學學報》第26卷第1期，1996年3月，
頁44。
③ 董運庭：《楚辭流傳與"屈原一家之書"的〈楚辭〉結集》，《楚辭與屈原辭再考
辨》，北京：中國社會科學出版社，2005年，頁73。

我們不妨想象王逸只是把他所見到的幾篇辭賦，以及歌詩，拉雜湊合，成爲一書，沒有經過必要的考訂，也沒有經過應有的批評。至於題稱劉向所集，也許王逸假以自重，也許還是王逸以後的妄人所作，都是無從考訂了。①

最終對編者是否王逸仍是持保留態度。郭建勛不贊成劉向爲編者之說，但也説到：

劉向編集《楚辭》的説法確實難以令人相信，若説劉向曾整理不少單篇的作品，而王逸在此基礎上編成《楚辭》一書，則較爲合理。②

但到最後仍不得不承認"遠非定論，推理的成分較多"。③　由以上論述可見，論者一旦推翻劉向的編纂權，往往會造成《楚辭》"編者"不可考的尷尬局面，以致越來越難以探求《楚辭》的成書過程。

事實上，對於劉向編訂十六卷本《楚辭》，主張"未成書"之説矛盾處處。《漢志》多闕錄之典籍，本身已不是最有力的證據。王逸對屈原以來整個楚辭學的發展和著述有十分明確的記載，假如劉本真的殘闕不全或未有定本，以王逸對前人校本之不滿似不會對此毫無説明。再者，若劉向校書未成，又怎會先得出"十六卷"呢？　至於説劉向在廢棄期間編纂《楚辭》也缺乏理據，④

① 朱東潤：《楚歌及楚辭——楚辭探故之一》，頁367。
② 郭建勛：《漢魏六朝騷體文學研究》，長沙：湖南教育出版社，1997年，頁24。
③ 《漢魏六朝騷體文學研究》，頁24。
④ 按：龔佚對此有進一步的反駁，見氏著《〈楚辭〉研究三題》，頁13。

因漢代若無官方的協助，以私人之力校定圖書，絕非易事。總而言之，劉向分校十六卷，並没有與今本《章句》卷數出現牴牾，而非劉之説的疑點很多，因此現存的文獻雖然得不出令人滿意的結論，但在没有確切的反證下，本章仍依傳統以來劉向編纂《楚辭》之説。①

三、《楚辭章句》是否以
劉向《楚辭》爲底本？

　　前文指出王逸《章句》依據劉本《楚辭》作底本已成學界共識，②但關於劉本和《章句》一書的關係，唯一能够查考的文獻只見於《章句》序言：“至劉向典校經書，分爲十六卷……今臣復以所識所知，稽之舊章，合之經傳，作十六卷章句。”③細察序言會發現王逸只言劉向校訂《楚辭》，分作十六卷，從未提及依據的底本來自劉本，後人卻不察王逸未有此意，便單純地將兩書卷數相合視作《章句》出自劉本的證明，實有待商榷。由於劉本已經佚亡，要檢驗《章句》是否用劉本爲底本，除了王逸這段十分含糊的説明外，只能循其他方向入手。如果追溯《章句》承傳自劉本之説的來源，大抵可以宋代作爲分水嶺，因此下文將會分析宋以前的文獻著録，接着從王逸任職東觀校書郎編撰《章句》的背景，探討《章句》與劉本《楚

---

① 學界另對劉向《楚辭》卷數和編次提出過不同的推測，因劉本卷目及編次均無法得見，是否都由《章句》繼承難以確證，故本章暫亦不涉及。

② 林維純：《劉向編集〈楚辭〉初探》，頁 86。潘嘯龍、毛慶主編：《楚辭學著作提要》，武漢：湖北教育出版社，2002 年，頁 3。

③ 《楚辭補注》卷一，頁 48。

辭》的關係。

（一）宋以前文獻記載王逸《楚辭章句》和劉向《楚辭》的資料

有關《章句》的成書記載最早見於《後漢書・文苑傳》：

> 著《楚辭章句》行於世。其賦、誄、書、論及雜文凡二十一篇。又作《漢詩》百二十三篇。①

《後漢書》單獨列出《章句》一書，而將其他賦、誄、書、論及雜二十一篇分門別類，是因范曄（398—445）《後漢書》將專書獨立著錄的體例。② 後來魏徵（580—643）等人《隋書・經籍志》著錄《王逸集》、《正部論》兩書，乃後人輯錄專書以外作品的本子，③應非王逸親自編定。④

檢《隋書・經籍志》收錄東漢以來楚辭類十一部作品（包含亡書在內），共計四十卷之多，堪能反映各類楚辭著作的特色。《隋志》首列"《楚辭》十二卷，並目錄"，只注出"後漢校書郎王逸"，而不見劉向的本名。事實上，《隋志》沒有完全略去劉向之名，但細察其中則不難發現，《隋志》提及劉向並不是因爲他是編者之一，試看其小序謂：

> 漢武帝命淮南王爲之章句，旦受詔，食時而奏之，其書今

---

① 《後漢書》卷八〇《文苑傳》，頁 2618。

② 郭英德：《中國古代文體學論稿・〈後漢書〉列傳著錄文體考述》，北京：北京大學出版社，2005 年，頁 64。

③ 章學誠《文史通義・文集》指出："（《後漢書》）皆云所著詩、賦、碑、箴、頌、誄若干篇，而不云文集若干卷，則文集之實已具。"見《文史通義校注》，頁 296。

④ 參第一章《王逸〈正部論〉考——兼論其與〈楚辭章句〉之關係》。

亡。後漢校書郎王逸，集屈原已下，迄於劉向，逸又自爲一篇，并敘而注之，今行於世。①

王逸收録"屈原"至"劉向"的作品，而自己又自爲一篇（此一篇即其親撰之《九思》），《隋志》在此將屈原、劉向和王逸三人並列是將三人視作楚辭發展史中的三位"作者"，但"集屈原已下"及"敘而注之"的只有"後漢校書郎王逸"一人，很明顯，王逸是身兼編注者和作者身份，而劉向只具作者身份，故在《隋志》而言，《章句》之成書與劉向或無關係。楚辭各種著作除見於《隋志》外，相近時期的簿録也有相關載録，可作上文的印證。如成書於中國唐代時期日本藤原佐世（847—898）《日本國見在書目》，《楚辭》有"《楚詞》十六，王逸"、"《離騷》十，王逸"兩本，②皆未有寫出劉向之名。同一時代後晉劉昫（887—946）等人編撰的《舊唐書》著録王逸"《楚詞》十六卷"，③同樣未有《章句》因承劉本《楚辭》之記載，據此可見在隋唐之時，《楚辭》的版本多歸於王逸《章句》之下，與劉向《楚辭》之承傳並無關係。

除見於史志簿録以外，魏晉時劉勰（465—約522）特撰《文心雕龍·辨騷》等篇章，文中多撮録王逸《離騷後序》之語，引用"王逸以爲詩人之提耳"、"《離騷》之文，依經立義"等語皆出自是篇。④惟《辨騷》載録十一篇《楚辭》作品之名，學者多以爲能代表六朝時

① 《隋書》卷三五《經籍志》，頁1056。
② 藤原佐世：《日本國見在書目録》，臺北：新文豐出版社，1984年，頁82。
③ 《舊唐書》卷四七《經籍志》，頁2051。
④ 周振甫：《文心雕龍今譯》，北京：中華書局，1986年，頁41。

期《章句》版本的面貌，①文中卻没有論及《章句》因承劉向《楚辭》一事。雖然《辨騷》重點或許只針對從《詩經》到《楚辭》的文學演變，所以未能兼顧其他方面的論述。但是，參考相近時代南朝蕭統（501—531）編訂《文選》一書，其中就選録了許多《楚辭》代表作，也未有任何片言隻語的解釋，不免啓人疑惑。值得注意的是唐代李善《文選》注保存王逸《章句》注釋，但在《文選》本《楚辭》十三篇中，無論是唐鈔《文選集注》或南宋尤袤（1127—1194）刻本，都只能看到書題標舉出篇章作者和"王逸注"，卻未見有如明翻宋本"劉向《編集》"的題稱，這説明李善爲《文選》作注時，還未出現王逸依據劉本《楚辭》之説。

（二）從王逸任職東觀校書郎看《楚辭章句》與劉向《楚辭》的關係

王逸於元初中任校書郎，此事記載於《後漢書·文苑傳》，所謂"元初中，舉上計吏，爲校書郎"。② 一般認爲《章句》的成書正是王逸擔任東觀校書郎之時。聞一多根據明翻宋本《章句》以及《補注》本書題作"校書郎臣王逸上"認爲：

> 王《注》本於卷首皆題曰"校書郎臣王逸上"，是其注此書，正當校書秘閣時。③

---

① 如湯炳正曾據《辨騷》推論《楚辭》的篇次等，見湯炳正：《〈楚辭〉成書之探索》，《屈賦新探》，濟南：齊魯書社，1984 年，頁 89—91。

② 《後漢書》卷八〇《文苑傳》，頁 2618。

③ 聞一多：《楚辭校補》，《聞一多全集》，頁 115。易重廉亦謂："世傳明嘉靖翻宋本刻《楚辭章句》卷一至卷十六皆題'校書郎臣王逸上'，逸在校書郎任內注《楚辭》已有明證。"《中國楚辭學史》，頁 63。

但是，在考證中僅依據題稱是否能夠得出王逸撰作的年代，楊守敬（1839—1915）早已提出質疑。據楊氏的考證：

> 明刻别本題"校書郎王逸章句"者，特據《隋志》改題，未必舊本如此也。①

進而言之，楊氏雖未因書題改編自《隋志》，直接否定校書郎的題稱出自後人添加，但已提醒了後世研究者不能全信舊題之説，因此更多的學者是循其他方面來推論。蔣天樞首先注意到古代帛價鉅而竹簡繁重，流動甚艱難，故寫書以簡，而貴重者寫定以帛，推測王逸進入東觀之後纔得見十六卷本《楚辭》，以及劉安、班固、賈逵等各家《離騷經章句》的傳本。② 李大明的論證進一步縮窄了成書的下限，他指出安帝（94—125）其人，遠不如鄧太后（81—121）之好文，其時校書修史諸文事，均鄧氏所爲。而"安帝覽政，薄於藝文"，如果王逸這以後纔獻上《章句》，可謂不識時務，③ 從而間接否定王逸於永寧（120—121）之後獻上《章句》之説。筆者亦發現另一條線索，《後漢書》記馬融（79—166）先後兩次進入東觀校書，第一次在永初四年（117），拜爲校書郎中，典校中祕藏書，第二次是桓帝（132—168）時復拜議郎，著述於東觀，④ 頗疑馬融《離騷注》成書於桓帝之時，因晚於

---

① 楊守敬：《日本訪書志》，《楊守敬集》，武漢：湖北人民出版社，1997 年，第八册，卷一二，頁 280。
② 蔣天樞：《楚辭學論文集·〈後漢書〉王逸傳考釋》，頁 200。
③ 李大明：《王逸生平事蹟考略》，載《楚辭研究》，頁 421。
④ 《後漢書》卷六〇，頁 1954、1972。

《章句》的編成而未被王逸寓目，①所以王逸《離騷後序》列前代各個注釋家，唯獨未見馬融《離騷注》的蹤影，或可爲上述兩家推定《章句》成書不遲於王逸任校書郎之説，增添一個旁證。

　　無論如何，從上文的論述大致可以推斷出王逸負責校訂《章句》一書的上限約爲元初中，下限則早於永寧元年。今本《章句·離騷後序》自稱"臣"，姚振宗（1843—1906）説此種稱呼"則當時嘗進於朝"，②大抵是符合當時的實情。據《後漢書·宦者列傳》，元初四年（117）：

　　　　帝以經傳之文多不正定，乃選通儒謁者劉珍及博士良史詣東觀，各讎校家法，令倫監典其事。③

此一次校書距離元初中王逸留任校書郎之時並不遠，④推斷當是王逸擔任校書郎，因逢際會，參與了劉珍等人領校經典的活動，⑤並負責編撰《章句》一書。

─────────

①　按此説最早見於劉永濟《王逸章句識誤》一文，其謂："叔師獨未及季長注，或馬注晚出，叔師未見也。"收入劉永濟：《箋屈餘義》，北京：中華書局，2007年，頁263。

②　《後漢藝文志》，頁110，總頁2414。

③　《後漢書》卷七八，頁2513。

④　許子濱謂："王逸元初中爲校書郎，元初六年，既曰'中'，按理，其年當在元初三年（公元116年）左右，此與元初四年下詔校書之事正合。"見《王逸〈楚辭章句〉發微》，頁9。

⑤　又安帝永初中（約110—111）朝廷下詔校書，以"（劉珍）爲謁者僕射。鄧太后詔使與校書劉騊駼、馬融及五經博士，校定東觀五經、諸子傳記、百家藝術，整齊脱誤，是正文字。"《後漢書》卷八〇《文苑傳》，頁2617。此次校書始於永初中，距元初中（約115—116）王逸到東觀擔任校書郎提前四至五年，王逸當時或仍擔任地方的上計吏，未能參與是次工作。

　　王逸之所以被徵詣東觀，或因其博識廣聞，深於屈賦有關。[1]
東漢校書郎的職責主要負責典校祕書，撰述傳記，[2]官階一般不
高，因此一般由一些不具實職的官員兼任，但由於要求入值者具備
"著作之任"，故多由當時的"名儒碩學"擔任。[3]　王逸受命參與東
觀校書，以其職責勢必涉及"整齊脫誤，是正文字"的版本校訂工
作。首先，王逸身處安帝之時，當時正由鄧太后攝政，鄧太后雅好
典籍，徵召官吏校訂經史典籍，多出其意。據《後漢書‧皇后紀》：

> 太后自入宮掖，從曹大家受經書，兼天文、筭數。畫省王
> 政，夜則誦讀，而患其謬誤，懼乖典章，乃博選諸儒劉珍等及博
> 士、議郎、四府掾史五十餘人，詣東觀讎校傳記。[4]

鄧太后不滿中祕典籍是因文本"謬誤"帶來了"懼乖典章"的疑惑，
故徵召東觀校書郎"讎校"典籍，首要任務必然是先校訂藏本的錯
誤。又《安帝紀》：

> 詔謁者劉珍及五經博士，校定東觀五經、諸子、傳記、百家
> 藝術，整齊脫誤，是正文字。[5]

---

① 蔣天樞：《〈後漢書〉王逸傳考釋》，頁198。許子濱：《王逸〈楚辭章句〉發微》，
頁10。
② 杜佑撰，王文錦等點校：《通典‧職官》，北京：中華書局，1988年，卷二六，
頁735。
③ 《通典‧職官》："漢東京圖書悉在東觀，故使名儒碩學入直東觀，撰述國史，謂
之著作東觀，皆以他官領焉，蓋有著作之任，而未爲官員也。"卷二六，頁736。
④ 《後漢書》卷一〇《皇后紀》，頁424。
⑤ 《後漢書》卷五《安帝紀》，頁215。

由上可見，校書目的依然是校訂文本，因而必須"整齊脱誤"、"是正文字"。據李德輝考證，漢代典籍都是寫本形態，篇章散亂，即使是同一種書，文字的多寡異同，篇卷的次第分合亦不盡相同，學者要從事著述，勢必要以校勘文字，確定底本爲基礎，①因此，即使單純的文本注釋，恐怕也必須先校訂文本，纔能展開下一步的工作，故王逸編撰《章句》時首先"整齊脱誤，是正文字"，再給以注釋實屬情理中事。

其次，對王逸而言，前人編定的楚辭文本未臻完善，亟待訂正。從王逸《離騷後序》可知，他不滿《離騷》出現"以壯爲狀，義多乖異"的文本謬誤；②《天問後敘》更批評《天問》："其文義不次……至於劉向、揚雄，援引傳記以解説之，亦不能詳悉。所闕者衆，日無聞焉。③"正是由於文本產生的錯訛，已經影響到文義的釋讀，所以他自己要"爲之符驗，章決句斷"。由是可見，王逸編撰《章句》時不能只因承中秘藏的典籍版本而不提供任何修訂，當中顯然涉及版本校訂。④按照漢代整理中秘典籍的常用之法，校勘文本先要兼備不同本子，經過選擇去取作成定本後，將繕寫者與原所根據之定本相校，纔能是正字句之訛誤。⑤以劉向校定《管子》爲例，取中書三百八十九篇、大中大夫卜圭書二十七篇、臣富參書四十一篇、射聲

---

① 李德輝：《東漢時期之東觀及其相關問題研究》，《東華漢學》第 18 期（2013 年 12 月），頁 202。

② 《楚辭補注》卷一，頁 48。

③ 《楚辭補注》卷三，頁 118。

④ 李大明：《漢楚辭學史》，北京：中國社會科學出版社，華齡出版社，2005 年增訂本，頁 353。

⑤ 徐復觀：《釋"版本"的"本"及士禮居本〈國語〉辨名》，《中國思想史論集編篇》，上海：上海書店出版社，2004 年，頁 165。

校尉立書十一篇、太史書九十六篇，凡中外書五百十四篇，最後除去復重"四百八十四篇"，纔"定著八十六篇"，成爲定本，①並不同於後世先行擇取一較完善的底本，再施以校注的做法。陳夢家曾指出劉向校書先作筆記，附繫於原簡册下，惟其所引證據乃出自《別録》之"書録"，實難以從此類書目敘録便能推斷出原校訂的典籍必附有校注。② 因此，對於王逸而言，劉本或只屬舊章之一，而不可能稱作底本。過去學界常以爲王逸作"十六卷《章句》"是依據劉本《楚辭》作底本，實際並未有注意到漢代校書之例往往是兼採不同本子，並無後世"底本"的概念。

　　事實上，東漢之時楚辭出現過不同類別的傳本，諸如楚人民間校傳本、中祕藏的屈原賦二十五篇、《史記》所收諸篇屈原、漢人擬騷之作，③以至劉安等人的注本等，都能夠爲王逸校勘《章句》提供不同的文獻參考，實無須全以劉本爲據。況且，王逸奉官方之命校訂中秘藏本之失，推想劉本顯然未盡完善，甚至紕漏百出，又怎會全以劉本爲底本呢？ 退一步來説，劉向等人注釋《天問》，王逸深有

---

　　①　姚振宗輯録，鄧駿捷校補：《七略別録佚文》《七略佚文》，澳門：澳門大學，2007年，頁43。

　　②　陳夢家：《由實物所見漢代簡册制度》，《漢簡綴述》，北京：中華書局，1980年，頁312。

　　③　湯炳正透過比對《漁父》與《史記·屈原列傳》，指出王逸之前屈賦已有不同的古本存世，尤其當時司馬遷所能見到的屈賦傳本較多，見《釋"温蠖"——兼論先秦漢初屈賦傳本中兩個不同的體系》，收入《屈賦新探》，頁110—123。崔富章謂："'楚人高其行義，瑋其文采，世相校傳'者，不僅口耳相傳，還應有教本、講義之類，或有'箋識'及陳述全篇大旨之文置於篇首篇末，或散在字裏，歷世累積，到漢代逐漸形成章句體。"見崔富章：《十世紀以前的楚辭傳播》，《浙江大學學報》（人文社會科學版）第42卷第6期（2012年11月），頁79。又許子濱指出："王逸生長於屈原故鄉，當得楚人民間相傳之屈賦，故能結合民間所傳與宮廷秘藏互相讎校，以爲定本。"《王逸〈楚辭章句〉發微》，頁10。

不滿,而有"不能詳悉"、"所闕者衆,日無聞焉"的嚴厲批評,①其自負之心和他對劉向治騷和文本校訂的輕視態度,②又難以令人相信僅是沿據劉向之本子。

由以上之質疑看來,前人對兩書版本因承關係的判斷,似非毫無爭議的結論。然而更重要的是何以《章句》因承劉向《楚辭》本之説會成爲歷代學者的"共識",此種"共識"究竟起於何時?

四、從刊本書題看王逸《楚辭章句》
因承劉向《楚辭》之説的形成

東漢以來,《楚辭》傳本一直以王逸《章句》本流傳最廣,至宋代初期亦然。黃伯思(1079—1118)《校定楚辭序》云:

> 近世晁監美叔獨好此書,乃以春明宋氏、趙郡蘇氏本參校失得,其子伯以、叔予,又以廣平宋氏及唐本,與太史公記諸書是正,而某亦以先唐舊本及西都留監博士楊建勳及洛下諸人所藏,及武林、吳郡槧本讐校,始得完善。文有殊同者,皆兩出之。按此書舊十有六篇,并王逸《九思》爲十七。③

黃氏利用唐宋諸本《楚辭》校定"舊十有六篇",其來源蓋仍依王逸

---

① 《楚辭補注》卷三,頁118。
② 參第一章《王逸〈正部論〉考——兼論其與〈楚辭章句〉之關係》。
③ 黃伯思:《東觀餘論》,《景印文淵閣四庫全書》,臺北:臺灣商務印書館,1982年,第八五〇册,卷下,頁77—78,總頁381—382。

《章句》本。① 王逸《章句》成書於東漢，因近古而能保存漢時《楚
辭》面貌，故深得宋人推崇。洪興祖《補注》參校唐宋以來各本，仍
云："世所傳《楚詞》，惟王逸本最古，凡諸本異同，皆當以此爲
正。"②其文獻價值可見一斑。《章句》在印刷術未發明前，無論是
在民間還是在宮廷，都屬於鈔本系統。③ 至宋代雕版印刷術盛行，
通過刊刻流播，始廣爲流傳。宋人刊刻的《章句》現已不存，只能從
明代翻宋本略窺宋本面貌。明翻宋本現存者主要有明正德十三年
(1518)高第、黃省刊本和明隆慶五年(1571)豫章夫容館刻本，④各
本目錄後書題均刻有"劉向"和"王逸"之名。前者書題作"漢劉向
子政集、王逸叔師章句；後學西蜀高第、吳郡黃省曾校正"，後者則
作"漢劉向編集、王逸章句"，此一題式絕非明人在宋本之下任意添
置，因洪興祖《補註》本的"《楚辭》目錄"下也有"漢護左都水使者光
祿大夫臣劉向集、後漢校書郎臣王逸章句"之題識，⑤前者列出編
注者的簡稱，後者則附有官職之名，兩本書題雖詳略有別，但姓名
和書名都齊全。⑥ 楊守敬曾提到上述的題稱（"校書郎"的稱號）乃

---

① 《論黃伯思〈校定楚辭序〉》、《宋本〈楚辭章句〉考證》，分別收入《楚辭文獻學史
論考》，頁 248—252、279—295。

② 《楚辭補注》卷一，頁 13。

③ 鄧聲國：《王逸〈楚辭章句〉考論》，頁 19。

④ 明萬曆十四年(1586)馮紹祖觀妙齋刻本，李大明謂以黃省曾本作底本，見《宋
本〈楚辭章句〉考證》，頁 285。此外，日本莊允益本亦自稱取宋本對校，無論如何，以上
兩書題稱均題上"劉向"和"王逸"之名，與其他明翻宋本一致。

⑤ 夫容館本《章句》，引自臺北"國立中央圖書館"明隆慶五年(1571)豫章王氏夫
容館刊本攝製。洪興祖撰，白化文等點校：《楚辭補註》卷一，頁 1。又按：洪氏每篇前
作"校書郎臣王逸上、曲阿洪興祖補注"(頁1)，異於目錄。

⑥ 需加留意的是各本題稱略有出入，例如黃省曾本題"漢劉向子政編集、王逸叔
師章句"。夫容館本則作"漢劉向編集、王逸章句"，但此種差別僅是字眼之不同，內容並
無異樣。

鈔自《隋志》，①然上文已論證《隋志》中提到劉向之名，只是因爲視他爲作者之一，並没有視他爲編者，故劉向跟王逸的傳承關係，有部分可能是出自宋人對《隋志》的理解錯誤。然由各本書題刊刻而見，則宋人已視王逸《章句》之版本源出劉本《楚辭》，故添列於書題中。

　　關於《章句》題稱"漢護左都水使者光禄大夫臣劉向集"的來源，劉永濟認爲蓋本於王逸《離騷後序》，②金開誠進一步説明不論是"漢護左都水使者光禄大夫臣劉向集"，還是"後漢校書郎臣王逸章句"都出自王逸。③ 考古書題稱來源甚早，一般設有大題、小題之分，前者表示書名，後者表示篇名。古本款式一般小題在上，大題在下，④至後世纔移大題於上，小題於下。後來除原有之書名和篇名外，還加入了作者、注者等内容。據余嘉錫研究，周秦古書一般不題撰人，諸經傳注，最初也只加姓氏於書名之上，⑤可見現存古書的作者大多是後人所加。⑥ 秦漢出土各類簡牘帛書，更佐證

①　《日本訪書志》，頁 280。

②　劉永濟：《屈賦通箋》，北京：中華書局，2007 年，頁 3。

③　金開誠：《屈原辭研究》，南京：江蘇古籍出版社，1992 年，頁 18—19。

④　張舜徽：《廣校讎略》，《張舜徽集》，武漢：華中師範大學出版社，2004 年，頁 24。

⑤　《古書通例》卷一，頁 202—205。

⑥　李零更指出，"現在的'作者'都是魏晉或隋唐以來纔加上去的（按後人的狹隘理解加上去的）"，《簡帛古書與學術源流》，北京：生活・讀書・新知三聯書店，2004 年，頁 195。古人對此亦有注意，如段玉裁發現《經典釋文》、唐石經初刻皆云《儀禮・喪服經傳》第十一，本來無"子夏傳"三字，然而今各本皆作"《喪服》第十一，子夏傳"，實乃唐石經改刻增竄，以致"古人意必之辭，成牢不可破之論矣"。《經韻樓集・古喪服經傳無子夏傳三字説》，《續修四庫全書》據嘉慶十九年（1814）刻本影印，上海：上海古籍出版社，1995 年，第一四三四册，卷二，頁 16a—b，總頁 596。

書題的內容只包含概括篇章大義、標舉主述事物等類別，①仍未有
將編注者姓名標置於書題上的做法。明翻宋本《章句》的書題不但
具備編注者姓名，同時冠上各人的職銜，無論是從傳世文獻還是從
出土材料來看，都不可能出現於東漢之時，可知現有刊本的書題當
非王逸親題。從傳世文獻所見，古書於篇名、書名後加上著者和職
銜最早可上溯至唐代。② 今考唐鈔本《文選集注》卷六三、六六在
鈔録《楚辭》時，已出現題注作者和注者姓名的書題款式，但僅有
“屈平，王逸注”的編注者形式，而未曾冠上王逸之職銜，更未加入
劉向編集之名。換言之，現存各刊本中將“劉向”之名添置於《章
句》書題上，最早或始自宋人。

　　從圖書流播的角度來看，宋人將劉向和王逸之姓名及職銜設
置於書題上，正好體現出書籍制度由卷軸過渡至册葉的演變過程。
眾所周知，古書從簡帛、寫本到刻本一般可分爲三個形態，③簡帛
和寫本時期，古書依靠的是鈔寫流傳，書題等版式還未有固定的規
範。雕版印刷發明後，書籍從卷軸發展至册葉制度，纔出現較統一
的版式規範，於是除了篇名、書名、編者、著者以外，有時還寫上職
銜。綜觀宋代刻書事業十分興盛，其地域之廣，規模之大，堪稱前
所未有。④ 公家自國子監以至司、庫、州、軍、府、縣，均競刻經籍，
私刻則以浙、蜀及建安三處爲最著。⑤ 在此種氛圍下，不少書賈爲
增加圖書銷量，賺取較可觀的利潤，多會標榜刊本品質優良，宣揚

---

① 林清源：《簡牘帛書標題格式研究》，臺北：藝文印書館，2004 年，頁 53。

② 熊小明編著：《中國古籍版刻圖志》，武漢：湖北人民出版社，2007 年，頁 174。

③ 張涌泉：《敦煌寫本文獻學》，蘭州：甘肅教育出版社，2011 年，頁 14—15。

④ 李致忠：《古書版本學概論》，北京：北京圖書館出版社，1990 年，頁 50。

⑤ 《圖書板本學要略》，頁 35。

版本之可靠。① 劉向乃西漢著名的文學家和經學家，受命參與校訂宫廷藏書，其精於校勘早爲文人所熟知。若將其名字刊置書題上，則可强調《楚辭》一書出自名家之手，無疑會帶來廣大的宣傳效益，從而招徠更多的讀者。宋人制定的書籍款式對後世影響極鉅，元、明、清《章句》的版本大體承接宋本而來，因此通過刊刻於每書書題之上"劉向"和"王逸"的題稱，伴隨着刊本的廣泛流播，以及題稱成爲刊本常用的一種規範後，致使《章句》因承劉本之關係變成毋須深究的"常識"，倒過來還强證王逸《章句》以劉向爲底本的"事實"。

五、結　語

綜合上述分析，王逸以校書郎一職，受命參與朝廷校書，就其職責而言，勢必涉及文本校勘的工作，而王氏對前人校定楚辭文本早存不滿，自不會只因承劉本而無任何修訂。從漢代校勘古書的方法來看，校勘典籍先是兼備異本，除其重複，作成定本後再對勘文字，並非如後世採一底本再加以對校的形式，因此，王逸編撰《章句》綜合各本，互相比勘，爲文本"整齊脱誤，是正文字"，再給以注釋實乃順理成章之事。劉本《楚辭》成書在《章句》前，乃當時最完備的文本，推想王逸校定時當有所參稽，唯用後世的版本觀念稱作底本則不妥當。今人主張《章句》因承劉本之説，除誤信《章句》必

---

① 宋人對刊印圖書之宣傳，可參朱迎平《宋代刻書産業與文學》，上海：上海古籍出版社，2008 年，頁 104—109。關於宋人刊書營利另可參張高評《印刷傳媒對宋代學風文教之影響》，收入《印刷傳媒與宋詩特色——兼論圖書傳播與詩分唐宋》，臺北：里仁書局，2008 年，頁 124—133。

與劉本《楚辭》卷數相合之外,顯亦受到宋代以來將"劉向"之名設置於刊本書題的影響,乃逐漸成爲學界的主流觀點。然而在唐代以前,各種文獻中並未見《章句》因承劉本之説。

《章句》因承劉本之説至宋代始見諸文獻著録,究其因蓋與宋代印刷術之盛行,刊本版式漸趨統一有直接的關係。早期古書多屬自編,在印刷術未發明前十分依賴鈔寫流傳。印刷術自唐代興起之後,促進了古書的流傳,正如《四庫全書總目·集部總序》所云:"唐末又刊板印行。夫自編則多所愛惜,刊板則易於流傳。"①宋代印本流行尤爲普及,時人多致力於刊刻圖書,乃將篇名、書名、編注者、職銜等信息標置於書題上,形成規範的刊本版式。這些版式内容多爲刊刻者所加,與原著者關係不大,後人常將此作爲證明古書之年代和作者的依據,難免過於草率。胡適《元典章校補釋例序》曾指出:"晚唐以後,刻印的書多了,古書有了定本,一般讀書人往往過信刻板書,校勘之學幾乎完全消滅了。"②同樣,古書之書題定形於刊本,當有了定本後,後人多不再深究書題内容之真僞,從而衍生出古書版本之爭議。從考訂古書的時代和作者來看,唐以前的書題在成書過程中多非原著者親題,後人欲考證古書之年代和版本,實不能只單靠書題作爲證明。辨清王逸《章句》與劉向《楚辭》兩書的關係,將有助我們進一步釐清古書底本的觀念,對進一步了解古書注本的形成亦有莫大的神益。

① 《四庫全書總目》卷一四八,頁 1267。
② 胡適:《元典章校補釋例序》,載陳垣《校勘學釋例》,北京:中華書局,1959 年,頁 7。

第四章 論《楚辭章句》的編次
與經、傳結構

一、引　言

　　關於《章句》的篇章序次，自宋代以來出現兩種編次。第一種依作者年代先後爲次，並非原始的編次，宋人早已論及。至於第二種來自《楚辭釋文》的編次，與王逸注之次第頗有相合之處，歷來受到學者的重視。然而《楚辭釋文》不按作者時代編排，游國恩在《〈楚辭·九辯〉的作者問題》一文批評其"次第亂七八糟，絕無道理"。①《四庫》館臣亦傾向《楚辭釋文》並非王逸原本之貌，認爲洪興祖引用《釋文·離騷》篇名下無"經"字，"必謂《釋文》爲舊本，亦未可信"。② 然而，考今本《章句》王逸注暗合《楚辭釋文》序次，而宋人引用《楚辭釋文》亦作《離騷經》，則又可證《楚辭釋文》存古的價值不容忽視。再者，《楚辭釋文》本《章句》編次與經、傳結構關係密切，有助於釐清《章句》一書的形成，惜過去甚少受學者注意。有

---

　　① 游國恩：《〈楚辭·九辯〉的作者問題》，收入《游國恩學術論文集》，北京：中華書局，1989 年，頁 191。

　　② 《四庫全書總目》卷一四八，頁 1267。

鑑於此,本章首先探析《章句》與《楚辭釋文》的編次,繼而分析《章句》與經、傳結構,最後從《楚辭釋文》的編次考論其經、傳結構,以見《楚辭釋文》的編次如何爲《章句》的形成帶來新的啓示。

二、《楚辭章句》與《楚辭釋文》的編次

《楚辭釋文》一書最早見於宋人簿錄著錄,惟時人已不詳其撰人身份。① 今存《楚辭釋文》序次和佚文幸賴洪興祖《補注》和朱熹《集注》引用而得以保存,然皆已非全帙。② 《楚辭釋文》篇次與當時流行之按作者先後序次的《楚辭》本多有不同,兹將兩種編次表列如下: ③

表一④

	1	2	3	4	5	6	7	8	9	10	11	12	13	14	15	16	17
《楚辭釋文》	《離騷經》	《九辯》	《九歌》	《天問》	《九章》	《遠遊》	《卜居》	《漁父》	《招隱士》	《招魂》	《九懷》	《七諫》	《九歎》	《哀時命》	《惜誓》	《大招》	《九思》

---

① 晁公武撰,孫猛校證:《郡齋讀書志》,上海:上海古籍出版社,1990 年,卷一七,頁 805。陳振孫撰,徐小蠻、顧美華點校:《直齋書錄解題》,上海:上海古籍出版社,1987 年,卷一五,頁 433—434。

② 關於《補注》引《楚辭釋文》的情況,參看黃耀堃、戴慶成:《〈楚辭補注〉引〈楚辭釋文〉研究》,《漢學研究》第 23 卷第 2 期,2005 年 12 月,頁 439—463。

③ 《章句》之改編於宋代尤爲頻繁,如晁補之《重編楚辭》和朱熹《集注》均刪去王逸《九思》,以其注非王逸所作,不是《章句》原來所有。朱熹改動《章句》原編,更刪去《七諫》、《九懷》和《九歎》,在漢人擬騷作品中獨選《章句》不收的賈誼《弔屈原》和《服賦》兩篇。晁補之《重編楚辭》大刀闊斧重排《楚辭》次序,把《遠遊》、《九章》排在《離騷經》後,是本著"(屈)原自敍其意,近《離騷經》"而已,其實並無實在的證據,後人也不因襲其次。參晁補之:《雞肋集》,《景印文淵閣四庫全書》,上海:上海古籍出版社,1987 年,第一一一八冊,卷三六,頁 3a—5a,總頁 682—683。

④ 《楚辭釋文》和《補注》的編次,見《楚辭補注·楚辭目錄》,頁 1—3。

續表

	1	2	3	4	5	6	7	8	9	10	11	12	13	14	15	16	17
《楚辭補注》	《離騷經》	《九歌》	《天問》	《九章》	《遠遊》	《卜居》	《漁父》	《九辯》	《招魂》	《大招》	《惜誓》	《招隱士》	《七諫》	《哀時命》	《九懷》	《九歎》	《九思》

　　上表《楚辭釋文》不按作者時代排序，較混亂，從所稱屈原《離騷經》到《漁父》的作品中，置入宋玉的《九辯》於《離騷經》之下；又分列兩篇題稱宋玉的《九辯》和《招魂》，而非以同一作者排次。不但如此，漢人作品的序次並不以作者時代先後編排，難怪自宋代以來，以作者時代先後排列的《補注》會成爲《楚辭》通行版本。據晁公武《郡齋讀書志》記載，《補注》按作者先後排次或本於天聖年間（1023—1032）的陳説之（生卒年不詳，北宋天聖八年進士）：①

　　　　今本《九章》第四，《九辯》第八，而王逸《九章》注云：“皆解於《九辯》中。”知《釋文》篇第蓋舊本也，後人始以作者先後次第之耳。或曰天聖中陳説之所爲也。②

朱熹《楚辭辯證》同樣提到“天聖十年”陳説之的改編，其謂：

　　　　按天聖十年陳説之《序》，以爲舊本篇第混并，首尾差互，

---

　　①　陳説之的生平資料實際不多，從零星的記載，只知道他是宋仁宗時的莆田人，以及舉天聖八年（1030）王拱辰榜。參見黃靈庚：《楚辭章句疏證·目録》，頁7。
　　②　《郡齋讀書志》卷一七，頁805。

乃考其人之先後，重定其篇。然則今本説之所定也歟?①

但是，李大明據黄伯思所見古本增入《反離騷》於《九歎》後，推測唐本已有按作者排次之可能，陳説之所據當是未經調整、屬於《楚辭釋文》傳本系統的本子。② 李大明之説可能有據，但宋人各本以陳説之最早採用此種編次，還没有確鑿證據證明它必然出自唐本。值得補充的是重編本以時代先後論，則嚴忌《哀時命》當在淮南小山《招隱士》之前，至少亦應在東方朔《七諫》之前。③ 朱熹等人以爲按作者年代爲次，其實亦不盡然。

洪興祖很早發現《楚辭釋文》一書存古的價值，因此他在《補注》目録下標出《楚辭釋文》序次，指出《楚辭釋文》編次暗合《章句》的王逸注，並謂"知《楚辭釋文》篇第蓋舊本也"。④ 前人已注意到王逸注暗合《楚辭釋文》序次。⑤以下先考察王逸注出篇次的條目，再比較《楚辭釋文》的序次，以見兩者之相合。歸納《章句》各類王逸注出的篇次，不出以下四種形式：

（一）標注"已解於"，並臚列已注的篇名。例如《七諫·沈江》"晉獻惑於驪姬兮，申生孝而被殃"。王逸注："已解於《九章》篇中。"⑥按：《九章·惜誦》有"晉申生之孝子兮，父信讒而不好"，⑦

①　朱熹撰，蔣立甫校點：《楚辭辯證》，頁172。

②　李大明：《唐五代〈楚辭〉傳本論考》，《楚辭文獻學史論考》，頁196。

③　《唐五代〈楚辭〉傳本論考》，《楚辭文獻學史論考》，頁207。

④　《楚辭補注·目録》，頁3。

⑤　參劉永濟《箋屈餘義》"王逸章句原本與今本不同之證"條，頁260—261。

⑥　《楚辭補注》卷一三，頁238。

⑦　王逸注："申生，晉獻公太子也。體性慈孝。獻公娶後妻驪姬，生子奚齊，立爲太子。因誤申生使祭其母於曲沃，歸胙於獻公。驪姬於酒肉置鴆其中，因言曰：'胙從外來，不可信。'乃以酒賜小臣，以肉食犬，皆斃。姬乃泣曰：'賊由太子。'於是申生遂自殺。故曰：父信讒而不愛也。"《楚辭補注》卷四，頁125。

因與《七諫・沈江》記晉申生遭殺事相同,王逸不再重出。

(二)標注"已解於",但不引篇名而列出所在。如《七諫・謬諫》"和抱璞而泣血兮,安得良工而剖之?"王逸注先訓字義"和,卞和也。剖,猶治也",再注"已解於上篇也"。① 按:此已見同篇《七諫・怨世》"悲楚人之和氏兮,獻寶玉以爲石。遇厲武之不察兮,羌兩足以畢斮",王逸注和氏玉一事,②《怨世》在《謬諫》之前,故稱"上篇"。

(三)標注"已解於",並列出多個篇名。如《哀時命》"子胥死而成義兮,屈原沈於汨羅。雖體解其不變兮,豈忠信之可化? 志怦怦而内直兮,履繩墨而不頗"。王注"皆已解於《離騷》、《九辯》、《七諫》"。③ 黄靈庚指出此六句分別見於《離騷經》"雖體解其猶不變兮,豈余心之可懲"注,《九辯》"私自憐兮何極,心怦怦兮諒直"注,以及《七諫・沈江》"滅規榘而不用兮,背繩墨之正方"注。④ 由是可知,《哀時命》後於《離騷》、《九辯》和《七諫》。

(四)指出同文互注的原文,並標出該篇名稱。例如《九章・惜往日》:"介子忠而立枯兮,文君寤而追求",王逸注介子推及晉文公的故事,下稱:"《七諫》中推自割而食君,亦解此也。"⑤按:此即指《七諫・怨思》"子推自割而飤君兮,德日忘而怨深",⑥言下之意

---

① 《楚辭補注》卷一三,頁 254。
② 《章句》:"昔卞和得寶玉之璞而獻之楚厲王,或毀之以爲石,王怒,斷其左足。武王即位,和復獻之,武王不察視,又斷其右足。和乃抱寶泣於荆山之下,悲極血出,於是暨成王,乃使工人攻之,果得美玉,世所謂和氏之璧也。或曰:兩足畢索。索,盡也。以言玉石易別於忠佞,尚不能知,己之獲罪,是其常也。"《楚辭補注》卷一三,頁 245。
③ 《楚辭補注》卷一四,頁 265—266。
④ 《楚辭章句疏證》卷一四,頁 2693。
⑤ 《楚辭補注》卷四,頁 151。
⑥ 《楚辭補注》卷一三,頁 247。

復見後面的篇章《七諫》。

　　《章句》的語詞若前文已作訓釋，重出時只注明見於何篇，其目的或在於令《章句》行文不致過於重複，這亦合符王逸詳前略後的注釋風格。以下將相關的注釋整理成下表，以見《章句》此類注釋的特色：

表二

	《楚辭章句》原注篇目	互注所指篇目	《楚辭釋文》編次	《楚辭補注》編次
1	《大招》	《七諫·初放》	同	《七諫》在《大招》後
2	《惜誓》	《離騷》	同	同
3	《惜誓》	《九章·涉江》	同	同
4	《七諫·沈江》	《九章·惜誦》	同	同
5	《七諫·怨思》	《九章·涉江》	同	同
6	《七諫·自悲》	《九章·惜誦》	同	同
7	《七諫·哀命》	《離騷》	同	同
8	《七諫·哀命》	《離騷》	同	同
9	《七諫·謬諫》	《九辯》	同	同
10	《七諫·謬諫》	《離騷》	同	同
11	《七諫·謬諫》	《七諫·怨世》	同	同
12	《七諫·謬諫》	《九辯》	同	同
13	《哀時命》	《七諫》	同	同
14	《哀時命》	《離騷》、《九辯》、《七諫·沈江》	同	同

	《楚辭章句》 原注篇目	互注所指 篇目	《楚辭釋文》 編次	《楚辭補注》 編次
15	《九歎》	《九章·惜誦· 懷沙·涉江》	同	同
16	《遠遊》	《離騷》	同	同
17	《七諫·怨世》	《離騷》	同	同
18	《七諫·怨思》	《九章· 惜往日》	同	同
19	《九章·哀郢》	《九辯》	同	《九辯》在 《九章》後

　　以上十九例所反映的次序同《楚辭釋文》無一例不合，似可説明《楚辭釋文》應是最接近《章句》原貌的本子。此一推測在"互注"之外也得到有力的支持。劉永濟曾利用《章句》的題解發現《楚辭釋文》同《章句》次序相合，舉例而言，王逸釋《離騷經》的名稱説："離，別也。騷，愁也。經，徑也。"①又如《天問》："何不言問天？天尊不可問，故曰天問也。"②王逸的"解題"一般先釋篇名，但排在《補注》第二的《九歌》，它的題解裏没有解釋"九"的涵義，其釋義反而見於排在《補注》第八的《九辯》，《九辯》的題解説：

　　　　九者，陽之數，道之綱紀也。故天有九星，以正機衡；地有九州，以成萬邦；人有九竅，以通精明。③

---

① 《楚辭補注》卷一，頁2。
② 《楚辭補注》卷三，頁85。
③ 《楚辭補注》卷八，頁182。

按理《九歌》排在前面，理應對"九"有所解釋，但要待到《九辯》纔加解釋，唯一合理的推論，就是《九辯》應該編在以"九"爲名篇章的最前面，①此正與《楚辭釋文》列《九辯》爲第二的序次不謀而合，從中可見《九辯》次序《離騷》後原是《章句》的編次。

至於《四庫》館臣質疑《楚辭釋文》的編次謂：

> 洪興祖《考異》於《離騷經》下註曰："《楚辭釋文》第一，無經字。"而逸註明云："離，別也；騷，愁也；經，徑也。"則逸所註本確有"經"字，與《楚辭釋文》本不同。必謂《楚辭釋文》爲舊本，亦未可信，姑存其説可也。②

誠然，王逸以經的地位比合《楚辭》，故於自序稱《離騷經》，舊本篇目理應不會只稱作《離騷》。考宋人引用《楚辭釋文》，晁公武《郡齋讀書志》和陳振孫《直齋書録解題》兩書鈔録《楚辭釋文》各篇目，當中《離騷》皆作《離騷經》，③與《補注》所見《楚辭釋文》無"經"字本蓋有差別。竊疑三書引録名稱之差異，或與各書援引《楚辭釋文》版本不同有關，館臣僅以所見《補注》本《楚辭釋文》在《離騷》的篇名下無"經"字，便懷疑《楚辭釋文》本的編次，並不令人信服。然則

---

① 參《箋屈餘義》，頁 260—261。
② 《四庫全書總目》卷一四八，頁 1267。
③ 《郡齋讀書志》："《《楚辭釋文》》蓋以《離騷經》、《九辯》、《九歌》、《天問》、《九章》、《遠遊》、《卜居》、《漁父》、《招隱士》、《招魂》、《九懷》、《七諫》、《九歎》、《哀時命》、《惜誓》、《大招》、《九思》爲次。"《郡齋讀書志》卷一七，頁 805。《直齋書録解題》："《楚辭釋文》亦首《騷經》，次《九辯》，而後《九歌》、《天問》、《九章》、《遠遊》、《卜居》、《漁父》、《招隱士》、《招魂》、《九懷》、《七諫》、《九歎》、《哀時命》、《惜誓》、《大招》、《九思》。"《直齋書録解題》卷一五，頁 433—434。

王逸注之編次既與《楚辭釋文》本相合,《楚辭釋文》之價值當不容忽視。

三、《楚辭章句》與經、傳結構

《離騷》稱"經"始於何時,現仍多存爭議。① 王逸將《離騷經》當中的"經"釋作"徑",是漢人以《離騷》爲"經"的其中一個明證。至明代,黃省曾和高第夫容館本不僅在目錄上稱《離騷》爲"經",還將以下《九歌》至《九思》亦稱作"傳"。② 金兆清(生卒年不詳,明天啓貢生)指出:"傳所以釋經,從無自作自釋之例。"③將屈原的作品稱作"傳"似乎不合理。按照漢人的常規,"經"跟"傳"可謂涇渭分明,《離騷》既被尊稱作"經",即意味着屈原被賦予可堪與孔子比肩的聖人身份,因此屈原以外的作品也應屬於"經",不當屬於"傳"。宋人也察覺到此種稱謂的不統一,晁補之《楚辭》本於《九辯》以下乃有"傳"字。④雖然稱名如此不一,但討論《楚辭》經、傳結構時,仍然多會將其與經書相比較,如朱熹便認爲《楚辭》經、傳的結構能上推至《詩經》:

> 呂伯恭《讀詩記》引鄭氏《詩譜》曰:"《小雅》十六篇、《大雅》十八篇爲正經。"孔穎達曰:"凡書非正經者謂之傳,未知此傳在何書也?"按《楚辭》屈原《離騷》謂之經,自宋玉《九辯》以

① 關於《離騷》稱"經"的時代,參看魯瑞菁:《"〈離騷〉稱經"與漢代章句學》,《靜宜人文社會科學報》2007年2月第一卷第二期,頁1—30。

② 參見《楚辭書目五種》,頁11—25。又見《楚辭書目五種續編》,頁18—34。

③ 轉引自《楚辭書目五種續編》,頁115。

④ 朱熹撰,蔣立甫校點:《楚辭集注·目錄》,上海:上海古籍出版社,2001年,頁1。

下皆謂之傳，以此例考之，則《六月》以下，《小雅》之傳也。《民勞》以下，《大雅》之傳也。孔氏謂凡非正經者謂之傳，善矣；又謂未知此傳在何書，則非也。①

朱熹謂經中有傳之結構非《楚辭》獨有，東漢的鄭玄已將《詩經》的"大、小雅"劃出經和傳來，所以"《楚辭》屈原《離騷》謂之經，自宋玉《九辯》以下皆謂之傳"。② 按照朱熹之説，《章句》題稱之"離騷"稱之爲"經"，則"楚辭"作"傳"自是理所當然的。

　　現代《楚辭》研究者對《章句》的經、傳關係另有所發明，如蔣天樞曾説：

　　　　以屈原之《離騷》，類儒墨家之所謂"經"，經者其綱領，而傳則所以疏通證明之者。由傳以通經則經之旨可會，由經以明傳則傳之義可挈。③

惟對於《楚辭》的"經"、"傳"是如何互明，及其内在的聯繫如何，前人在這方面較少有詳細的分析。

　　最早有體系分析經、傳的結構是余嘉錫的《古書通例》，他謂：

_____

① 《楚辭集注·楚辭辯證》，頁 167。
② 朱熹套用《詩經》《小雅》、《大雅》的經與傳，發揮《章句》經、傳之别，明顯是受到孔穎達"非正經者謂之傳"啓發。儘管朱子其後謂："洪、晁二本，今亦未見其的據，更當博考之耳。"《楚辭集注·楚辭辯證》，頁 167。然《朱子語類》謂："如屈平之作《離騷》，即經也。如後人作《反騷》與《九辯》之類則爲傳耳。"黎靖德編，王星賢點校：《朱子語類》，北京：中華書局，1985 年，第六册，頁 2093。可見他並無否定《楚辭》經、傳結構的形式。
③ 蔣天樞：《楚辭校釋》，上海：上海古籍出版社，1989 年，頁 87—88。

　　凡以内外分爲二書者,必其同爲一家之學,而體例不同者
也。古人之爲經作傳,有依經循文解釋者,今存者,如《毛詩
傳》是也。有有所見則説之,不必依經循文者,伏生之《書》傳
是也。夫惟不必依循經文,故《論語》、《孝經》,亦可謂之傳,而
附於六藝,本無内外之分。惟一家之學,一人之書,而兼備二
體,則題其不同者爲外傳以爲識別。①

余嘉錫區別内、外書的兩種類型,依循經文解釋的是一種,引申比
附、用事例進行衍繹又是另一種,兩者之中尤以後者類近《章句》。
所謂"外傳",一般方式是引事釋經,不依循經文逐字解説,例如《四
庫》館臣論《韓詩外傳》:

　　其書雜引古事古語,證以詩詞,與經義不相比附,故曰外
傳。所采多與周秦諸子相出入,班固論三家之《詩》,稱其或取
《春秋》,采雜説,咸非其本義,殆即指此類歟?②

"引古事古語"正是類似"以史解經"的形式,以《韓詩外傳》爲例,書
中各條皆先稱引一段"史實",再引用相關的《詩》申明,如"我心匪
石,不可轉也。我心匪席,不可卷也"四句語出《詩·邶風·柏舟》,
前面已引"王子比干殺身以成其忠"一事解釋。③ 解釋者運用此種
借事明詩的解《詩》之法,雖不至於空泛難明,但無可避免地滲入解

---

① 《古書通例》,卷三,頁 279。
② 《四庫全書總目》卷一六,頁 136。
③ 韓嬰撰,許維遹校釋:《韓詩外傳集釋》,北京:中華書局,1980 年,卷一,頁 9—10。

經者過度引申之處，以致或生出偏離原典旨意的弊病。① 除儒家注釋經典以外，佛家以内典與外書相配擬的"格義"，也經常運用此種疏理經義的方法。② "格義"原是佛家解經方式的一種，跟經傳分出内、外書之方式頗爲相近，兩者注經皆不主張逐字逐句解，所以並没有嚴守經文的對應方式。相反，格義着重的是借事解經，互相比配的方法，③如上述外傳解釋經文的性質，就是着重借助史實以證經文。

《章句》儘管未有直接標示内、外書之别，然今本篇目下分别題爲"離騷"與"楚辭"，即如卷一"離騷經章句第一"下題"離騷"兩字，卷八《九辯》以下則書作"楚辭"兩字。④ 吳宏一認爲此一做法説明：

> 王逸在編纂《楚辭章句》時，就已經在屈原所作篇名原題上，冠以"離騷"或"楚辭"，可見其來有自。⑤

---

① 如俞樾指出以"人事"説《易》："必事事比附，或失之鑿矣。"見俞樾：《九九銷夏録》，北京：中華書局，1995 年，頁 6。後來的傳注，採用引事證經的方式並不多見。可參陳寅恪：《論語疏證序》，收入楊樹達：《論語疏證》，上海：上海古籍出版社，2006 年，頁 1—2。

② 任繼愈主編的《佛教大辭典》"格義"條指出："爲了便於理解外來佛學概念，而將中國傳統思想中類似的概念加以比擬解釋的一種方法。"南京：江蘇古籍出版社，2002 年，頁 999。又參閲陳寅恪：《支愍度學説考》，《金明館叢稿初編》，上海，上海古籍出版社，1980 年，頁 141—167。

③ 湯用彤指出"它（筆者按：即"格義"説）的蹤迹可以從漢代思想看出它的模式。那些學者（董仲舒、淮南王劉安）是非常喜歡將概念與概念相比配"。《論"格義"——最早一種融合印度佛教和中國思想的方法》，收入湯用彤：《理學·玄學·佛學》，北京：北京大學出版社，1991 年，頁 286。

④ 《楚辭補注》，卷一，頁 1；卷八，182。

⑤ 吳宏一：《詩經與楚辭》，臺北：臺北書店，1998 年，頁 147。

所論甚是。考古書題款常有小題（如“離騷經章句第一”）在上、大題（如“離騷”）在下的固定格式，①李大明指出此正屬古本特有的標記。② 從“離騷”出現的時代來説，漢人早將屈原二十五篇作品稱作《離騷賦》，因此以“離騷”來指稱屈原的作品，對漢人來説並無不妥。古人引書有時也將《九歌》、《天問》等稱爲“離騷”，③至於“楚辭”雖可視爲《楚辭》一書的總稱，但王逸自云只有“屈原”以外的作品纔可稱作“楚辭”，正如其謂：“至於漢興，劉向、王襃之徒，咸悲其文，依而作詞，故號爲‘楚詞’。”④可見，“離騷”與“楚辭”的題稱在王逸之時已經廣泛運用。⑤ 聯繫上文“經”、“傳”來看，既然“離騷”可稱作“經”，則在王逸眼中，“楚辭”的篇章可能就是一種以“傳”釋“經”的結構，而此種結構實際非常類近儒家以“外書”比附“內書”的方式。

---

①　如盧文弨《鍾山札記》“大題小題”條，《續修四庫全書》據復旦大學圖書館藏清抱經堂叢書本影印，上海：上海古籍出版社，1995 年，第一一四九册，卷三，頁 5b—6a，總頁 669—670。又錢大昕：《十駕齋養新録》“大題在下”條，南京：江蘇古籍出版社，2000 年，頁 443。又張舜徽：《廣校讎略》“論經傳篇題多經後人增損”條，收入《張舜徽集》，武漢：華中師範大學出版社，2004 年，頁 23—24。三家雖有後人改竄的例子，但此種古式至晚見於漢代。

②　李大明：《晁補之〈重編楚辭〉三種目録論考》，《楚辭文獻學史論考》，頁 220。

③　南宋吳仁傑（生卒年不詳，淳熙五年進士）《離騷草木疏》疏解《章句》中二十五篇“離騷”草木名物，書名就叫“離騷”。至於引用《楚辭》的篇章稱作“離騷”更爲常有之事，如《藝文類聚》“墾”字條引“離騷曰：‘降望大墾’”，見歐陽詢撰，汪紹楹校：《藝文類聚》，上海：上海古籍出版社，1965 年，卷九，頁 163。按：這句不是《離騷經》原文而是出自《遠遊》。

④　《楚辭補注》卷八，頁 182。

⑤　按此種題式，最早或見於洪興祖《補注》和晁補之《重編楚辭》，後世單刻本或録或删，如明隆慶辛末(1571)夫容館《章句》單刻本不録，然馮紹祖刊本則仍保留此一古式。參見姜亮夫：《楚辭書目五種》，頁 11—25。又見崔富章《楚辭書目五種續編》，頁 18—34。

　　值得注意的是，王逸界定"楚辭"的範圍時率先揭示出"楚辭"內、外相配的性質，即所謂"至於漢興，劉向、王之徒，咸悲其文，依而作詞，故號爲'楚詞'"。① "咸悲其文"即專就屈原"離騷"之作而言，凡稱作"楚詞"的都是爲了抒發"離騷"而作的。漢人感於"屈原"的事蹟，産生心靈上的共鳴，繼而傚效其作，不獨劉向、王褒等人，甚至楚人也有"高其行義，瑋其文采，以相教傳"的傳統。因此從《章句》的題解中都可以看到"咸悲其文，依而作詞"的主題。譬如，王逸分析淮南小山《招隱士》的題旨時云：

　　　　小山之徒，閔傷屈原，又怪其文昇天乘雲，役使百神，似若仙者，雖身沈没，名德顯聞，與隱處山澤無異，故作《招隱士》之賦，以章其志也。②

而嚴忌作《哀時命》也是出於對屈原懷才不遇的感嘆，故其題解亦謂：

　　　　忌哀屈原受性忠貞，不遭明君而遇暗世，斐然作辭，歎而述之，故曰《哀時命》也。③

不但説解題旨如此，在擬作篇章内容上也處處感嘆屈原的事蹟。劉向《九歎》第一節《逢紛》介紹屈原出場時謂：

---

① 《楚辭補注》卷八，頁182。
② 《楚辭補注》卷一二，頁232。
③ 《楚辭補注》卷一四，頁259。

> 伊伯庸之末冑兮,諒皇直之屈原。云余肇祖于高陽兮,惟
> 楚懷之嬋連。①

其自敘家世仿如《離騷》中開首屈原的自敘。末節《遠遊》用屈原的身份説:

> 見南郢之流風兮,殞余躬於沅湘。望舊邦之黯黮兮,時溷
> 濁其猶未央。②

則有如《九章・惜往日》“臨沅湘之玄淵兮,遂自忍而沈流。卒没身而絶名兮,惜壅君之不昭”決絶尋死的姿態。③ 擬騷之作採用代言的方式,所敘“故事”皆前後相扣,不容易爲每句分出敘事者是屈原抑或擬騷者。至於“楚辭”各篇細目有些也自“離騷”演化而來,例如屬“楚辭”類的《九懷》、《九歎》、《九思》等一系列以“九”命名的篇章,不論是篇名、構成、題旨,皆與“離騷”的《九章》有密切的關係。可以説,《章句》的“楚辭”完全圍繞着“屈原”的事蹟而作,這也是爲甚麼在芸芸漢人擬騷賦之中,獨收録這幾篇的原因。④

進一步而言,“楚辭”一類作品多因襲“離騷”的文句,正體現出兩者的密切關係。例如《哀時命》“履繩墨而不頗”整句早見於《離騷》,《九辯》“何時俗之工巧兮”亦仿自《離騷》。更多的狀況是仿作

---

① 《楚辭補注》卷一六,頁282。

② 《楚辭補注》卷一六,頁311—312。

③ 《楚辭補注》卷四,頁150。

④ 力之曾指出:“《楚辭》中之非屈原作品,均代屈原設言。即這些作品中之‘我’,均爲‘屈原’。”力之:《從〈楚辭〉成書之體例看其各非屈原作品之旨》,收入《楚辭與中古文獻考説》,成都:巴蜀書社,2005年,頁1。

者襲用詞意,如游國恩曾舉出《九辯》剿襲"離騷"作品就有十一句之多,其中如"去家離鄉兮來遠客"出自《哀郢》"去故鄉而就遠兮"、"去白日之昭昭兮,襲長夜之悠悠"出自《思美人》"白日出之悠悠"等。① "楚辭"借用"離騷"的文句,黃耀堃指出是有意識的因襲,目的是在"回應""屈原"這個主題,其主旨跟《荀子》的"反辭"相近。② 循《章句》"經"、"傳"的結構排比來看,前者"引事"("楚辭")以證後者("離騷")之"經",恰能對應"外書"比附"內書"的方式,反映出《楚辭》的編次或許受到經、傳結構的影響。下文將進一步透過與《周易》結構的比較,用以說明《楚辭釋文》的序次。

四、從《楚辭釋文》的編次
看其經、傳結構

從目前所見文獻來看,典籍中最早出現經、傳合編本當以《周易》爲首。關於《周易》經傳合編本最早始自何人,舊存兩種主要説法,其或謂鄭玄,或謂費直,然何者爲是至今尚無定論,惟《周易》合編本至遲在漢代已存在,③則殆無異議。漢人尊崇儒學,研習《周

---

① 游國恩:《〈楚辭·九辯〉的作者問題》,頁 194—195。又如聞一多《論九章》"九章"與漢人作品詞句對照表"列出東方朔的《七諫》剿襲《九章》的地方有十七句。參見《聞一多全集》,頁 643—647。此外,鄭良樹從詞重、句重及意重三個角度論屈宋作品的鈔襲,補游國恩之未備,也值得參考。參見鄭良樹:《論重文現象與屈宋作品年代考釋》,收於《百年漢學論集》,臺北:臺灣學生書局,2007 年,頁 397—411。

② 黃耀堃指出東方朔等人的作品跟王逸《章句》之中用韻文來爲《楚辭》解題、注釋,其用意並非相去很遠。如《抽思》的"亂辭"跟王逸注中的有韻部分形式一致,幾乎可以對應。見黃耀堃:《論〈楚辭〉與〈萬葉歌〉的反歌——兼論〈抽思〉的亂辭和〈反離騷〉的性質》,《輔仁國文學報》第十七期(2001 年),頁 67—74。

③ 黃壽祺,張善文:《周易譯注》,上海:上海古籍出版社,1989 年,頁 8—9。

易》者衆,《易》學發展尤見蓬勃。漢代《周易》甚至獲尊崇爲五經之首,
備受重視,在其影響之下,非儒家類的典籍紛紛採取經、傳編列方式,
故現存古書中的大部分經、傳結構的文本很多都能够上溯至《周易》。①
今本《易傳》共有七種十篇,成書年代雖先後有別,但至少在戰國或漢
初,《易傳》的部分篇章已取得"經"的地位。②《周易》經、傳合一,"傳"
的部分均散入"經"中,其編列並非完全一致。譬如《易傳》的《文言》、
《彖》、《象》散於經文下,但《繫辭》、《説卦》、《序卦》、《雜卦》則單獨成篇,
附驥於書末,故從編排序次來看,若稱之爲"混亂"似亦不爲過。

　　進一步而言,《文言》引用重出的經文附以解説,如見於"乾"卦
初九曰"潛龍勿用",前後重出兩次,一位於開始的經文,另一則處於
《文言》引"子曰"訓釋之前。③　其採用依附經文,逐字解經之方式,一
方面説明編者對乾、坤兩卦特別重視,④同時又呈現出經、傳合編本
的早期形態。從另一方面來看,《繫辭》等篇不只解説卦辭,還包括
申論《周易》形成的部分,其中更出現後文解釋前文重出的內容。
譬如,《繫辭》上篇"乾以易知,坤以簡能",下篇"夫乾,確然示人易
矣。夫坤,隤然示人簡矣",⑤夏含夷(Edward L. Shaughnessy)即

---

①　于雪棠:《〈周易〉經傳結構與戰國秦漢散文的體制》,《周易研究》2001 年第 4
期(總第五十期),頁 60—70。

②　廖名春:《〈易傳〉概論》,《周易經傳與易學史新論》,濟南:齊魯書社,2001 年,
頁 277。又黃永年指出《史記》的《太史公自序》有《易》曰:"失之毫釐,差以千里"的話,
不見於《易》的經而見於《文言》。參閲黃永年《古文獻學四講》,廈門:鷺江出版社,2003
年,頁 12。

③　《十三經注疏》整理委員會:《周易正義》,北京:北京大學出版社,2000 年,卷
一,頁 2、13。

④　王博:《易傳通論》,北京:中國書店,2003 年,頁 192。

⑤　《十三經注疏》整理委員會:《周禮注疏》,北京:北京大學出版社,2000 年,卷
七,頁 304;卷八,頁 349。

認爲是有意識的對前文所創造出詞組的呼應，①故其內容雖駁雜不純，實又類近古書"外傳"的形式。俞樾曾指出以釋事充當"經"文的補充來源甚古：

> 箕子以之，文王以之，孔子贊《易》，自有此例。又推而上之，如"高宗伐鬼方"，"帝乙歸妹"，文周之辭已開其端矣。②

依此而言，則古人以事釋經可謂其來有自。實際上，將釋事內容視作"經"文補充，不但可豐富經文涵義，更有助於詮解經文內容，掌握文中要旨，是以後來古書中多有以事釋經之例，乃進而將傳文編置於書末，可謂此一傳統之延續。今見馬王堆出土帛書《周易》中，經文和傳文合抄一卷，傳文附載則包括《二三子問》、《繫辭》、《易之義》、《要》、《繆和》和《昭力》等篇，都屬於詮解經文的傳文，則又可爲漢代經、傳合編增添一實證。

依循《周易》的例子，或許能爲《章句》"離騷"和"楚辭"帶來一些啓發。相比《周易》的經、傳結構，《章句》"離騷"和"楚辭"相混而成，當中最不可解的是《九辯》排第二。劉永濟曾提出"楚辭"之作大量因襲《九辯》，及僅次於《離騷經》的編次，指出創作《九辯》的年代很接近屈原。③ 蔣天樞則認爲"篇中敍述國事與申明屈原志行，多以興托之隱義出之，與屈原文風格同"，又謂"文中意多與《離騷》

---

① 夏含夷：《〈繫辭傳〉的編纂》，《古史異觀》，上海：上海古籍出版社，2005年，頁292—293。

② 《九九銷夏録》，頁5。

③ 劉永濟：《屈賦釋詞》，北京：中華書局，2007年，頁425。

相出入，且有補《騷》之所未及者”，①推斷出或與宋玉傳爲屈原的弟子有關。正由於《九辯》申明屈原之志行，可能屬解説“師説”之作，所以後來湯炳正考察《楚辭》成書時，便指出早期《楚辭》傳本中最先有《離騷》和《九辯》的合編本。② 從經、傳的類型來看，《九辯》確有類近“外傳”的性質，所以如果依湯炳正之説，其釋經的序次也許可以對應《易傳·文言》與“乾”、“坤”兩卦的形式，也就是説，《九辯》在早期的流傳過程中有可能先如經、傳一樣附録經文後，因此其釋經的序次纔如《易傳·文言》與“乾”、“坤”兩卦的形式能夠互相對應。至於《易傳》有些傳文散附經文下，有些則單獨成篇的形式，所編列的形式其實也是和《章句》將“楚辭”分列在“離騷”後的做法如出一轍。《楚辭釋文》的結構是否直接受到《周易》影響，仍然有待進一步研究，但《楚辭釋文》竟然暗合《周易》的編列方式，似乎説明《楚辭釋文》的序次是經過後人“有規律”的編列，當非後人所質疑的“雜亂無次”。

五、總　結

今本《章句》編次按作者先後排列，已非王逸注舊貌。《楚辭釋文》序次雖暗合王逸注次序，卻因其編次不倫，前人多不以爲意。本章嘗試從經、傳的角度加以分析，所得各點茲總結如下：

其一，《四庫》館臣以《楚辭釋文》本無“經”字爲由，批評《楚辭釋文》不可信，本章提出宋人晁公武《郡齋讀書志》和陳振孫《直齋

---

① 《楚辭校釋》，頁 88。
② 湯炳正：《〈楚辭〉成書之探索》，《屈賦新探》，頁 92—93。

書錄解題》兩書引用的《楚辭釋文》皆作《離騷經》,《四庫》館臣僅以所見《楚辭釋文》在《離騷》的篇名下無"經"字,從而推翻《楚辭釋文》本的編次,未可盡信。歸納《章句》各類王逸注出的篇次,共得四種形式,其注文編列皆與《楚辭釋文》的序次相合,似可説明《楚辭釋文》應是最接近《章句》原貌的本子。

其二,《章句》雖未明確標示内、外書,但今本篇目下分别有題爲"離騷"與"楚辭"的標誌,分析"離騷"、"楚辭"的經、傳的性質,得知從"經"、"傳"的結構來看,前者"引事"("楚辭")以證後者("離騷")之"經",實際上就是以"外書"比附"内書"的方式,從而證明《章句》的編次有以經、傳排列的可能。

其三,關於《章句》的篇章序次,歷來頗有爭議。本章通過王逸注釋暗合《楚辭釋文》次序,以及聯繫《周易》經、傳的排列方式,指出《楚辭釋文》的編次有以經、傳排列的可能。《楚辭釋文》本《章句》的編次與經、傳的結構多有契合,再次説明《楚辭釋文》的編次並非雜亂無次,由是可見《楚辭釋文》存古的價值應當受到重視。

第五章　《楚辭章句》韻文注的性質與時代

一、引　言

　　《章句》成書於東漢的王逸，歷來因其去古未遠，保留漢人注釋舊訓，因而備受學者重視。然而今存《章句》的注文通篇夾雜韻文和散文體訓釋，置於漢人經注中尤顯獨特。對於王注中兼用韻語的現象，清代《四庫》館臣嘗有考論：

> 《抽思》以下諸篇，註中往往隔句用韻，如"哀憤結縎，慮煩冤也；哀悲太息，損肺肝也；心中結屈，如連環也"之類，不一而足。蓋仿《周易·象傳》之體，亦足以考證漢人之韻。而吳棫以來談古韻者，皆未徵引，是尤宜表而出之矣。①

館臣舉出《抽思》一組押韻句，説明此種用韻方式來源於更古的《周

---

① 《四庫全書總目》卷一四八，頁 1267。

易·象傳》，①似有意强調《章句》在考證古韻上的價值。然而館臣並未論及韻文和散文注的差異，近代學者聞一多校補《章句》，也只以韻文注"驟抄句義，自鑄新詞"，乃王逸"自創之變體"，②未有多作申論。

最早指出韻文注是王逸承襲前人舊説的子遺乃日本學者小南一郎，③但德國學者白馬卻持有不同説法，他否定韻文注出自王逸本人，認爲那是王逸之後其他人的注釋，更推測其產生的年代不應晚於《文選》的"公元二世紀到公元五世紀晚期"。④此兩種截然不同的觀點，説明現今對韻文注出現的時代，乃至注者是否王逸本人仍未取得一致的看法。然而值得關注的是爲何兩人對韻文注會有如此不同的看法，當中的糾結又在哪裏？似乎在白馬提出他的新觀點後，更有討論的必要。

隨着近年研究的深入，韻文注開始得到更多的關注，但對於韻

---

①　如"震"卦，《周易·象傳》："震來虩虩，恐致福也。笑言啞啞，後有則也。"《十三經注疏》整理委員會：《周易正義》卷五，頁 247。這種句式與《抽思》一篇無別，而"福"、"則"皆屬職部，前後押韻。梁啓超亦謂："注文用韻起於《易經》各爻家之象辭，叔師效之而一律裁爲七言。"見《中國之美文及其歷史》，北京：東方出版社，1996 年，頁 145。對於《四庫提要》的看法，李大明有以下駁論：其一，按古本《九章》第四，而王逸用韻始於《抽思》之前的《涉江》，館臣所謂"《抽思》以下諸篇注中"用韻不確。其二，王逸《注》是連句韻，不是隔句韻。見李大明：《〈四庫全書總目·楚辭〉考證》，《楚辭文獻學史論考》，頁 356—357。

②　《楚辭校補》，《聞一多全集》，頁 187。

③　小南一郎著，張超然譯：《王逸〈楚辭章句〉研究——漢代章句學的一個面向》，頁 1—35。

④　白馬著，張慧文譯：《不同的評註，不同的評註者？——以〈楚辭章句〉的多樣化評註爲基礎試探本書的成書過程》，頁 123。白馬對以上論點的進一步補充見其所著《關於〈楚辭章句〉評注類型研究的研究目標》，中國屈原學會編：《中國楚辭學》，北京：學苑出版社，2011 年，第十八輯，頁 158—166。

文注的性質和時代仍存在不少爭議,當中可以歸納爲四點:其一,韻文注的時代是否晚於王逸? 其二,韻文注與散文注互混,是否説明韻文注毫無規律可言? 其三,散文注中出現類似韻文注的句子,能否證明散文注因襲韻文注? 其四,韻文注的來源到底是在散文注前還是後?①

　　職此之故,本章擬綜合前人各説,首先探討韻文注和散文注的

---

　　① 目前學界對以上各個論題的研究,除小南一郎和白馬的研究論著以外,其他以專論形式發表的篇章包括:(一)文學方面,陳松青:《王逸注解〈楚辭〉的文學視角——〈楚辭章句〉之"八字注"探析》,《中國文學研究》第 68 期(2003 年),頁 77—82。查屏球:《〈楚辭章句〉與文學釋讀模式》,《從游士到儒士——漢唐士風與文風論稿》,上海:復旦大學出版社,2005 年,頁 84—116。又見查屏球:《文學的闡釋與闡釋的文學——關於王逸〈楚辭章句〉韻體注文的考論》,《文學評論》(第 2 期)2008 年,頁 133—138。廖棟樑:《出位之詩——王逸〈楚辭章句〉的韻體釋文》,《倫理・歷史・藝術:古代楚辭學的建構》,臺北:里仁書局,2008 年,頁 365—443。黃耀堃:《〈漁父〉的韻文注——〈楚辭章句〉韻文注研究》,中國屈原學會編:《中國楚辭學》,北京:學苑出版社,2016 年,第二十四輯,頁 40—49。又見黃耀堃:《韻讀與解讀——讀〈楚辭章句・漁父〉韻文注札記》,陳新雄教授八秩誕辰紀念論文集編輯委員會:《陳新雄教授八秩誕辰紀念論文集》,臺北:萬卷樓圖書股份有限公司,2015 年,頁 491—501。黃耀堃:《讀〈九辯〉章句——〈楚辭章句〉韻文注研究之二》,中國屈原學會編:《中國楚辭學》,北京:學苑出版社,2019 年,第二十六輯,頁 1—14。(二)音韻學方面,包括金周生:《王逸用韻注〈楚辭〉現象初探》,"國立中山大學"中國文學系、中國訓詁學會編:《第一屆國際暨第三屆全國訓詁學學術研討會論文集》,臺北:中國訓詁學會出版;文史哲發行,1997 年,頁 569—604。又見金周生:《〈楚辭章句〉用韻考論》,《第七屆海峽兩岸先秦兩漢學術研討會論文集》,北京:北京師範大學文學院,2009 年,頁 74—102。曹建國:《〈楚辭章句〉韻體注考論》,《文學評論》第 2 期(2008 年),頁 118—125。黃耀堃:《從〈史記〉論〈懷沙〉的文本與韻讀》,中國屈原學會編:《中國楚辭學》,北京:學苑出版社,2011 年,第十六輯,頁 177—188。陳鴻圖:《〈楚辭章句〉韻文注的時代》,中國屈原學會編:《中國楚辭學》,北京:學苑出版社,2011 年,第十六輯,頁 285—294。(三)文本形態和傳播方面,包括:施盈佑:《再探王逸〈楚辭章句〉之注釋型態》,《淡江人文社會學刊》第 38 期(2009 年 6 月),頁 29—49。魯瑞菁:《由〈楚辭〉在漢晉南朝的傳播論〈楚辭章句〉韻體釋文的生成》,中國屈原學會編:《中國楚辭學》,北京:學苑出版社,2015 年,第二十二輯,頁 244—265。劉雅萌:《王逸〈楚辭章句〉韻語注新探》,《浙江學刊》2019 年第 3 期,頁 206—214。

類型和分布。其次，從釋義方式和句式對比兩方面分析韻文注的
性質。最後，將從聲韻學的角度和韻文注與散文注同條的情況出
發，分析散文注與韻文注的關係，並提出韻文注寫作年代的看法。

二、《楚辭章句》韻文注與
散文注的類型及分布

（一）韻文注與散文注的類型

在分析韻文注之前，先探討韻文注和散文注的類型和分布。
《章句》的韻文句式有三言、四言、五言、六言和七言五類，其中以三
言和七言句的數量最多（見下文）。小南一郎和白馬都不約而同將
韻文注分作三種類型，第一、二種小南一郎稱作Ⅰa和Ⅰb，白馬將
小南的Ⅰa改稱"節律評注"，①Ⅰb爲"簡約評注"。本章沿用小南
之説，以前後兩個四言句，形成一組八言的句式，稱作Ⅰa式，如
《哀郢》：

忽若不信兮（《章句》："始從細微，遂見疑也。"）至今九年
而不復（《章句》："放且九歲，君不覺也。"）②

以上"也"字前"疑、覺"兩字相押，③而句末押韻正是Ⅰa式的特點。

---

① 按：白馬所分類的"節律評注"是指"四、三、也"的句式，並非通篇，而只是部分
押韻。參白馬著，張慧文譯：《不同的評註，不同的評註者？——以〈楚辭章句〉的多樣
化評註爲基礎試探本書的成書過程》，頁 91。

② 《楚辭補注》卷四，頁 135。

③ "疑"，之部；"覺"，職部，之、職通押。本章上古音系統參照王力三十部分類，韻
字以唐作藩《上古音手册》（南京：江蘇人民出版社，1982 年）爲準。

較爲特別的是第二句四言的首字有時會以“而”、“之”等虛字代替，比如《九辯》“願自往而徑遊”，注“不待左右之紹介也”；《思美人》“遂萎絕而離異”，注“終以放斥而見疑也”兩句，①即屬其例。

第二種韻文注釋亦如小南一郎稱作Ⅰb式。Ⅰb式單用一組四言句，句末帶“也”字，同Ⅰa式一樣押韻，例如《漁父》的第一段：

> 屈原既放（《章句》：“身斥逐也”），遊於江潭（《章句》：“戲水側也。”），②行吟澤畔（《章句》：“履荊棘也。”）。顏色憔悴（《章句》：“肝黴黑也。”），形容枯槁（《章句》：“癯瘦瘠也。”）。③

“逐”、“側”、“棘”、“黑”、“瘠”五字相押，④配上正文的四言句，恰好又會構成Ⅰa兩組四字句的形式，可知兩組的來源或有一定的關係，關於此點留待下文探討。

此外，小南一郎和白馬都沒有對《章句》其他韻文句式再做細分，但此類句式也是韻文，只是沒有前兩類的“也”字，本章稱之爲Ⅰc式。竊以爲此種句式四字一句，不帶“也”這個虛字，可能是

---

① 《楚辭補注》，卷八，頁 191；卷四，頁 148。
② 小南一郎指出此句注文附“史云‘至於江濱被髮’”一句，第二句的注文“‘史云……’是引自《史記·屈原傳》，因爲它可能是後來纔被補入的”，並加以注釋謂：“在此所謂的‘後來’，指的是此一注文形成之後再補入，並不意謂着形成於王逸《章句》之後。”小南一郎著，張超然譯：《王逸〈楚辭章句〉研究——漢代章句學的一個面向》，頁 5。
③ 《楚辭補注》卷七，頁 179。
④ “逐”，覺部；“側”，職部；“棘”，職部；“黑”，職部；“瘠”，錫部，五字通押。

Ⅰb句的變體。試看《招隱士》一段：

> 樹輪相糾兮(《章句》"交錯扶疏")，林木茷骫(《章句》"枝
> 條盤紆")。青莎雜樹兮(《章句》"草木雜居")，薠草靃靡(《章
> 句》"隨風披敷")。①

此四組四言句的對句都十分整齊，"疏"、"紆"、"居"、"敷"四字同協
魚韻，若配上前面正文，除掉"兮"字的話，便會形成如Ⅰa的句式，
因此可以看作另一形式的韻文注。② 以下將上文所論三類韻文注
句型表列，並以粗體劃線表示其押韻的位置：

表一

類型	Ⅰa	Ⅰb	Ⅰc
句型	"○○○○，○○○<u>○</u>也"	"○○<u>○</u>也"	"○○○<u>○</u>"

對於韻文注以外，沒有押韻的散體注，小南一郎稱爲Ⅱ式，也
就是白馬所稱的"章句評注"。Ⅱ式也有一些句式押韻，但不甚嚴

---

① 《楚辭補注》卷一二，頁 234。

② 有些韻字在今本《章句》不能相押，金周生統計《漁父》、《抽思》王逸注的韻文，
發現六十個"韻字"，其中就有二十七個字與前後不押韻。金周生：《王逸用韻注〈楚辭〉
現象初探》，頁 574。不押韻的原因衆多，例如注釋家可能不一定嚴格遵守押韻的規律，
或者流傳過程中的文字敚爛和訛奪，等等。例如《訓詁學初稿》指出《章句》"浮沉"，各本
俱作"沉浮"，當以"沉"、"棽"、"風"叶韻，應乙轉；"暗昏"，各本俱作"昏暗"，當以"昏"與
"遄"、"真"叶韻，應乙轉。見周大璞主編：《訓詁學初稿》，武漢：武漢大學出版社，1987
年，頁 235。金周生也指出，"必須更動原文以符押韻條件"和"版本不同造成韻語認定
上的問題"。《王逸用韻注〈楚辭〉現象初探》，頁 574。因此單從押韻與否不足以區別注
釋的類型，還要顧及句式的特點。此外，三種韻文以外的其他句式較爲複雜，不易判定
其類型，而且數量不多，本章暫不予以歸類。

格,比起韻文注釋的固定形態,Ⅱ式句型上的變化則十分突出,如
以下兩例:

例 1:《天問》"隅隈多有,誰知其數?"
《章句》:"言天地廣大,隅隈眾多,寧有知其數乎?"①
例 2:《哀時命》:"倚躊躇以淹留兮,日飢饉而絕糧。"
《章句》:"蔬不熟曰饉。言己欲躊躇久留,恐百姓飢餓糧
食絕乏也。"②

這種散體句式由字數不同的句子組成,未有刻意要求與前句相對。
小南一郎指出Ⅱ式句有以下三種要素:第一種,直接針對原文的
字句加以訓詁。如"朝搴阰之木蘭兮",注"搴,取也;阰,山名"。第
二種,對兩句原文的釋義部分,如《離騷》"夕攬中洲之宿莽"一句,
王逸疏釋文字後,謂:"言己旦起,陞山采木蘭,上事太陽,承天度
也;夕入洲澤,采取宿莽,下奉太陰,順地數也。動以神祇,自敕誨
也。"第三種,用來說明原文背後表達的意旨,主要分析作者依托於
譬喻之中的意涵,如上段注文後"木蘭去皮不死,宿莽遇冬不枯。
以喻讒人雖困己,己受天性,終不可變易也"一段,便是譬喻的
內容。③
　　第二要素以"言己"作始,直陳作者的想法或心情;第三要素則
常以"言"字爲首。小南指這樣的特徵,可以看出注釋者本身是有意

---

① 《楚辭補注》卷三,頁 87。
② 《楚辭補注》卷一四,頁 261。
③ 《王逸〈楚辭章句〉研究——漢代章句學的一個面向》,頁 7—8。

識地區別三個要素，並加以組合成爲注釋。① 但是，小南一郎的這個看法也有些問題。例如《橘頌》"綠葉素榮，紛其可喜兮"，王逸《章句》：

> 綠，猶青也。素，白也。言橘青葉白華，紛然盛茂，誠可喜也。以言己行清白，可信任也。②

"綠"至"白也"一段訓釋的字義雖屬第一要素，後面兩組"言"字句，"言己"説明作者自己的想法或心情，照小南一郎的分類，應歸入第二要素，但此段是借橘樹潔白盛茂的特質，以喻屈原的正直清白，恰是解説原文背後意旨的要素，可見王逸未必有意識地區別注文的三種要素。不過，作爲韻文與散體注之間的分別，三種要素仍不失其參考的價值。

（二）韻文注與散文注在《楚辭章句》的分布

根據上文劃分的類型，統計這些類別在全書的分布如下：③

表二

序次	篇　　名	《楚辭章句》的注釋方式
1	《離騷》	Ⅱ
2	《九歌》	Ⅱ
3	《天問》	Ⅱ

① 《王逸〈楚辭章句〉研究──漢代章句學的一個面向》，頁 9。
② 《楚辭補注》卷四，頁 153—154。
③ 本表和小南一郎、白馬的統計有以下幾點不同。其一，本章新增的Ⅰc式，小南一郎和白馬都未作分類。其二，統計注釋類型的不同。例如《招隱士》有Ⅱ式、《七諫》有Ⅰa、Ⅰb式，小南一郎皆未有列出。其三，由於《章句》注釋極其複雜，部分難以歸類，故未有列入。此外，魯瑞菁對於韻文注的句數有十分詳細的統計，見氏著《由〈楚辭〉在漢晉南朝的傳播論〈楚辭章句〉韻體釋文的生成》，頁 261—265。

續表

序次	篇　　名	《楚辭章句》的注釋方式
4	《九章·惜誦》	II
	《九章·涉江》	II＋Ia
	《九章·哀郢》	II＋Ia＋Ib
	《九章·抽思》	II＋Ia
	《九章·懷沙》	II
	《九章·思美人》	II＋Ia
	《九章·惜往日》	II＋Ia
	《九章·橘頌》	II
	《九章·悲回風》	II＋Ia
5	《遠遊》	II＋Ia＋Ib
6	《卜居》	Ia＋Ib＋Ic
7	《漁父》	Ib＋Ic
8	《九辯》	II＋Ia
9	《招魂》	II
10	《大招》	II
11	《惜誓》	II
12	《招隱士》	II＋Ia＋Ib＋Ic
13	《七諫》	II＋Ia＋Ib
14	《哀時命》	II
15	《九懷》	II＋Ia
16	《九歎》	II
17	《九思》	?①

---

① 此篇非王逸所自注,見黄靈庚:《〈九思〉序文及注作於六朝考》,《古籍整理研究學刊》第 2 期(2002 年第 3 月),頁 54—55。

又下表列出《章句》各篇韻文注的數量如下：

表三①

序號	篇　　名	Ⅰa	1b	1c
1	《九章·涉江》	8	/	/
2	《九章·哀郢》	21	2	/
3	《九章·抽思》	60	/	/
4	《九章·思美人》	61	/	/
5	《九章·惜往日》	64	/	/
6	《九章·悲回風》	47	/	/
7	《遠遊》	155	18	4
8	《卜居》	3	53	4
9	《漁父》	/	33	5
10	《九辯》	268	/	/
11	《招隱士》	26	9	12
12	《七諫》	5	2	/
13	《九懷》	258	/	/

　　依據表二所示，Ⅱ式的分布最廣泛，單以數量來説就多達十四篇，爲各類注釋類型之冠，當然這種情況可視作王逸作注的基本風格。至於表三所顯示各類韻文注釋中，以Ⅰa的數量最多。整體而言，甚少有獨立篇章純粹以韻文作注，更多的是與Ⅱ式結合，而《卜居》和《漁父》兩篇，通篇用韻文注最爲特別。現在透過下表將

---

　　① 原文據洪興祖撰，白化文等點校《楚辭補注》統計，個別例子是否列入韻文注需逐條詳論，非本章篇幅所能及，但以上之統計應足以反映《章句》的整體面貌。

各種可以相配的注釋列出來：

表四

一	二	三	四	五	六
Ⅱ	Ⅱ＋Ⅰa	Ⅱ＋Ⅰa＋Ⅰb	Ⅰa＋Ⅰb＋Ⅰc	Ⅰb＋Ⅰc	Ⅱ＋Ⅰa＋Ⅰb＋Ⅰc

　　此六種注釋組合，錯落地分布在篇章裏，都是極不一致的。如果說同一注家以此種"混亂"的方式來注釋，似乎令人懷疑注家的目的何在。① 但如前所言，後人對此種差異有兩種不同的推測，白馬主張與形成先後有關係，②所以"混亂"的地方都應爲後人竄入王注的表現；而小南一郎卻認爲，王逸承繼了前人注釋，並以散文作出補充。③ 兩人的論説何者較可取，或者先來分析一下韻文注的性質，再作定論。

三、《楚辭章句》韻文注的性質

　　漢代的經注當中，甚少如《章句》大量使用韻文注，因此韻文注

---

　　① 如 David Hawkes 亦指出 "For no discernible reason, his commentaries on *Yüan yu*, *Chiu pien*, *Chao yin shih*, *Chiu huai* and on the poems *Ai ying*, *Ch'ou ssu* 抽思, *Ssu mei jen* 思美人, *Hsi wang jih* 惜往日 and *Pei hui feng* 悲回風 (in *Chiu chang*) are entirely written in rhyming verse". （王逸注釋《遠遊》、《九辯》、《招隱士》、《九懷》及《哀郢》、《抽思》、《思美人》、《惜往日》和《悲回風》全用韻文，其原因難以考究。）Michael Loewe ed., *Early Chinese Texts: A Bibliographical Guide*, Berkeley: The Society for the Study of Early China; Institute of East Asian Studies, University of California, 1993, pp.52.

　　② 《不同的評註，不同的評註者？——以〈楚辭章句〉的多樣化評註爲基礎試探本書的成書過程》，頁 97。

　　③ 《王逸〈楚辭章句〉研究——漢代章句學的一個面向》，頁 28。

表現於釋義上,到底與散文注有何差異? 以及韻文注出現於某些
篇章中,夾雜在散文注中間,是否也隱含着某些規律,似乎需要先
作出探討。

(一) 韻文注的釋義方式

韻文注的句式比較固定,内容大多言簡意賅,不如散體注般先
訓詁字義,再而詮解文義,如《惜往日》:

> 秘密事之載心兮。(《章句》:"天災地變,乃存念也。")①

韻文注未有訓釋字詞,即以"天災地變"解釋"秘密事",但屈原的
"秘密事"意指甚麼,仍然頗爲費解。朱熹《集注》將"秘密事"釋作
"國所秘之密事",意思仍頗爲含糊:

> 雖國所秘之密事,皆載於其心,是以或有過失,猶寬而不
> 治其罪也。②

近代學者譚介甫(1888—?)説:

> 秘密事,當指圖霸中原大計,當時外交大事都在屈原心
> 裏,懷王尚未中讒,故末句雖字猶字還表示得勉強。③

譚氏坐實朱熹的"國所秘之密事"爲"圖霸中原大計",與先前的注

---

① 《楚辭補注》卷四,頁150。
② 《楚辭集注》卷四,頁92。
③ 譚介甫:《屈賦新編》,北京:中華書局,1978年,下集,頁575。

釋不同,是利用屈原的生平和歷史背景。而黄靈庚謂"秘密事在心,蓋爲懷王草創憲令也",①亦連繫至屈原起草憲令的歷史事實。諸家都能從屈原之身世背景加以詮釋,故各有所據。相對而言,韻文注作"天災地變"則予人"含糊"之感。《惜往日》全文未提過"天災地變"一事,屈原因"天災地變"以存念與正文之"秘密事"亦無直接的聯繫,假如此爲屈原失意之感,形容爲"天災地變"也不易令人聯想到與"天災"的關係。

類似此類的釋義方式還見於《招隱士》:

> 青莎雜樹兮(《章句》"草木雜居"),蘋草靃靡(《章句》"隨風披敷")。
>
> 白鹿麏麚兮(《章句》"衆獸並遊"),或騰或倚(《章句》"走住異趣")。②

以上句子單看字面並不易解釋,"青莎"、"蘋草"到底是哪一類植物,韻文注並未有進一步闡釋,至於"靃靡"和"麏麚",前者洪興祖釋作"弱貌",後者則解作"牝鹿",③也比韻文注籠統概括的釋義更加具體和清晰。歷代注家大多撇開韻文注,④恐怕也是因文義不易曉之故。

由於其釋義的規律並不如散體注般,先訓解文字,再直接針對

---

① 《楚辭章句疏證》卷五,頁 1598。

② 《楚辭章句》卷一二,頁 234。

③ 《楚辭章句》卷一二,頁 234。

④ 參崔富章,李大明主編:《楚辭集校集釋》,武漢:湖北教育出版社,2003 年,頁 2013—2014。

原文詮釋大義,因而導致注釋看來無所憑藉,乃至超出合理的詮釋範圍。金周生就指出採用此種注釋,會削弱"注"的功能:

> 王逸注中如不用韻語,或較固定的四言、八言句子時,注文可解釋字義、詞義,可詮解成語典故,可引述字詞來源,也可串講文意、闡述章旨、敘事考史,充分完成注解釋義的任務。但一用韻語,尤其是全篇都使用較固定的四、八言文句時,必使注釋內容受到局限,不能充分達成"注"的要求。①

如其所說,韻文注不合乎"注"的要求,所以注釋多迂回曲折,難以捉摸。② 而其句式固定,注釋者要傳達的意思有時反會變得不可理解。不過用韻文作注的好處是要言不煩,免卻文字上的繁瑣,當有助於流傳推廣之用,③而其以"美文呈現的新的《楚辭》解讀方式,堪稱《楚辭》研究的特貌",④也是韻文注對經典釋讀的另類貢獻。

(二) 從句式對比看韻文注的規律

小南一郎指出《遠遊》兩種注文各擔當着不同的角色,⑤説明

---

① 金周生:《王逸用韻注〈楚辭〉現象初探》,頁 603。

② 蔣天樞也指出過:"凡用此形式以詮説者,或不能嚴格遵照原文詞意而爲之説,所用非經注正體,其中所失尤多。此種別出新裁之注文,倘非依傍全部正文,直不知所謂。"《楚辭論文集》,頁 217。

③ 參施盈佑:《再探王逸〈楚辭章句〉之注釋型態》,頁 29—49。

④ 廖棟樑:《出位之詩——王逸〈楚辭章句〉的韻體釋文》,頁 400。

⑤ 小南一郎謂《遠遊》的Ⅰa注釋用在敘事的部分,Ⅰb則在細説神仙的教誨,兩種注文各有角色的擔當。見《王逸〈楚辭章句〉研究——漢代章句學的一個面向》,頁 7。白馬也曾指出,簡約方式(Ⅰb)在那些易於理解的文本中採用。《不同的評註,不同的評註者?——以〈楚辭章句〉的多樣化評註爲基礎試探本書的成書過程》,頁 94。

了注釋中存在着某種的規律,本章擬指出《章句》韻文注釋與正文對應的部分,可能也經過注者着意的編排。下面擬透過句式的對比,選取《章句》的韻文注,分析這種特異的現象。

首先以《遠遊》兩種韻文注釋的編排爲例。《遠遊》開首"悲時俗之迫阨兮"至"審壹氣之和德"一段,注釋的是Ⅰa句,緊接"道可受兮"一段,突然改作Ⅰb式。細加考察會發現注釋所對應的正文句式並不相同,如Ⅰa段對應"○○○○○兮"句式,Ⅰb式則對應四言句式。而去除Ⅰb式每句的"兮"字,就形成如Ⅰa式兩組四言對句的形式,以下將上列的句式製成下表:

表五①

序次	《遠遊》正文	《楚辭章句》的注文
1	曰:道可受兮	云無言也②
2	不可傳	誠難論也
3	其小無內兮	靡兆形也
4	其大無垠	覆天地也
5	無滑而魂兮	亂爾精也
6	彼將自然	應氣臻也
7	壹氣孔神兮	專己心也
8	於中夜存	恒在身也
9	虛以待之兮	執清静也
10	無爲之先	閑情欲也
11	庶類以成兮	衆法陳也
12	此德之門	仙路徑也

---

① 《楚辭補注》卷五,頁167。
② 原作"言易者也",此處據"一云"改,《楚辭補注》卷五,頁167。

上文簡表之後，緊接"聞至貴而遂徂兮"一段，正文改用原來
"○○○○○兮"的句式，注釋即相應由Ⅰa式取替Ⅰb式。同樣
於《遠遊》"經營四荒兮"一段，①原本的Ⅰa式，轉用至Ⅰb式，恰是
正文由"○○○○○兮"過渡至"○○○○兮"句的中間。稍有不
同的是，同段注釋對應的並非全是四言句式。"下崢嶸而無地"至
"與泰初而爲鄰"一段，②注釋改回Ⅰb式，只是與上一段一致對應
的句式頗有差別。

　　此種句式的轉變，並不是孤立的存在，而是注者有意的改動。
試看《卜居》詹尹對答的一段韻文注：

表六③

序次	《卜居》正文	《楚辭章句》的注文
1	智有所不明	孔子厄於陳也
2	數有所不逮	天不可計量也
3	神有所不通	日不能夜光也
4	用君之心	所念慮也
5	行君之意	遂本操也
6	龜策誠不能知事	不能決君之志也

　　《卜居》正文以四言句爲主，注文卻以相近的Ⅰb式爲注，如上表
"孔子厄於陳也"至"日不能夜光也"三句除"也"字外，正、注文都是五
言句；"龜策誠不能知事"與"不能決君之志也"相合，則爲七言句的組
合。要留意的是"用君之心"至"行君之意"兩組四言句，夾雜兩句稍短

---

① 《楚辭補注》卷五，頁174。
② 《楚辭補注》卷五，頁175。
③ 《楚辭補注》卷六，頁178。

的注釋。短短六句,已轉換三種句式,而且都是整齊一致的對句,此種現象不應是注釋者隨便附注能够解釋,而是針對原文句式的改動。

下面再來看表七、表八引自《招隱上》兩個相連的段落,《招隱士》一篇的句式結構十分複雜,注釋交替因而特別頻繁。下面先舉出其中的一段:

表七①

序次	《招隱士》正文	《楚辭章句》的注文
1	塊兮軋	霧氣昧也
2	山曲岪	盤詰屈也
3	心淹留兮	志望絕也
4	恫慌忽	亡妃匹也
5	罔兮沕	精氣失也
6	憭兮慄	心剝切也
7	虎豹穴	嶁穿岷也
8	叢薄深林兮	攢刺棘也
9	人上慄	恐變色也

"塊兮軋"前一段敘寫王孫身處山中,不願歸來,開首便是六言、八言的句式,注文則是Ⅰa式。自"塊兮軋"以下,敘述王孫面臨凶險的處境,句式轉至更緊湊的三言句式,注釋隨之由Ⅰb代替Ⅰa式,形成上文Ⅰa式以外的句型——"〇〇〇,〇〇〇也"。而緊接下面表八一段,正文的四、五言句對應Ⅰc句,形成類似Ⅰa式八言的句式,其中的分別只是以實詞代替Ⅰb的"也"字。

---

① 《楚辭補注》卷一二,頁233。

表八①

序次	《招隱士》正文	《楚辭章句》的注文
1	嶔岑碕礒兮	山阜嶼峏
2	硱磳磈硊	崔嵬嵯峨
3	樹輪相糾兮	交錯扶疏
4	林木茷骫	枝條盤紆
5	青莎雜樹兮	草木雜居
6	薠草靃靡	隨風披敷
7	白鹿麏麚兮	衆獸並遊
8	或騰或倚	走住異趨

　　綜合各例可見，韻文注的轉換過程中呈現出一種規律性，包括：第一，注釋轉變一般發生在正文句式的交替之間。第二，注釋轉變後，其句式通常與緊接之前的段落相異，故正文的句式變動，同段的注釋也隨之相應變動。雖然緊接其後的句式可能再有改變，但注釋之形態一般没有太大的變化。第三，Ⅰb句多向四言句式靠攏，形成Ⅰa的形態，這也解釋了Ⅰb式最常見於四言句式的篇章，反之Ⅰa式多不出現在四言句中。

　　若連同正文句式並觀，韻文注又可以形成"楚辭體"的句型。郭建勛列出四種"楚辭體"的句型，②能夠對應韻文注的至少有"○○○○，○○○兮"和"○○○○兮○○○"兩種，③從韻文注的

　　① 《楚辭補注》卷一二，頁234。
　　② 郭建勛：《辭賦文體研究》，北京：中華書局，2007年，頁13。
　　③ "○○○○兮○○○"句"兮"字後有四字的例子，如《招魂》"獻歲發春兮汩吾南征，菉蘋齊葉兮白芷生"。《楚辭章句疏證》卷一〇，頁2090。

句式,可以發現句式的轉換是因應正文而來的,故韻文注可能是有意模仿《楚辭》。此種刻意的仿傚,恐怕是西漢以來文人擬騷成風的反映。[1] 前文說過韻文注不能全部對應正文,因此注者利用這種非客觀的注釋闡釋《楚辭》,也可以説是一種重新的創作,甚至是相和的形式。[2] 由此切入韻文注,就可以見出韻文注並非雜亂無章,其注釋中隱含的規律性,實在是注者有意的安排。

四、《楚辭章句》韻文注的時代

下面將從聲韻學和韻文注與散文注同條的角度,分析散文注與韻文注的關係,並提出韻文注寫作的年代。

(一) 從聲韻學的角度看韻文注的時代

小南一郎因爲主張韻文注是王逸保存的前人注,所以主張其時代早於散文注;白馬認爲韻文由後人竄入,因而把韻文注的時代定在王逸以後。古人的音韻知識不及現代人,不太懂得用韻腳作僞,[3]韻文注既然用韻文寫成,用韻之處經常會烙下時代的印記,成爲重要的考證線索,故本章首先擬循此推測韻文注的年代,以作

---

[1]　《從游士到儒士——漢唐士風與文風論稿》,頁106。陳松青則連繫至漢代興起的七言句注,提出其句式影響了王逸八字句的注釋形式。陳松青:《王逸注解〈楚辭〉的文學視角——〈楚辭章句〉之"八字注"探析》,頁77—82。

[2]　黄耀堃在分析《抽思》一文時指出:"與其説東方朔等人剿襲《離騷》、《九章》,不如説是東方朔對《離騷》、《九章》所作的另類'回應',跟《荀子》的'反辭'主旨相近。這些作品,跟王逸章句之中用韻文來爲《楚辭》解題、注釋,其用意並非相去很遠。"黄耀堃:《論〈楚辭〉與〈萬葉集〉的反歌——兼論〈抽思〉的"亂辭"和〈反離騷〉的性質》,《輔仁國文學報》第十七期(2001年),頁68—69。此種"回應"從韻文注的對應來看會更加清楚。

[3]　黄耀堃:《〈老子道德經河上公章句〉音韻文字札記》,收入《黄耀堃語言學論文集》,南京:鳳凰出版社,2004年,頁208。

爲探究韻文注的首要。

A.《楚辭章句》韻文注概述和研究方法

在探討之前，先分析韻文注的用韻特徵。上文將韻文注分作三類，以下按其句式細分作三言、四言、五言、六言和七言五類。①

表九

序次	篇名	《楚辭章句》的韻文句式				
	/	三言	四言	五言	六言	七言
1	《涉江》	/	/	4	3	8
2	《哀郢》	2	/	/	/	21
3	《抽思》	/	/	/	/	60
4	《思美人》	/	/	/	/	61
5	《惜往日》	/	/	/	/	64
6	《悲回風》	/	/	/	/	47
7	《遠遊》	18	4	/	/	155
8	《卜居》	53	4	3	3	3
9	《漁父》	33	5	2	/	/
10	《九辯》	/	/	/	/	268
11	《招隱士》	9	12	/	/	26
12	《七諫》	2	/	/	/	5
13	《九懷》	/	/	/	/	258

依上表所示，數量最多的是三言和七言句，但只有《九辯》和

---

① 上表列出有韻文的篇章，並不包括散體注。爲便於統計，原文的"也"字一律不計算在內。

《九懷》兩篇通篇用七言句作注,其餘採用韻、散夾雜的形式,可見韻文注的複雜。若撇除不能分辨的韻例,整體韻文注一般是前後相合的韻文句,雖然韻段的分合頗難定奪,但整體仍呈現出一定的用韻規律。此種不一致的現象或如羅常培和周祖謨所説:

> 古人押韻不一定都很謹嚴,我們只能從多數的例證上來看當時語音的情況,有些特殊的例子,就很難下什麼判斷。①

據此,本章的研究擬暫時撇開一些具爭議性的韻例。至於韻部主要利用羅常培、周祖謨《漢魏晉南北朝韻部演變研究》一書——該書綜合大量兩漢詩文,指出兩漢韻文的不同,一是韻部的分合,一是同一部字之内的字類變動。② 考慮到魏晉和兩漢時代相隔不遠,因此把中古韻以及其他研究著作一併參考在内。版本方面,本章據點校本《補注》,另參考黃靈庚《楚辭章句疏證》一書。該書校出大量《章句》的訛奪文字,③爲本章提供異文的參考。本章各例基本依據該書提供的版本和校改,斟酌去取。至於上古音系統則參照王力三十部分類,韻字以唐作藩《上古音手册》爲準;④魏晉音韻部分參考周祖謨《魏晉宋時期詩文韻部的演變》、《齊梁陳隋時期詩文韻部研究》兩文和丁邦新《魏晉音韻研究》,⑤個别韻字如有訂

---

① 羅常培、周祖謨:《漢魏晉南北朝韻部演變研究》,北京:中華書局,2007 年,頁 89。

② 《漢魏晉南北朝韻部演變研究》,頁 13。

③ 《楚辭章句疏證》,北京:中華書局,2008 年。

④ 唐作藩:《上古音手册》,南京:江蘇人民出版社,1982 年。

⑤ 《漢魏晉南北朝韻部演變研究》,北京:中華書局,2007 年。丁邦新:《魏晉音韻研究》,臺北:"中央研究院"歷史語言研究所,1975 年。

正則另外注出。

B.《楚辭章句》韻文注的用韻特徵

1. 歌、支①

序次	篇章	《楚辭章句》的注文	分　析
1	《九辯》	姿質鄙鈍,寡所知(支/支)也。君不照察其真僞(歌/支)也。	支歌同用
2	同上	形容減少,顏貌虧(歌/支)也。時去晻晻,若駑馳(歌/支)也。年命逝往,促急危(支②/支)也。意中私喜,想用施(歌/支)也。内無所恃,失本義(歌/支)也。③	歌支同用
3	《九懷》	陞彼高山,徐顧睇(支/齊)也。乘雲歌吟而遊戲(歌/支)也。握持神明,動容儀(歌/支)也。留待松、喬,與伴儷(支/齊)也。陰精並降,如雨墮(歌/支)也。④ 天旦欲明,至山溪(支/齊)也。⑤	支歌同用

　　上古歌部和支部極少合用例,江有誥(1773—1851)指出:"支部古人用者甚少,《詩》《易》《左傳》《楚辭》僅三十九見,而四聲互用者十之三。"⑥歌支兩部演變到兩漢,合用次數較先秦增加不少,羅

---

　　① 以下各表括號内的韻字,先列上古韻,後列中古韻。

　　② 筆者按:唐作藩《上古音手册》謂"危"字:"有的古音學家入歌部或支部。"頁134。本章歸"支"部。

　　③ 《楚辭補注》卷八,頁191,192—193。

　　④ 《楚辭章句疏證》謂:"雨字出韻,舊乙作'雨墮'。"卷一一,頁2154。本章從其說。

　　⑤ 《楚辭補注》卷一五,頁273。

　　⑥ 江有誥:《寄段茂堂先生書》,收入《江氏音學十書》,《續修四庫全書》據南京圖書館藏清嘉慶(1796—1820)、道光(1821—1850)間江氏刻本影印,上海:上海古籍出版社,1995年,第二四八册,頁3a,總頁4。

常培、周祖謨統計出西漢二十三例,東漢九例,①東漢同用數目少於西漢,可能和歌部的支韻字到東漢時大部分都轉入支部字有關。魏晉以後,支部字仍然包括支、佳、齊(奚)的三類字,②但支韻字和歌部的關係已見疏離,兩部同用的例子十分罕見,整個魏晉只有應瑒《悠驪賦》"多知崖馳"一例而已。③ 上表支部字同歌部通押,歌部的"僞"、"虧"、"馳"、"施"、"義"、"戲"、"儀"、"墮"全是支韻字,可見以上韻文注年代的上、下限,應介乎西漢和東漢之間,不能下及晉宋以後。④

2. 魚、侯

序次	篇章	《楚辭章句》的注文	分　析
1	《遠遊》	納新吐故,垢清濁(侯/覺)也。⑤ 乘風戲蕩,觀八區(魚/虞)也。觀視朱雀之所居(魚/魚)也。	侯魚同用
2	同上	進退俛仰,復欲去(魚/魚)也。且自厭按而踟躕(侯/虞)也。	魚侯同用

---

① 《漢魏晉南北朝韻部演變研究》,頁 46、56。

② 周祖謨:《魏晉宋時期詩文韻部的演變》,見《漢魏晉南北朝韻部演變研究》,頁 337。

③ 《魏晉音韻研究》,頁 93。

④ 虞萬里指出:"歌部字與魚部麻韻一系字相諧,歌部字與支部字相諧,在西漢楚辭系區域中已相當明顯地反映出來了。……雖然,東漢魚之麻諧歌,歌之支諧支在合用數量上要比西漢來得多,但是西漢的支部獨用僅五例,而歌支合用多達二十三例,這種情況難道不能令人深思嗎? 這個 23:5 的比式難道不能使我們將韻部變化的界線提前劃在秦漢之交嗎?"見虞萬里:《榆枋齋學術論集·從古方音看歌支的關係及其演變》,南京:江蘇古籍出版社,2001 年,頁 21—22。如虞氏之說可信,則歌支合用的現象可追溯到秦漢之初。

⑤ 《楚辭章句疏證》:"'垢濁清'云云,清字出韻,蓋作'清垢濁'也。"卷六,頁 1776。

續表

序次	篇章	《楚辭章句》的注文	分　析
3	同上	遂往周流，究九野(魚/[魚/麻])也。縱舍轡銜而長驅(侯/虞)也。經過后土，出北區(侯/虞)也。遂入八風之藏府(侯/虞)也。過觀黑帝之邑宇(魚/虞)也。①	魚侯同用
4	《卜居》	沖天區(侯/虞)也。安步徐(魚/魚)也。飛雲嵋(侯/虞)也。②	侯魚同用
5	《招隱士》	殘賊之獸，忿爭怒(魚/模)也。貪殺之獸，跳梁吼(侯/侯)也。雌兔之羣，驚奔走(侯/侯)也。違離黨輩，失羣偶(侯/侯)也。旋反舊邑，入故宇(魚/虞)也。誠多患害，難隱處(魚/魚)也。③	魚侯同用
6	《九辯》	安步徐行，而勿驅(侯/虞)也。且徐徘徊，以遊戲(魚/模)也。④	魚侯同用
7	《九懷》	意中切傷，憂悲楚(魚/魚)也。將乘山神而奔走(侯/侯)也。欲踰高山，度險阻(魚/魚)也。⑤	魚侯同用
8	同上	周徧留止而復去(魚/魚)也。引支車木，遂馳驅(侯/虞)也。⑥ 世憎忠信，愛諂諛(侯/虞)也。	魚侯同用
9	同上	傷今天下無聖主(侯/虞)也。伏車浩歎，作風雅(魚/麻)也。	侯魚同用

① 《楚辭補注》卷五，頁166、172、173、174。
② 《楚辭補注》卷七，頁178。
③ 《楚辭補注》卷一二，頁234。
④ 《楚辭補注》卷八，頁187。
⑤ 《楚辭章句疏證》："險字出韻，舊乙作'險阻'。"卷一一，頁2190。
⑥ 《楚辭章句疏證》："黃本、夫容館本、湖北本、朱本、馮本、俞本、莊本、《四庫章句》本'驅馳'作'馳驅'。"卷一一，頁2196。

續表

序次	篇章	《楚辭章句》的注文	分　析
10	同上	衆人愚闇，誰與謀(之/尤)也。仁智之士，遁世去(魚/魚)也。畜養佞諛而親附(侯/虞)也。大賢隱匿，竄林藪(侯/侯)也。①	魚之侯同用
11	《惜往日》	名字斷絶，形朽腐(侯/虞)也。② 懷王壅蔽，不覺悟(魚/模)也。上無撟揳，以知下(魚/麻)也。賢人放竄，弃草野(魚/[魚/麻])也。安所展思，拔愁苦(魚/模)也。忍不貪生，而顧老(幽/豪)也。遠放隔塞，在裔土(魚/模)也。欲竭忠節，靡其道(幽/豪)也。	侯魚幽同用
12	同上	仇牧、荀息與梅伯(鐸/陌)也。張儀詐欺，不能誅(侯/虞)也。君不參錯而思慮(魚/魚)也。諂諛毁譽，而加誣(魚/虞)也。質性香潤，德之厚(侯/侯)也。世無明智，惑賢愚(侯/虞)也。③	鐸侯魚同用
13	《九辯》	終爲讒佞所覆冒(幽/豪)也。忠臣喪精，不識謀(之/尤)也。稷、契、禹、益與咎繇(宵/宵)也。安卧垂拱，萬國治(之/脂)也。己之行度，信無尤(之/尤)也。内省審己，無畏懼(魚/虞)也。衆賢並進，職事脩(幽/尤)也。④	幽之宵魚

① 《楚辭補注》，卷一五，頁 276、277、279、270。

② 《楚辭章句疏證》"《補注》引一本及莊本、《四庫章句》本、俞本、湖北本作'名字斷絶，形朽腐也'，黄本、夫容館本作'名字斷絶，刑朽腐也'。"卷五，頁 1610。

③ 《楚辭補注》卷四，頁 150—151、152。

④ 《楚辭補注》卷八，頁 194—195。

序次	篇章	《楚辭章句》的注文	分　析
14	《抽思》	結續妙思，作辭賦（魚/虞）也。舉與懷王，使覽照（宵/宵）也。始君與己謀政務（侯/虞）也。①	魚宵侯同用

　　上表侯部字和魚部合用共有十四例，獨用的很少。魚、侯兩部在兩漢以前分用，《詩經》魚部"模、魚、虞、麻"四類，侯部包括"侯、虞"兩類，一般不相混，《楚辭》魚、侯雖分用，但《老子》出現五個合用的例外，②到兩漢時期，魚、侯分合的情況更形複雜。羅常培、周祖謨認爲兩漢時期魚、侯不分，所以把魚侯合爲一部。③ 林蓮仙更説："侯魚不分，是漢音的體系。"④不過現在看來，此説受到很多人的質疑，未必完全可信。⑤ 魏晉以後，魚部的侯韻字分出與幽部的尤幽兩韻合爲一部，魚、侯分爲兩部，跟東漢有很大的不同。⑥ 上

---

　　① 《楚辭補注》卷四，頁137。
　　② 喻遂生：《〈老子〉用韻研究》，《西南師範大學學報》(哲學社會科學版)，1995年第1期，頁113。
　　③ 《漢魏晉南北朝韻部演變研究》，頁49。
　　④ 林蓮仙：《楚辭音均》，香港：昭明出版社，1979年，頁65。
　　⑤ 邵榮芬《古韻魚侯兩部在前漢時期的分合》指出"前漢時期魚、侯兩部分立，除了通押比例較低的根據以外，還有一個事實也非常值得注意。這就是：一方面魚部和歌部通押的比較多……另一方面侯部跟歌部卻絕無一例相通。這種現象説明魚、歌主元音相近，而侯、歌主元音相遠。這不能説不是當時魚、侯不同部的又一個有力的證明。"收入《邵榮芬語言學論文集》，北京：商務印書館，2009年，頁67。李玉也指出："從當時(西漢)的'雅言'(北方方言)音系的角度看，魚、侯分立的論斷是正確的。在楚方言的語音裏，魚、侯兩部相通假的次數大於幾率。綜合楚方言區其他材料來看，秦漢時期魚、侯兩部在楚方言音系裏可能正趨於合流。"李玉：《秦漢簡牘帛書音韻研究》，北京：當代中國出版社，1994年，頁114。
　　⑥ 《魏晉宋時期詩文韻部的演變》，頁339。

表魚部同侯部大量相諧,幽之宵魚、魚宵侯、侯魚幽同押也是魏晉以後沒有的用例,[①]可推知此部分韻文的年代最遲也不會晚於東漢。

3. 魚部(家、華)

序次	篇章	《楚辭章句》的注文	分 析
1	《遠遊》	餐吞日精,食元符(侯/虞)也。常吞天地之英華(魚/麻)也。納新吐故,垢清濁(侯/覺)也。[②]	侯魚同用
2	《招隱士》	違偕舊土,棄室家(魚/麻)也。萬物蠢動,抽萌芽(魚/麻)也。垂條吐葉,紛榮華(魚/麻)也。[③]	魚獨用
3	《九懷》	盛氣振迅,陞天衢(魚/虞)也。遂渡沈流,揚精華(魚/麻)也。[④]	魚獨用

兩漢的魚、歌兩部各有十一例和二十七例通押,[⑤]到了東漢,西漢時期的魚部麻韻一系字如"家、華"等都轉入歌部,[⑥]構成東漢韻文的一大特色。魏、晉、宋時期歌戈麻完全合用,齊梁時麻韻平聲纔可以獨用,[⑦]上表各個韻例魚部虞、麻韻合用,展現兩漢典型

---

① 《漢魏晉南北朝韻部演變研究》,頁151、152。

② 《楚辭補注》卷五,頁166。《楚辭章句疏證》:"《章句》'垢濁清'云云,清字出韻,蓋作'清垢濁'也。"卷六,頁1776。

③ 《楚辭補注》卷一二,頁233。《楚辭章句疏證》:"黃本、夫容館本、朱本、馮本、俞本、莊本及《四庫章句》本'華榮'作'榮華',《文選》本作'榮華'。"卷九,頁1931。

④ 《楚辭補注》卷一五,頁278。

⑤ 《漢魏晉南北朝韻部演變研究》,頁46—57。筆者按:統計包括與歌支數部同押之例,此部分據原書之例另作計算。

⑥ 《漢魏晉南北朝韻部演變研究》,頁22。

⑦ 《齊梁陳隋時期詩文韻部研究》,頁361。

的用韻常例。如果照魚部麻韻字"家、華"同用只出現於西漢,則此情況極有可能是西漢時期的押韻的特色。

4. 陽、耕

序次	篇章	《楚辭章句》的注文	分　析
1	《思美人》	念改忠直,隨讒佞(耕/青)也。慚恥本行,中回傾(耕/清)也。脩德累歲,身疲病(陽/庚)也。憤懣守節,不易性(耕/清)也。懷智佯愚,終年命(耕/庚)也。心不改更,死忠正(耕/清)也。	耕陽同用
2	同上	承陽施惠,養百姓(耕/清)也。君政温仁,體光明(陽/庚)也。①	耕陽同用
3	《遠遊》	就少陽神於東方(陽/陽)也。遂過庖犧,而諮訪(陽/陽)也。風伯先導,以開徑(耕/青)也。日耀旭曙,且欲明(陽/庚)也。超越乾坤之體形(耕/青)也。②	陽耕同用
4	同上	見彼王侯而奔驚(耕/庚)也。周視萬宇,涉四遠(元/元)也。因就衆仙於光明(陽/唐)也。③	耕元陽同用
5	《卜居》	稽神明(陽/唐)也。工姓名(耕/清)也。意惑遑(陽/唐)也。④	陽耕同用
6	同上	愚不能明(陽/庚)也。騏驥不驟中庭(耕/青)。雞鶴知時而鳴(耕/庚)。⑤	陽耕同用

---

① 《楚辭補注》卷四,頁147、148。

② 《楚辭章句疏證》:"體字出韻。舊乙作'體形'也。"卷六,頁1815。

③ 《楚辭補注》卷五,頁170、167。《楚辭章句疏證》:"明光,出韻。蓋《章句》舊作'因就明光於衆仙也'。"卷六,頁1786。

④ 原作"意遑惑也",據《文選》本改,參《楚辭章句疏證》卷七,頁1865。

⑤ 《楚辭補注》卷六,頁176、178。

續表

序次	篇章	《楚辭章句》的注文	分　析
7	《漁父》	叩舷鳴(耕/庚)也。① 喻世昭明(陽/庚)。沐浴升朝廷(耕/青)也。②	耕陽同用
8	《九辯》	沉寥曠蕩而虛静(耕/耕)也。③ 秋天高朗，體清明(陽/庚)也。源濆順流，漠無聲(耕/清)也。溝無溢濫，百川淨(耕/清)也。	耕陽同用
9	同上	靈神覆祐，無疾病(陽/陽)也。願楚無憂，君康寧(耕/青)也。	陽耕同用
10	同上	外貌若忠，而心佞也(耕/青)。隨君嗜欲，而回傾(耕/清)也。體受正氣，而高明(陽/庚)也，乃與佞臣之同情(耕/清)也。	耕陽同用
11	同上	思望聖君之聘請(耕/清)也。羣小專恣，掩君明(陽/庚)也。意欲竭死，不顧生(耕/庚)也。讒人誣謗，被以惡名(耕/清)也。	耕陽同用
12	同上	傷己幼少，後三王(陽/陽)也。卒遇譖譛，而遑惶(陽/唐)也。煢煢獨立，無朋黨(陽/唐)也。自傷閔己，與蟲並(陽/青)也。思慮惕動，沸若湯(陽/唐)也。内念君父及弟兄(陽/庚)也。④ 告上昊旻，愬神靈(耕/青)也。周覽九天，仰觀星宿。不能臥寐，乃至明(陽/庚)也。	陽耕同用

① 《楚辭章句疏證》：“黄本、夫容館本、馮本、俞本、湖北本‘船舷’作‘舷鳴’。”卷八，頁1915。

② 《楚辭補注》卷七，頁180—181。

③ 《楚辭補注》校點本作“曠蕩空虛也”，卷八，頁183。《楚辭章句疏證》：“《文選》、黄本、夫容館本、馮本、俞本、朱本、湖北本、莊本《四庫章句》本‘曠蕩空虛’作‘曠蕩而虛静’。《文選》《四部叢刊》、六臣本、胡本‘猶蕭條蕭條無雲貌’作‘蕭蕭條條無雲貌也’……李善注引王逸曰：‘沈寥，曠蕩空虛也。’空，羨也，則亦作‘曠蕩虛静’。”卷二，頁575—576。筆者按：本章取“而”作“沈廖曠蕩而虛静也”。

④ 《楚辭章句疏證》：“黄本、夫容館本、馮本、俞本、朱本、湖北本、莊本《四庫章句》本‘兄弟’作‘弟兄’。”卷二，頁623。

續表

序次	篇章	《楚辭章句》的注文	分 析
13	同上	俗人執誓,多不堅(**真/先**)也。静言諓諓,而無信(**真/真**)也。弃捐仁義,信讒佞(**耕/青**)也。執節守度,不枉傾(**耕/清**)也。循行道德,遵典經(**耕/清**)也。謂仕亂君,爲公卿(**陽/庚**)也。①	真耕陽同用
14	《九懷》	想托神明,陞天庭(**耕/青**)也。回眄周京,念先聖(**耕/清**)也。歷觀九州,求俊英(**陽/庚**)也。② 遊戲道室,誦五經(**耕/青**)也。居仁履義,守忠貞(**耕/清**)也。動作應禮,行馨香(**陽/陽**)也。節度彌高,德就成(**耕/清**)也。③ 衆人瞻望,聞功名(**耕/清**)也。志意堅固,策謀明(**陽/庚**)也。懿譽光明,滿朝廷(**陽/青**)也。芳流衍溢,周四境(**陽/庚**)也。潔白之化,動百姓(**耕/清**)也。	耕陽同用
15	同上	三月温和,氣清明(**陽/庚**)也。百卉垂條,吐華榮(**耕/庚**)也。④ 哀彼香草,獨隕零(**耕/青**)也。枝條摧折,傷根莖(**耕/耕**)也。	耕陽同用
16	同上	來迎導我,難隨從(**東/鍾**)也。遥視楚國,闇未明(**陽/庚**)也。君好妄怒,威武盛(**耕/清**)也。内愁鬱伊,害我性(**耕/清**)也。悵然失志,嗟厥命(**耕/庚**)也。	東陽耕同用

① 《楚辭補注》卷八,頁 183、196、188、193、187、191。

② 《楚辭章句疏證》:"俊字出韻。當'俊英'之乙。"卷一一,頁 2112。

③ 《楚辭章句疏證》:"就字出韻。舊乙作'就成'。"卷一一,頁 2114。

④ 《楚辭章句疏證》:"《章句》'吐榮華'云云,華字出韻。舊宜乙作'華榮'。"卷一一,頁 2164。

續表

序次	篇章	《楚辭章句》的注文	分 析
17	同上	徧歷六合,視衆星(**耕/清**)也。周繞北辰,觀天庭(**耕/青**)也。婆娑五采,芬華英(**陽/庚**)也。衣色璀瑋,耀青蔥(**東/東**)也。緩帶徐步,五玉鳴(**耕/庚**)也。握我寶劍,立延頸(**耕/清**)也。①	耕陽東同用

兩漢時期,陽、耕兩部大量通押,陽部的庚韻字於西漢雖已與耕部同押,但數量始終不及東漢陽部的庚韻字大半歸入耕部。② 魏晉以後耕部分爲庚耕清青四韻,陽耕通押的例子幾乎都是庚清通押。③ 從上表十七個陽耕同用的韻例來看,庚韻跟耕部通押多達十四例,而庚清青耕四韻仍然雜廁不分,大抵不應晚於東漢陽韻字入耕部之時。

通過以上初步的分析,可以初步判斷出《章句》的韻文注屬於兩漢語音的特色。④ 據此可以修正白馬所說成於"公元二世紀到公元五世紀晚期"的年代下限。其次,自《四庫全書總目》以來,便認定韻文注出自王逸之手,上文各例只有陽、耕同用傾向於東漢,魚部家、華的合用表現的是西漢時期的押韻特徵,證明此部分的作者或可能不是王逸。透過韻文注的年代,還可爲小南一郎韻文注

---

① 《楚辭補注》卷一五,頁 269、274、271、270。

② 《漢魏晉南北朝韻部演變研究》,頁 34。

③ 《齊梁陳隋時期詩文韻部研究》,頁 354。

④ 另外,韻文注押入聲韻相當混亂,收-p,-t,-k 韻尾常是幾部互混,究竟是注者押韻寬鬆,還是方音的問題,未能考知。但就此種入聲韻數部通押的迹象來看,《漢魏晉南北朝韻部演變研究》裏有《易林》和揚雄《太玄賦》三類韻尾通押之例旁證,這都說明《章句》韻文注的年代不可能產生於魏晉以後。

傳承自楚國的前人舊訓，提供一個旁證，即韻文注的年代大約介乎兩漢之間，下限不應推至魏晉或以後，這個結論爲將來深入的研究提供了重要的啓示。

（二）從韻文注與散體注的關係論韻文注的時代

1. 散文注中的"韻文"並非"韻文注"

最先發現散文注中包含Ⅰ式句的是小南一郎，所依據的是《離騷》"朝搴阰之木蘭兮，夕攬洲之宿莽"一句：

> 攬，采也。水中可居者曰洲。草冬生不死者，楚人名曰宿莽。言己旦起陞山采木蘭，**上事太陽，承天度也**；夕入洲澤采取宿莽，**下奉太陰，順地數也。動以神祇，自救誨也**。木蘭去皮不死，宿莽遇冬不枯，以喻讒人雖欲困己，己受天性，終不可變易也。①

小南根據注文"上事太陽，承天度也"、"下奉太陰，順地數也"、"動以神祇，自救誨也"三句全都以"也"字收結，而第二句第三個字——"度"、"數"押韻，②認定與Ⅰa式韻文注並無二致，推測韻文注很早已派入散文句：

> 或許王逸在注《離騷》時已經看到第Ⅰ形式的注，而他以自己以第Ⅱ形式作注時，便在其中部分地揉入先前第Ⅰ形式的注文，所以有上例所見第Ⅱ形式注中片斷地加入第Ⅰ形式

---

① 《楚辭補注》卷一，頁6。
② 《王逸〈楚辭章句〉研究——漢代章句學的一個面向》，頁12。

注文的結果。這樣的現象也説明了第Ⅰ形式的注必然在王逸
作注之前便已存在的事實。①

但是小南一郎沒有交待他是用甚麼標準來衡量"Ⅰ式句"，使他的
推論看來或許不夠全面。以他所舉《離騷》三組的句式來看，仍有
值得斟酌的地方，如"度"爲魚部；"數"爲侯部；"誨"爲之部，於散文
注中，大概不適宜入韻。② 三組"Ⅰ式句"一致並列，對非韻文注釋
的體例而言，也極爲罕見。小南一郎也僅得《離騷》一例孤證，在失
去聲韻的證明上，若只憑句型的證據，恐怕也無法得出兩者同出一
源的證據。更大的問題是後來白馬誤用了小南之説，得出散文注
中夾雜"韻文注"截然不同的看法，其所論如下引：

　　　首先要弄清，《離騷》的章句評註總是分爲直接和間接的
　　闡釋。其中，間接的闡釋總是以重述的方式用"以言"或"以
　　喻"開始跟在直接闡釋後面。在上述例證中前兩個節律評註
　　分別指翩（筆者按：當作"向"）前後兩詩行，並分別以旦，太
　　陽，天和夕，太陰，地這一系列聯想和原文關聯。第三個節律

---

① 《王逸〈楚辭章句〉研究——漢代章句學的一個面向》，頁 12。
② 小南一郎補充説："没有辦法確定'誨'字是否和'度'、'數'同韻，但于安瀾《漢
魏六朝韻譜》中舉《淮南子·道應訓》之妬、惠、處三字押韻的例子可以作參考。"小南一
郎著，張超然譯：《王逸〈楚辭章句〉研究——漢代章句學的一個面向》，頁 12。筆者按：
于氏引《淮南子·道應訓》誤"惠"爲"恶"字，見劉文典撰，馮逸、喬華點校：《淮南鴻烈集
解》，北京：中華書局，1989 年，上册，卷一二，頁 400。小南一郎誤據于氏之説。不過，
小南一郎於《楚辭とその注釈者たち》一書棄用前説，提出新的解釋："誨の字も、同じ声
符を持つ侮の字が古音で侯部に属するように、度·數と韻が近かった。"京都：朋友
書店，2003 年，頁 319。小南一郎將"誨"改爲"侮"字，"侮"字屬侯部，同"度"、"數"兩字
是否押韻，亦頗值得斟酌。

　　註行將兩個結合在一起,將上述的天、地序列擴展並將神祇加
以區分。所有這些闡釋都是間接的。朝、夕、搴、攬提示了一
種感應性的闡釋……在這一去掉節律評註變體,在第二行中
植物名稱的重複和它們長生的特性以及緊隨其後的間接闡釋
更爲呼應。此外,第三個節律評注行還打破了重述部分的平
行結構。因此,從結構層面和内容層面都説明了這三行内容
是事後的補充。①

以上可以歸納爲兩點:其一,"三個節律"(按:即以上三組"Ⅰa句
式")都是間接闡釋,打破重述部分的平行結構,②也就是説,白馬
認爲注文的節律句子删除後,將使文義更爲緊密。其次,白馬在小
南的基礎上,再發現《離騷》五個"節律評注",這些例子分别是"動
以香静,自潤澤也"、"動以潔清,自灑飾也"、"去離世俗,遠羣小
也"、"幸得不老,延年壽也"、"守仁行義,志彌固也",③他認爲這五
個"節律評注"都是於重述部分結束後纔被引入,因此"節律評注"
證明是後人附入於王逸注中。可是前文已言,白馬未有察覺小南
一郎的Ⅰ式句的分析有誤。實際上白馬列出的五個"節律評注"不
能與韻文注擁有同等地位,原因是這些句型根本不同於"Ⅰ式句",
而這些例子没有明顯的押韻特徵,更可證與韻文注無關。至於删
除"節律評注"後,是否令句子變得更加通暢,可在下面作一探究。

────────────

　　①　《不同的評註,不同的評註者?——以〈楚辭章句〉的多樣化評註爲基礎試探本
書的成書過程》,頁112。

　　②　《不同的評註,不同的評註者?——以〈楚辭章句〉的多樣化評註爲基礎試探本
書的成書過程》,頁112。

　　③　《不同的評註,不同的評註者?——以〈楚辭章句〉的多樣化評註爲基礎試探本
書的成書過程》,頁113—114。

首先是"上事太陽，承天度也"、"下奉太陰，順地數也"、"動以神祇，自救誨也"三句，白馬認爲加插後會破壞重述部分的平行結構，①只有刪去這些"節律評注"纔可確保注文前後呼應。按照他的做法，試整理如下：②

> 言己旦起陟山采木蘭，夕入洲澤采取宿莽。木蘭去皮不死，宿莽遇冬不枯，以喻讒人雖欲困己，己受天性，終不可變易也。③

重組後的注文，是否較原注曉暢，固然難有客觀的評論，但按照黃靈庚之說，順承天地，本爲漢世所習，"朝"、"夕"同"太陽"、"太陰"都是陰陽五行倫理的說法，④換言之，刪去的幾句都是漢代陰陽五行的思想內容。吳萬鍾曾分析王逸注中的陰陽五行思想，認爲：

> 王逸給屈原套上"天地"的概念……屈原之所以能與天地同稱是因爲其祖先之德能合天地，並倣法正平的天而能安君，倣法養物均調的地而能養民，內藏天地之美氣，外修謀、智、

---

① 《不同的評註，不同的評註者？——以〈楚辭章句〉的多樣化評註爲基礎試探本書的成書過程》，頁 112。

② 明人陳與郊(生卒年不詳，明萬曆二年進士)《文選章句》亦提過類似的說法，他謂："木蘭、宿莽之不死且枯也，搴其芳，攬其貞，固足矣。'朝'、'夕'云者，胡必承太陰、太陽，而托諸天之度、地之數耶？且動曰神祇，固矣夫！"轉引自《楚辭集校集釋・離騷》，頁 98。

③ 《楚辭補注》卷一，頁 6。

④ 《楚辭章句疏證》卷一，頁 69—70。

威、仁之能。傚法天地支配萬物的道理並適用到人事問題上，這是古代中國聖賢所必備的能力。王逸强調屈原具有這種能力，自然給屈原以古代聖賢的形象。①

按吳氏之説可信，《離騷》的"動以神祗"回應的"天度"、"地數"等思想，根本就是王逸時代的産物，②據此就不能將此重要的思想視作多餘的東西，而王逸以後的人要模仿東漢人的思維，恐怕也不是那麼容易。

再看白馬舉出的另一項證明，就是《離騷》兩例"動以××"句。然而"動以××"一般充當句子的成分，作爲連接上下文之用，如下面兩例：

> 《九章·惜誦》"**故屈原動以神聖，自證明也**"、《九章·悲回風》"**言動以憂愁，自係結也**"。③

兩例"動以"句，分別以"故"和"言"起首，承上啓下。又如《九歌·山鬼》"山中人兮芳杜若，飲石泉兮蔭松柏"，王注也有"動以"兩字：

> 言己雖在山中無人之處，猶取杜若以爲芬芳，飲石泉之水，蔭松柏之木，飲食居處，**動以香潔，自修飾也**。④

---

① 吳萬鍾：《王逸理解的〈離騷〉》，載中國屈原學會編：《中國楚辭學》，北京：學苑出版社，2005年，第七輯，頁122。

② 吳萬鍾：《王逸理解的〈離騷〉》，頁118。

③ 《楚辭補注》卷四，頁122；卷四，157。

④ 《楚辭補注》卷二，頁81。

明代汪瑗(？—1566?)的《楚辭集解》對此段注文以香潔自我修飾，有這樣的解釋：

> 飲石泉之水，蔭松柏之本，飲食居處動以香潔，自修飾也。三句山鬼自敘其山中清潔之樂事也。①

依汪氏所見，此三句謂山鬼"自敘其山中清潔之樂事"，王逸注形容爲"香潔"，引申則爲"自修飾"，如果要删去兩句，整句注文就不成文義了，上下文義亦會無所承接，可知"動以××"有連繫文意之用，不能因此以爲破壞句子結構，就貿然删掉。倒是王逸要將前人注釋"片段"地加入Ⅱ式的注文中，卻要面對重重困難。先是揣度"Ⅰ式"句的涵義，以構連上下文已不易，至於暢所欲言，引申發揮更是幾乎不可能的事。倘逐條改寫前人之注，對注家來説無疑是十分吃力不討好的工序，因此散文注中出現類近韻文注的句式大有可能只是偶然相合，與承襲没有關係。

2. 散文注與韻文注的同條關係

《章句》全書中共有七十二例韻文注混合散文注的條目，本章稱之爲同條注釋，即一句正文分別使用兩種不同的注釋方法。下面先分析同條注釋的類型，再從中考察兩者的關係，以見兩類注釋出現的先後。

首先審視韻文注後附帶訓解字詞的條目，如《九懷·匡機》"蒢蔡兮踊躍"同條兼存兩種注釋：

> 著龜喜樂，慕清高也。著，筮也。蔡，大龜也。《論語》曰：

---

① 汪瑗撰，董洪利點校：《楚辭集解》，北京：北京古籍出版社，1994年，頁140。

　　“臧文仲居蔡。”①

韻文注以“蓍龜”解釋“蓍蔡”，問題看來不大，但韻文注後以“蓍”爲
“筮”，“蔡”爲“大龜”，②並引《論語》“臧文仲居蔡”的典故，説明
“蔡”稱的由來，③所採用的方法顯然就是散文注，此種以字詞訓釋
韻文注似乎是對韻文注釋義簡略的另一項補充。

　　除了訓詁字詞，尚有援引“言己”闡述句義，例如《九辯》“賴皇
天之厚德兮，還及君之無恙。”注：

　　　　靈神覆祐，無疾病也。願楚無憂，君康寧也。言己雖陞雲
　　遠遊，隨從百神，志猶念君，而不能忘也。④

王逸的散文注在解釋字詞後，一般用“言己”來説明文義，此處之
“己”當如其他散文注一樣指向“屈原”。細審上述散文注説明屈原
欲遠遊而去，離別之際卻“志猶念君”，與同句韻文注願“君康寧”之
義恰互相對應。散文注將內容連繫至屈原生平背景的做法，無疑
是對韻文注的內容作了進一步發揮，類似的注釋也見《悲回風》“孤
子唫而抆淚兮，放子出而不還”，注：

---

　　①　《楚辭補注》卷一五，頁 269。
　　②　按：王逸訓“蓍”爲“筮”或有誤，洪興祖《補注》“蓍蔡兮踴躍”，謂：《文選》云：
搏蓍龜。注云：蓍，老也。龜之老者神，引‘蓍蔡兮踴躍’。據此，則蓍當作耆。然注以
爲蓍龜之蓍，蓍雖神草，安能踴躍乎？《楚辭補注》卷一五，頁 269。
　　③　《論語集解》引包咸謂：“臧文仲，魯大夫臧孫辰。文，諡也。蔡，國君之守龜，出
蔡地，因以爲名焉，長尺有二寸。”引自程樹德：《論語集釋》，北京：中華書局，1990 年，
卷一〇，頁 330。
　　④　《楚辭補注》卷八，頁 196。

> 自哀煢獨,心悲愁也。遠離父母,無依歸也。屈原傷已無
> 安樂之志,而有孤放之悲也。①

韻文注沒有明確說明悲傷對象是誰,但散文注就將屈原被流放的
背景代入文句中,使原有意義得到更完整的補足。

《章句》散文注另一項釋義特色是透過比興手法來詮釋《楚
辭》,揭示隱含於文中的意旨,在同條注釋中亦有出現。例如《九
辯》"願皓日之顯行兮",注:

> 思望聖君之聘請也。日以喻君。《詩》云:"杲杲出日。"②

韻文注不詳論文中隱含的喻意,一般讀者未必知道"日以喻君",故
散文注引經據典加以補充。通過這重聯繫,韻文注隱含的意旨,得
到更加清晰的表達。

從同條注釋中還可以發現兩類注文在釋義上留下前後關聯的
痕迹。《遠遊》"絕氛埃而淑尤兮",注:

> 超越垢穢,過先祖也。淑,善也。尤,過也。言行道修善,
> 所以過先祖也。③

由於"埃"、"尤"對應"垢穢",意思清晰,惟注文下句"過先祖也"沒
有對應正文,後面的散文注則以"言行道修善,所以過先祖也"一句

---

① 《楚辭補注》卷四,頁 158。
② 《楚辭補注》卷八,頁 193。
③ 《楚辭補注》卷五,頁 165。

補釋前注的疏略，帶出"行道修善"的喻意，其中"所以過先祖也"一句明顯是呼應前面的韻文注，此又可見散文注對韻文注的補充。再如《遠遊》"奇傅説之托辰星兮"，注：

> 賢聖雖終，精著天也。傅説，武丁之相。辰星、房星，東方之宿，蒼龍之體也。傅説死後，其精著於房尾也。①

韻文注只説"傅説"爲"賢聖"，卻對"傅説"個人的來龍去脈跟"賢相"有何關係未有申述。同條的散文注則發揮其補釋的功能，引出"賢聖"是武丁之相，死後化成房尾星，釋義上的空白從而得到填補。

從以上的分析來看，注釋者先引韻文注，後附上散文注，似乎意識到韻文注的簡略，而有意以散文注補充其疏略之處。其中，從《遠遊》韻文注"超越垢穢，過先祖也"一例可見，散文注重引"過先祖"顯而是回應前面韻文注的内容，因此兩者的關係應是有了韻文注後再有散文注的補充，兩者的位置是不能互換的。散文注並没有真僞之爭，小南和白馬都歸之王逸本人，故此種補充前注的做法，只可能是王逸對時代更早（或同代）的韻文注的另一種注解，②而不可能是後來將韻文注增入散文注中。此點正好印證上文利用聲韻學證明韻文注的年代或早於王逸注的説法。從韻文的時代和同條釋義來看，白馬推測韻文注是王逸後來的人補入似乎不能成立。

---

① 《楚辭補注》卷五，頁164。
② 查屏球説到，注釋家在寫作這種注文時，可能先對相應原詩逐句譯意，再插入訓詁與闡釋性的散句。《從游士到儒士——漢唐士風與文風論稿》，頁106。

五、總　結

古書用韻語來注釋有非常悠久的歷史，小南一郎指出在《楚辭》文學的源頭已存在Ⅰ式，①而王逸之前也出現《周易・象傳》和《爾雅》兩書，跟後來王弼（226—249）的《周易》注和郭璞（276—324）的《爾雅》注等，都是承襲用韻的傳統。② 因此用韻文作注是當時頗爲流行的方法，很有可能影響到後來的注釋家。

《章句》一書的韻文注釋有別同篇的散文注，一書中混合兩種不同的注釋，在漢人經注中十分罕見。過去對於散文注的性質和時代存有不少爭議，本章全面分析《章句》韻文注的類型，對韻文注的類型作更仔細的劃分，從中可以得出以下結論。

首先，韻文注的年代大抵介乎兩漢之間，下限不應推至魏晉或以後。其次，揭示了韻文注不是雜亂無意的注釋，只是釋義上受到句式的限制，不及散文注般易於義理的發揮。由於其內容不是直解文句，遂引起後人不滿其釋解過於簡略。再者，透過韻文注與散文注的關係，指出散文注中一些類似韻文注的句式可能只是偶然相合，並不來自韻文注。最後，由韻文注與散文注同條的情況出發，指出注者先引韻文注，後附上散文注，是有意以散文注補充韻文注釋義的疏略，進一步證明韻文注的時代早於散文注。當然，《章句》畢竟經王逸"以所識所知，稽之舊章，合之經傳"的整理，③究竟王逸是否將前人的一些舊注完全保留於韻文注釋中，仍是一個很值得深思的問題。

---

① 《王逸〈楚辭章句〉研究——漢代章句學的一個面向》，頁 31。
② 劉利：《讀王逸〈楚辭章句〉》，《徐州師範學院學報》第 2 期（1987 年），頁 125。
③ 王逸：《離騷前序》，載《楚辭補注》卷一，頁 48。

第六章 《楚辭補注》本《楚辭章句》 "一云"與"或曰"論考

一、前 言

　　自漢代劉安《離騷傳》面世以來,訓釋《楚辭》之作不斷推陳出新,兩漢文人諸如司馬遷、劉向、揚雄、班固、賈逵等人都撰有訓解《楚辭》的作品,對於《楚辭》的保存及流傳有極大的貢獻,只是漢人的舊注早已亡佚,唯獨東漢王逸的《章句》能夠傳世,故而彌足珍貴。《章句》針對《楚辭》一書進行全面的注釋,奠定後世研讀屈原及漢人擬騷作品的基礎,而清代《四庫全書總目》館臣則指出《章句》受歷代學者重視的另一主因是"去古未遠,多傳先儒之訓詁"。① 日本莊允益(1697—1754)更坦言:"古注唯王逸存而傳其義。"②然而,到底王逸引用了哪些舊注,不論現存《章句》以至各種傳世文獻中都未能提供確切的說明。③ 儘管如此,目前學界仍普

---

① 《四庫全書總目》卷一四八,頁 1267。
② 莊允益:《楚辭序》,載王逸:《王註楚辭》,日本寬延二年(1749)庚午五月莊允益校刊,江都書肆前川六左衛門發行,早稻田大學藏本,頁 3a。
③ 本章所言"舊注",係指王逸前《楚辭》注釋的泛稱,前人或謂舊注出自（轉下頁）

遍主張洪興祖《補注》本《章句》的"一云"和"或曰"注釋，便是王逸引用《楚辭》舊注的孑遺。近年來學者即多循此角度切入，①舉例而言，《楚辭訓詁史》一書認爲：

> 王逸更多的是在闡釋己見的同時汲取舊説來解釋句意，其標記一般是用"或曰"，有時也用"或云""一云"之類的

（接下頁）班固、揚雄、賈逵，以至無人氏等人，詳見下文。又，王逸《離騷經章句》云："而班固、賈逵復以所見改易前疑，各作《離騷經章句》。其餘十五卷，闕而不説……今臣復以所識所知，稽之舊章，合之經傳，作十六卷章句。"《楚辭補注》卷一，頁48。序中僅列出部分《楚辭》舊注的作者和名稱，其餘付諸闕如。許又方指出："王逸説自己作《離騷經章句》及'稽之舊章'，指的應是參考這些前賢（劉安、劉向、賈逵、班固等）的章句訓解。"見氏著《主體的重構——論王逸對〈離騷〉的詮釋》，《主題屬性的追尋與重構——屈原的身份認同及漢人對他的閱讀與書寫》，臺北：大安出版社，2011年，頁174。此外，學者或從文獻中搜羅到一些零星佚文，惟已無法反映原本之貌，不足以作具體分析。有關舊注殘存的內容可參李大明：《漢楚辭學史》，頁304—317。

　　① 《楚辭補注》"補曰"前的注語主要有"一本"、"一作"、"一云"和"或曰"四類。"一本"意指不同版本的文字差異，由於《章句》一書不出異文校記，當與《章句》無關。至於"一作"，清人孫詒讓（1848—1908）已指出："凡《補注》本云'某一作某'，皆洪氏所校舊本，與王注混淆無別。明刻單注本，亦或誤采之，並非也"，見《札迻》，北京：中華書局，1989年，卷一二，頁396。相對於前二者，"一云"和"或曰"多被誤作王逸徵引前人之舊注，除前引諸家之説外，李中華、朱炳祥《楚辭學史》一書也持此論，頁37。此種現象反映出學界至今仍未能準確分清何者爲王逸注原有，實更值得全面探討。此外，肯定"或曰"爲前人舊注者不乏其人，除正文引用各家之説外，較著者還有聞一多，他認爲"或曰""蓋即所見祕閣異本之文"，見氏著《楚辭校補凡例》，《聞一多全集》，頁115。王偉進一步推斷："（王逸）并且或許其曾爲校書郎、侍中之故，能閱讀到當時他能見到的很多《楚辭》著述，其《楚辭章句》當是儘量吸收了這方面的成果。如其中引'或曰'之説多近六十條。"見氏著《楚辭校證》，北京：中華書局，2017年，頁2。竹治貞夫（Takeji Sadao）認爲王逸以"或曰"的形式所舉出的異説並不少，這可以視爲前人注解的積累，見氏著《楚辭研究》，頁154。張祝平提到："王逸在《楚辭章句》中所引40餘則'或曰'、'或謂'、'或云'保存了他以前的漢人舊説。"見所著《〈楚辭章句〉所引"或曰"蠡測二則》，收入中國屈原學會編：《中國楚辭學》，北京：學苑出版社，2013年，第十九輯，頁160。

詞語。①

而《漢楚辭學史》不但認同這一看法，更進一步將《章句》中的"或曰"等注語，劃出一段"東漢前期的《楚辭》訓解"：

> （王逸）多引"或曰"、"或謂"、"一曰"、"舊説"等，當是今不知姓名的漢代《楚辭》注家的訓解舊注……王逸所引舊注，特別是除《離騷》、《天問》之外的舊注，就應該是王逸所見的今不知其姓名的漢人《楚辭》訓解。而從這些舊注還涉及《惜誓》、《大招》來看，王逸所引還包括了班固以後、王逸之前的《楚辭》訓解舊注。換言之，這部分舊注應該是西漢末年以來、特別是東漢前期的《楚辭》訓解。②

是書除考證出舊注的來源，③更統計出《章句》引用西漢以來班固等前人舊注"多達 70 餘條，遍及《離騷》、《九歌》、《天問》、《九章》、《遠遊》、《卜居》、《九辯》、《招魂》、《大招》、《惜誓》、《招隱士》、《七諫》、《九懷》、《九歎》"。④ 最後更總結道："在王逸以前，（漢人）已經是遍注《楚辭》了。"⑤假如"一云"和"或曰"真是漢代以來失傳已久的《楚辭》舊注，無疑會爲漢代的《楚辭》研究帶來新的視野，但如

---

① 黃建榮：《楚辭訓詁史》，北京：高等教育出版社，2015 年，頁 17。
② 《漢楚辭學史》，頁 312。
③ 另劉利還説："王注所引'或曰'云云，有些大概就是劉、揚、班、賈等人的説法。"劉利：《讀王逸〈楚辭章句〉》，頁 123。
④ 《漢楚辭學史》，頁 312。李大明：《兩漢〈楚辭〉訓解佚説考》，《貴州教育學院學報》（社科版）第 2 期（1990 年），頁 7—17。
⑤ 《漢楚辭學史》，頁 304。

此的理解是否正確無誤，從目前已有的文獻來看，恐怕還有值得斟
酌之處。其實，王逸《離騷後序》已說過：“（《離騷》）其餘十五卷，闕
而不說。”①依王逸的記載，當時除《離騷》一篇外，還未出現其他篇
章舊注。或者有人會辯稱，王逸或許是在極度自信之下故意對前
人舊注略過不提，如果接受如此的假設，那麼王逸的做法便出現自
相矛盾的情況了。若然以前確實已出現大量的舊注，王逸爲甚麼
卻敢於在序言中，自稱前人對《楚辭》“闕而不說”呢？同時，何以他
又用“一云”、“或曰”等注語標示出哪些部分是前人舊注呢？

　　除此之外，今本《章句》內容有不少後人竄改之迹，蓋已非王
注的原貌。②然而，過去研究往往未有措意於《補注》本《章句》
“一云”、“或曰”等注語，多不見於《文選》注本以及明翻宋本《章
句》，甚至僅執部分“一云”、“或曰”條目來發揮其說，以致其所論
多有可議之處。由是可見，要考察《章句》一書有多少“一云”、
“或曰”是王逸所爲，又有哪些是後人所加，仍須透過版本之間的
合參比勘，纔能得出較準確的結論。然而迄今爲止，不但未見研
究者全面梳理“一云”和“或曰”的數量和類型，更缺乏深入分析
此類注釋的性質，③以致限制了真僞討論，對於“一云”和“或曰”
的論定至今仍未能提出令人信服的證據。職此之故，本章擬通

---

①　《楚辭補注》卷一，頁 48。

②　如 David R. Knechtges（康達維）and Taiping Chang（張泰平）已注意到現存
《章句》非王逸原本之貌“Wang Yi's best-known work is his commentary to the *Chuci*,
the *Chuzi zhangju* 楚辭章句. However, this does not survive in its original form.”
Ancient and Early Medieval Chinese Literature: A Reference Guide（vol. 2）（Leiden:
Brill, 2013），pp.1272.

③　李大明和張祝平兩人有提及“或曰”數量，參見前注。此外，李大明考證較爲
詳細，同時指出應謹慎分辨“或曰”和“一云”的真僞，但兩人都沒有全面比對不同版本
的異同，至於“一云”則至今未有專門論述。

過《章句》不同版本的比較，考察"一云"和"或曰"的數量和類型，繼而探討"一云"和"或曰"的真偽，並在前述基礎上進一步檢討王逸引用"舊注"之說。

二、本章研究範圍及方法

在正式討論問題之前，先確立本章"一云"和"或曰"的範圍以及研究方法。從《補注》本《章句》來看，"一云"和"或曰"在《補注》本位置有別，兩類注文儘管大多處於"補曰"前，但前者多混於《補注》校語中，甚至有部分夾雜於王逸《章句》中，導致有時真偽難分；至於"或曰"大部分緊接王逸注後，其內容相比前者較易分辨。前人一般根據兩者之位置分成兩類，本章亦採用相同的分類方法。《補注》本"一云"有時會標作"一注云"、"注云"和"一曰"等，而"或曰"也會改稱作"或謂"、"或云"和"或言"，爲便於論述，本章將前者統稱作"一云"；而後者則以"或曰"稱呼。本章選擇以《補注》本《章句》爲研究對象，再輔以《文選》注本和單刻本《章句》等文獻爲佐證，是考慮到單刻本《章句》引用"一云"、"或曰"的條目大多見諸《補注》本，相反，《補注》本多有溢出單刻本範圍外，應當較能呈現出"一云"和"或曰"的完整面貌。

要斷定"一云"和"或曰"是否王逸之作，最直接而可靠的方法是利用各種版本比勘異同，[1]再廣求證據，定其是非。[2] 版本方面，《章句》成書於東漢時代，在印刷術未發明之前，不論是在民間還是

---

① 胡樸安、胡道靜：《校讎學》，臺北：臺灣商務印書館，1968年，頁71。

② 胡適：《元典章校補釋例序》，載陳垣：《校勘學釋例》，北京：中華書局，2004年，頁9。

在宮廷,都屬於鈔本系統。① 宋代雕版印刷術盛行之後,《章句》開始通過刊刻在各地廣爲流傳。據學者研究,現存版本主要可以分作單刻《章句》、《補注》和《文選》注本三個系統,各版本之間異文紛呈,彼此差異甚大。② 宋人洪興祖參校過不同版本而編定《補注》,"凡諸本異同,皆兩出之",③ 既能够廣搜衆説,又能補充《章句》之不足,故一直廣爲人推崇。然而洪氏依據的《章句》底本今已無從稽考,除了"補曰"前的校語外,我們已不知道洪氏校訂時的去取準則如何,而更值得注意的是洪氏的校語經常羼入《章句》内,錯亂頗多,很令人懷疑其是否爲寫定本,④因此在使用時就必須比對其他版本。

　　明代翻印過宋代單刻本《章句》,以高第和黄曾省校刊正德本及夫容館二本最早,蓋能見宋時《章句》舊貌。⑤ 關於兩種單刻本《章句》,李大明比對明翻宋本《補注》的《章句》部分,發現兩者差别很大,⑥單刻本《章句》不但不與《補注》本同出一源,而且洪興祖的校語很多已混於《補注》王注中,難分真僞。相對而言,單刻本較

---

① 崔富章:《楚辭校勘文獻概論》,《南通師範學院學報》(哲學社會科學版)第 1 期(2001 年 3 月),頁 20。鄧聲國:《〈楚辭章句〉流傳及版本考》,《王逸〈楚辭章句〉考論》,頁 19。

② 黄靈庚:《關於王逸〈楚辭章句〉的校理》,《中國文化研究》第 2 期(2003 年),頁 55。又,《四庫全書》本於各條後較少附上"一云"、"或曰"等校勘術語,此本出自清代紀昀(1724—1805)家藏本,在以上諸本中最晚出,歷來不甚受學者重視,因此本章不據以比勘其他本子。

③ 《四庫全書總目》卷一四八,頁 1267。

④ 黄耀堃、戴慶廈指出《楚辭補注》混亂的地方甚多,推測《楚辭補注》尚有很多未寫定之處,見所著《〈楚辭補注〉引〈楚辭釋文〉研究》,頁 439—463。

⑤ 《楚辭書目五種》,頁 12—13。《楚辭書目五種續編》,頁19—23。

⑥ 李大明:《宋本〈楚辭章句〉考證》,《楚辭文獻學史論考》,頁 285。

少屬入後人夾雜的校語，相對於《補注》本來說無疑比較精善，本章同將兩本作一比對，分析兩者之差異。本章依據的各個版本，《文選》注本是指李善注《文選》，同時參考六臣注本，以及唐代殘存《文選集注》本，若無特別指明，乃指李注本；單刻本《章句》分別採用正德本和夫容館兩個明翻宋本。① 以上各個版本皆逐一比對原文，有關各本之異同可參看附錄各表。此外，《章句》自成書以後，就一直成爲歷代典籍徵引的對象，黃靈庚《楚辭章句疏證》一書蒐集的異文最爲詳贍，本章分析時亦參考其相關考證。

最後，必須交代的是"一云"和"或曰"的注釋合計超過三百條，在進入具體分析前必須設定一些原則。首先，綜合以上各版本來看，《文選》李善注本的時代較之現存各種單刻本《章句》本早，雖然是書只集錄部分《章句》篇章，②但其據以刊刻的底本受後人改竄的機會相對較低，雖然曾有學者指出李善引古注或存有刪節，③但正如游志誠所論《文選》古注原貌究爲何，實難定考，④故本章暫依

---

① 《文選》本，據蕭統編，李善注：《文選》，北京：中華書局，1977 年。六臣注本，據蕭統編，李善、呂延濟、劉良、張銑、呂向、李周翰注：《六臣註文選》，上海：上海古籍出版社，1987 年。唐代殘卷本，據佚名編：《唐鈔文選集註彙存》，上海：上海古籍出版社，2000 年。正德本，據台灣"國立中央圖書館"藏明嘉靖間(1522—1566)吳郡黃省曾校刊本攝製顯微影片本(筆者按：崔富章謂："著錄爲'嘉靖'本似誤，王鏊正德戊寅(1518)已明言黃、高'相與校正，刻梓以傳'，是正德刻本無疑，編目者未及細檢耳。"見氏著《楚辭書目五種續編》，頁 21。此處仍沿編目之舊，特此説明。)夫容館本，據台灣"國立中央圖書館"藏明隆慶五年(1571)豫章王氏夫容館刊本攝製顯微影片本。

② 《文選》收錄《楚辭》篇章包括《離騷經》、《九歌·東皇太一》、《九歌·雲中君》、《九歌·湘君》、《九歌·湘夫人》、《九歌·少司命》、《九歌·山鬼》、《九章·涉江》、《卜居》、《漁父》、《九辯》、《招魂》和《招隱士》。

③ 如《九歌·湘夫人》"洞庭波兮木葉下"，黃靈庚謂《文選》："無'或曰'以下二十字，刪之也。"《楚辭章句疏證》卷三，頁 840。

④ 游志誠：《文選古注再論》，《文選綜合學》，臺北：文史哲出版社，2010 年，頁 54。

《四庫全書總目》"李善注《文選》,全用其文(《章句》)"的準則。①
各個單刻本《章句》較少羼入《補注》校語,下文引用《文選》注本時,
將會旁校各本,以見出諸本之異同。一般而言,凡不見於以上各本
之"一云"和"或曰",其來源皆屬可疑。本章的做法是先剔除可疑
之例,而保留較可信的條目作進一步分析。其次,王逸注解《章
句》,除訓解釋義外,一概不列出任何異文校記,②但今本《章句》中
多夾雜帶有異文性質的"一云"和"或曰",皆有別於王逸原有的注
釋用語和體例,其增竄之迹宛然可見(詳參下文)。尤其"一作"、
"一本"一類的異文校記,已確定源自洪興祖《補注》一書,③自可據
此作爲分辨"一云"真僞之用。以上爲本章考證注文的兩個基本原
則,當然具體之判斷,最終仍需從注文的版本、性質和文義等方面
作綜合考察方爲妥當。

三、《楚辭章句》"一云"考

《補注》一書一般先列出王逸原注,後列洪興祖注釋,中間則以
"補曰"作爲分辨兩本的標記,正如《四庫全書總目·楚辭補注》説:

> 興祖是編(《楚辭補注》),列逸注於前,而一一疏通、證明、

---

① 《四庫全書總目》卷一六七,頁1267。
② 游志誠謂:"蓋王逸但章句耳,例不出校。"《文選古注再論》,《文選綜合學》,
頁61。
③ 李溫良:《〈楚辭補注〉之撰著與流傳》,《洪興祖〈楚辭補注〉研究》,新北:花木
蘭文化出版社,2001年,頁63。姚蕙清:《〈楚辭補注〉之成書及流傳傳問題》,《〈楚辭補
注〉研究》,香港:香港中文大學中國語言及文學學部哲學碩士論文,2003年,頁65。

補注於後，於逸注多所闡發。又皆以"補曰"二字別之，使與原文不亂。①

惟今檢"補曰"前除鈔録王逸《章句》之外，還夾雜一些五臣、《楚辭釋文》和《章句》傳本等異文内容，此類注文多是洪興祖針對《楚辭》以及《章句》所作的異文校記，顯而不是《章句》原本所有。② 不但如此，洪興祖校訂各本鮮有列明校本名稱，而多替以"一本"、"一作"和"一云"等標示，一旦引用的"一云"等校語牽涉《章句》注文，兩者往往因性質類近而產生混淆。儘管洪氏的校訂一般能夠根據注文内容和校語加以分辨，譬如《遠遊》"欲度世以忘歸兮"注：

> 遂濟于世，追先祖也。一本"欲"上有"遂"字。一云：欲遠度世。一云：遂遠度世。③

"一云"正好列在"一本"後，因而不會誤作王逸注，但有些既未列出"一本"、"一作"，而又是解釋性質的條目則較難予以區分，例如《大招》"直贏在位，近禹麾只"一條，學者就有不同意見：

> 禹，聖王，明於知人。麾，舉手也。言忠直之人，皆在顯位，復有贏餘賢俊，以爲儲副，誠近夏禹指麾取士，一國之人，

---

① 《四庫全書總目》卷一四八，頁 1267。
② 湯炳正認爲王逸注之後，"補曰"之前的校訂内容來自《楚辭考異》，黃耀堃、戴慶成則指出《補注》引《楚辭釋文》與正文字詞大都沒有對應關係，對此抱有懷疑。湯説見《洪興祖〈楚辭考異〉散附〈楚辭補注〉問題》，《楚辭類稿》，頁 98—101。黃耀堃、戴慶成説見《〈楚辭補注〉引〈楚辭釋文〉研究》，頁 439—463。
③ 《楚辭補注》卷五，頁 171。

悉進之也。一云誠近夏禹所稱，舉賢人之意也。①

李大明認爲“一云：誠近夏禹所稱，舉賢人之意也”是王逸發揮舊注，因爲發語“誠近”，跟王逸説的“誠近夏禹指麾取士，一國之人，悉進之也”相同。② 也就是説，只要能考見王逸引申“一云”之説，就可證明“一云”是前人舊注。但是，如果“一云”是王逸闡釋前人舊注，按理説，似乎應將所注内容移置於自己的注釋前，而不應安排於注文的後面令人産生誤會。細察“一云”解作“舉賢人之意”，在釋義上正同前注“取士”、“悉進之”没多大不同，内容倒是類近《章句》的注釋異文，所以黄靈庚認爲此條是“《補注》引”，看來比較可靠。③

據本章附表一統計，《補注》本《章句》引用“一云”共計二百六十九條，爲避免考證過於繁瑣，下文先按“一云”的位置分成三類來討論，繼而根據注文考察“一云”的性質，並進一步論證注文真僞。④

（一）第一類

第一類注文以“一云”標首，是三種類型中數量佔最多的一類，

---

① 《楚辭補注》卷一〇，頁 226。
② 《漢楚辭學史》，頁 329。
③ 《楚辭章句疏證》卷一六，頁 2822。
④ 爲了方便，本章將“補曰”前的條目統稱“注”，但不意味本章都認爲以上條目都出自王逸注。另外，爲更全面分析“一云”的情況，部分不列“補曰”而有“一云”的條目亦包括在内。李大明曾指出：“‘或曰’等是在王逸注文之後，《補注》則在散附的《考異》之前。如果在《考異》之後，則本書不引，以免失誤。”《漢楚辭學史》，頁 317。對於《考異》在“補曰”前的情況，黄耀堃、戴慶成認爲：“‘補曰’前後互相呼應，因此分不出哪些部分是原來的《考異》，哪些是原來的《補注》。”見黄耀堃、戴慶成：《〈楚辭補注〉引〈楚辭釋文〉研究》，頁 457—458。因此本章討論的例子並不以李氏所謂的《考異》爲限。

共計一百九十五條，主要分作如下四種形式：

1a 類如《九章·橘頌》"精色內白，類可任兮。"注："精，明也。類，猶貌也。言橘實赤黃，其色精明，內懷潔白。以言賢者亦然，外有精明之貌，內有潔白之志，故可任以道，而事用之也。一云：類任道兮。"①按："一云"的"類任道兮"對應正文"類可任兮"，其中"任道"當是正文"可任"的異文。

1b 類如《遠遊》"遊驚霧之流波"，注："蹈履雲氣，浮游清波也。一曰浮瀓清也。"②按："一曰"作"浮瀓清"，當是注釋"浮游清"的異文。

1c 類是在"一云"之後再緊接着"一作"的形式，例如《天問》："簡狄在臺，嚳何宜？玄鳥致貽，女何喜？"，注："簡狄，帝嚳之妃也。玄鳥，燕也。貽，遺也。言簡狄侍帝嚳於臺上，有飛燕墮遺其卵，喜而吞之，因生契也。一云：帝嚳何宜。貽，一作詒。喜，一作嘉。"③按："一云"和"一作"同屬校訂正文的用語，"帝嚳何宜"是正文"嚳何宜"的異文，後兩例引"一云"分別作"詒"和"嘉"，則分別對應"玄鳥致貽"和"女何喜"。除"一云"和"一作"的形式，有時校語後也會附帶"一注云"的內容，而此類"一注云"與前者不同，所針對的是王逸注的異文。譬如《招魂》"去君之恒幹，何爲四方些？"，注："恒，常也。幹，體也。《易》曰：貞者事之幹。言蒐靈當扶人養命，何爲去君之常體，而遠之四方乎？夫人須蒐而生，蒐待人而榮。二者別離，命則實零也。或曰：去君之恒閈。閈，里也。楚人名里曰閈

---

① 《楚辭補注》卷四，頁 154。

② 《楚辭補注》卷五，頁 171。

③ 《楚辭補注》卷三，頁 105—106。

也。一云：何爲乎四方。乎，一作兮。一注云：魑待人而榮。"①
"一云"引"何爲乎四方"是原文"何爲四方些"的異文，而"一注云"
則是王注"魑待人而榮"的異文。

　　1d類主要以"一云"所在的位置分成兩類，第一類處於注釋
中間，例如《離騷》"齊玉軑而並馳"，注："軑，錮也。一云車轄也。
言乃屯陬我車，前後千乘，齊以玉爲車轄，並馳左右。言從己者
衆，皆有玉德，宜輔千乘之君也，即道千乘之國也。"②"一云"解釋
單字後，將"軑"釋作"車轄"，與原注解作"錮"不同。第二類的
"一云"則在全句注釋末尾，例如《遠遊》"集重陽入帝宮兮，造旬
始而觀清都"，注："得升五帝之寺舍也。遂至天皇之所居也。旬
始，皇天名也。一云：旬始，星名。《春秋考異郵》曰：太白，名旬
始，如雄雞也。"③"一云"釋"旬始"作"星名"，更引録《春秋考異
郵》一書證明，與前注解作"皇天名也"不同。由此兩類的文義看
來，其作用似是爲了對正文作不同的解釋，與前三類直接針對正
文或注文異文的性質不完全一樣，也就是説此兩類應歸類於爲
解釋文義的注釋。

　　（二）第二類

　　第二類先引"一本"或"一作"，再配以"一云"，總計七十一條，
共分作三種形式：

　　2a."一本"後可以區分出兩種形式，第一種緊接"一注云"，第
二種則爲"一云"。先説前例，《湘夫人》"疏石蘭兮爲芳"，注："石

――――――――

① 《楚辭補注》卷九，頁198。
② 《楚辭補注》卷一，頁46。
③ 《楚辭補注》卷五，頁168—169。

蘭，香草。疏，布陳也。一本‘兮’下有‘以’字。一云：疏石蘭以爲芳。五臣云：疏布其芳氣。”①按：此“一云”爲原文“疏石蘭兮爲芳”的異文。至於《招魂》“腼鼈炮羔，有柘漿些”，注：“羔，羊子也。柘，藷蔗也。言復以飴蜜腼鼈炮羔，令之爛熟，取藷蔗之汁，爲漿飲也。或曰：血鼈炮羔，和牛五藏爲羔臛，鶯爲羹者也。柘，一作蔗。一注云：腼鼈炮羔，和牛五藏臛爲羹者也。”②按：此“一注云”是正文的異文，後緊接注釋，關於異文後的注釋可參下文，此處不贅。

2b. “一本”後先引“一作”，再以“一云”收結。如《七諫》“棄捐藥芷與杜衡兮，余奈世之不知芳何”，注：“言棄捐芳草忠正之士，當奈世人不知賢何。藥，一作蘭。衡，一作蘅。一本‘余’下有‘今’字。一云：余奈夫世不知芳何。一云：余奈夫不知芳何。《釋文》：藥音約。”③按：此“一云”爲正文“余奈世之不知芳何”的異文。

2c. 一類先引“一作”，再跟隨“一云”、“注云”或“一注云”三種不同的術語。第一類“一云”，如《遠遊》“內欣欣而自美兮”，注：“忠心悅喜，德純深也。而，一作以。一云：德絶殊也。”④按：此“一云”是注文的異文。第二種“注云”，如《大招》“吳酸蒿蔞”，注：“蒿，蘩草也。蔞，香草也。《詩》曰‘言采其蔞’也。一作芼蔞。注云：芼，菜也。言吳人善爲羹，其菜若蔞，味無沾薄，言其調也。”⑤此“注云”因正文作“芼”而有不同的釋義，其下串解句意亦不同於前面所注。第三類“一注云”，如《九辯》“中憯惻之悽愴兮”，注：“志願

---

① 《楚辭補注》卷二，頁 67。
② 《楚辭補注》卷九，頁 208。
③ 《楚辭補注》卷一三，頁 243。
④ 《楚辭補注》卷五，頁 172。
⑤ 《楚辭補注》卷一〇，頁 220。

不得,心肝沸也。之,一作而。一注云:心傷慘也。"①按:此"一注
云"是前面注文"心肝沸"的異文。

(三) 第三類

第三類只有一種形式,因"或曰"也有後人摻入的内容,所以予
以區別。此類"一云"共三條,獨立出現於"或曰"後,如《天問》"河
海應龍,何盡何歷?"注:"有鱗曰蛟龍,有翼曰應龍。歷,過也。言
河海所出至遠,應龍過歷遊之,而無所不窮也。或曰:禹治洪水
時,有神龍以尾畫地,導水所注當决者,因而治之也。一云:應龍
何畫,河海何歷。"②按:此"一云"與前面正文結構和用字相近,按
其形式實類近於 1a 式,故可以歸入異文一類。

《補注》一書引用異文一般先列出各本異文,並於"補曰"後補
充文義,當中最較常用的校語是"一本"和"一作"。觀上文"一云"
一類注文多與"一本"和"一作"等異文注語互相對應,同時又用於
異文校訂,故可以推斷有關"一云"當乃從《補注》增入之例。舉例
而言,《離騷》"何方圜之能周兮,夫孰異道而相安。"注云:"言何所
有圜鑿受方枘而能合者? 誰有異道而相安耶? 言忠佞不相爲謀
也。圜,一作圓。周,一作同。一云方鑿受圓枘。"③兩處"一作"分
别校出正文的異文,而"一云"則用作王注"圜鑿受方枘"的異文,兩
者明顯同屬異文校訂,其不同只是正文和注文所用注語不同而已,
此類異文校記其實没有進一步解釋注文的内容,實與王逸《章句》
無關。

---

① 《楚辭補注》卷八,頁 193。
② 《楚辭補注》卷三,頁 91。
③ 《楚辭補注》卷一,頁 16。

　　此外，洪興祖校訂《楚辭》一書除會標出正文異文外，有時更會針對王逸注文作重點考訂，故在"一作"之後多附有帶注文的校記。例如，《橘頌》"后皇嘉樹，橘徠服兮。"注云："后，后土也。皇，皇天也。服，習也。言皇天后土生美橘樹，異於衆木，來服習南土，便其風氣。屈原自喻才德如橘樹，亦異於衆也。便其風氣，一云便且遂也，一云便其性也。"①注文"便其風氣"因出現兩個不同版本的異文，需要加以區別，因此分別以"一云"標示。再看上文舉出的 2c 類《大招》"吳酸蒿蔞"一例，前面已有王逸訓釋"蒿蔞"一詞的注文，"一作"後又突然出現"注云"二字，而此"注云"先訓解字詞，再闡釋句義的形式雖頗有點類近王注，細看其實僅是針對"一作苦蔞"來發揮，並非進一步解釋前文。古人注釋甚少會在同條注釋中使用兩例不同形式的注語，估計洪興祖見到正文異文後，連同注文釋義一併鈔錄於"補曰"之前，因此"注云"雖不是王逸所加，卻是王逸注的異文。②

　　要而言之，上述三類注文中凡涉及正文與注文的異文校訂，而又不作任何引申釋義的條目都不應出自王逸之作。準此，第一類的 1a、1b、1c，以及第二、三類，理應一律排除於《章句》以外。三類之中只有 1d 一類對正文和注文的內容有進一步闡釋，因此還需進一步分析。此類例子共有六例，除前舉《大招》"直贏在位，近禹麾只"一例已作分析外，餘下五例下面將逐一討論，先列出原文如下：

　　① 《楚辭補注》卷四，頁 153。
　　② 李大明亦指出："不過，大致說來，見於《補注》而《章句》本又無的'一本注云'、'一注云'等，多半是王逸之後的《楚辭》注家的訓解之辭，而被羼入《章句》，而不是王逸所引舊注。"《漢楚辭學史》，頁 315。

1.《離騷》

(1.1)"謇吾法夫前脩兮,非世俗之所服"

注:"言我忠信謇謇者,乃上法前世遠賢,固非今時俗人之所服行也。一云:謇,難也。言己服飾雖爲難法,我傚前賢以自修潔,非本今世俗人之所服佩。"①

(1.2)"折若木以拂日兮"

注:"若木在崑崙西極,其華照下地。拂,擊也。一云蔽也。"②

(1.3)"齊玉軑而並馳"

注:"軑,錭也。一云車轄也。言乃屯隊我車,前後千乘,齊以玉爲車轄,並馳左右。言從己者衆,皆有玉德,宜輔千乘之君也,即道千乘之國也。"③

2.《遠遊》

(2.1)"集重陽入帝宮兮,造旬始而觀清都"

注:"得升五帝之寺舍也。遂至天皇之所居也。旬始,皇天名也。一云:旬始,星名。《春秋考異郵》曰:太白,名旬始,如雄雞也。"④

3.《招魂》

(3.1)"軒輬既低"

注:"軒、輬,皆輕車名也。低,屯也。一曰:低,俛也。"⑤

---

① 《楚辭補注》卷一,頁13。
② 《楚辭補注》卷一,頁28。
③ 《楚辭補注》卷一,頁46。
④ 《楚辭補注》卷五,頁168—169。
⑤ 《楚辭補注》卷九,頁206。

　　首先 2.1、3.1 兩條，單刻本《章句》未予收録。1.1、1.3 兩條雖有載録，但並没有標示出自"一云"，似乎單刻本《章句》没有將這些注文完全看作前人舊注。同樣《文選》注本《招魂》没有收録 3.1 條，以上兩本既没有載録，或許是後人所增益。2.1 一條見於《遠遊》，但《文選》注本没有收録此篇，不過除前述單刻本《章句》不收外，《楚辭章句疏證》利用對勘的各本皆没有收録"一云"，此條的來源甚爲可疑，黃靈庚認爲"不宜别解爲星名"，是後人竄亂所成，①故也可以剔除不算。

　　後人增入而確可考的還有以下幾條可以進一步分析。先説 1.2 這一條。朱季海謂：

　　　　如"拂"在通語爲擊，在楚語爲蔽，王逸不能辨，故作《章句》説"拂日"，寧從通語，乃退"蔽"於一説。然《悲回風》云："折若木以蔽光"，則知靈均意自謂蔽也（朱駿聲《離騷賦補注》所證明）。朱允倩知讀拂爲茀，而不能引《懷沙》之賦以證成楚語，是猶未達一間也。②

朱氏認爲"拂"的楚語爲"蔽"，王逸只將作"蔽"的説法退於"一説"内，也就是説朱氏認爲"一云"爲王逸所加的，目的是出於存取異説。然黃靈庚指出："下文注云：或謂'拂，蔽也'與'一云蔽也'複。舊無'一云蔽也'。"③故此條殆皆由後人竄入。其次，1.1"一云：睿，難也"，《文選》李善注没有引用，六臣本吕向（？—742）注曰：

---

① 《楚辭章句疏證》卷六，頁 1802。
② 《楚辭解故·後記》，頁 357。
③ 《楚辭章句疏證》卷一，頁 348。

“謇，難也”，西村時彦（Nishimura Tokihiko 1865—1924）指出“似後人取呂向注竄入”。① 今本《補注》多竄入《文選》注文，誠如葉志衡所指“《離騒》‘何桀紂之昌被兮’，《補注》本有‘桀紂，夏殷失位之君’一句，蓋由劉良（五臣之一）注‘桀紂，夏殷失道之君’句誤屬入王注者”。② 故此條“一云”也很有可能是後人取《文選》校刊《章句》時所誤入。

五條之中最後剩下 1.3 一條，此條見於《離騒》“齊玉軑而並馳”，注：“軑，鍋也。一云車轄也。”③ 單刻本《章句》無“一云”兩字，但兩說並存，《補注》本“一云”與前注分列兩義。按：此處“鍋也”兩字蓋乃後人增入，此句解作：

> 言乃屯隊我車，前後千乘，齊以玉爲車轄，並馳左右。言從己者衆，皆有玉德，宜輔千乘之君也。即道千乘之國也。④

注文以“軑”釋“車轄”，沒有從“鍋”字，李善引王逸注也作“軑，轄也”，跟“一云”同樣沒有“鍋也”兩字。如果原本有“鍋”字，依照王逸注釋的體例當在闡述句義時據以發揮，⑤ 然而注文只有引申“車轄”之義，可見後人或因所據本釋“軑”義未洽，乃轉以異本“車轄”

---

① 轉引自《楚辭章句疏證》卷一，頁 172。

② 葉志衡：《日本莊允益本〈離騒章句〉異文辨析》，中國屈原學會編：《中國楚辭學》，北京：學苑出版社，2005 年，第七輯，頁 174。

③ 《楚辭補注》卷一，頁 46。

④ 《楚辭補注》卷一，頁 46。

⑤ 李大明：“（《楚辭章句》）基本上以二句爲義，在第二句訓詁後是申講釋義。”見《漢楚辭學史》，頁 380。

二字而注“一云”於文後，“一云”當屬後人增入，故《章句》諸本皆未載録。①

　　經上文分析和説明，我們可以發現《補注》本《章句》二百六十九條“一云”，絶大部分來自洪興祖的異文校記，少部分或出於《補注》以外，但均絶非王逸引用前人舊注的遺留。此一考證結果正與現存《文選》注本大量徵引王注，但注中竟無出現一例“一云”的現象完全吻合，益可證“一云”與王逸之作無關。②

四、《楚辭章句》“或曰”考

　　根據附表二統計，《章句》引用“或曰”共計五十七例，其中《招魂》佔十五例，爲各篇數量之冠。其次分別是《離騷》、《大招》和《九歌》三篇，前者十例，後兩篇同樣佔九例。其他篇章僅有一兩例，至於没有出現過“或曰”的有《卜居》、《漁父》、《惜誓》、《招隱士》、《九歎》和《九思》六篇。“或曰”分布全書各篇，不只限於屈原作品，而且旁涉漢人擬騷之作，在《章句》應用的範圍尚算廣泛。惟目前學界並未全面分析“或曰”的真僞，莊允益校刊《王註楚辭》時指出過：“凡‘或説’恐後人所贅，其他補削可知。”③可惜未進一步予以論證。黄靈庚《楚辭章句疏證》曾考證個別“或曰”出自後人增補，使用的主要論證方法是從版本對照、特定用語晚於東漢等方法入手，

---

　　①　參《楚辭章句疏證》卷一，頁530。
　　②　至於單刻本《章句》注釋中出現“一云”的異文校注，前人已指出在宋代之時，除《補注》本之外，當時流行的《章句》本身或已附有異文校記。參姚蕙清：《〈楚辭補注〉之成書及流傳問題》，《〈楚辭補注〉研究》，頁110。
　　③　《王註楚辭》卷一，頁5a。

本節參考此一方法,用以判斷條目真偽。另《章句》不作異文校,凡與此有關的條目明顯是後人由其他本子混入。限於篇幅,本章將根據上述方法和前人的考證成果,先行剔除可疑之例,然後再根據較可信之例作進一步分析。下面所舉文例的數字即代表其引用編號,內容詳見附表二。

從附表二各本比勘的結果來看,《補注》本引用五十七例"或曰"多不見於《文選》注本和單刻本《章句》。就《文選》本而言,包括:《離騷》第 1、2、3、5、6、7、8、9、10 條;《九歌》第 11、12、13 條;《招魂》第 39 條,都沒有載錄。《文選》注本只收錄一部分《章句》,實際未收錄的"或曰"數量估計當不止於此數。單刻本《章句》沒有載錄的也有十二條,包括:《離騷》第 2、8 條;《大招》第 46、47、48、49、50、51、52、53 條;《九懷》第 56、57 條。若去除各本重複條目,已有二十三例不見載錄於《文選》注本或單刻本《章句》中,五十七例之中其歧異如此之多,是否能將上述"或曰"全歸於王逸之作實屬疑問。

考核以上各條"或曰"中,多能從中找出後人竄入之迹。例如第 2 條《離騷》"阽余身而危死兮,覽余初其猶未悔"注云:

> 阽,猶危也。或云:阽,近也。言己盡忠,近於危殆。言己正言危行,身將死亡,上觀初世伏節之賢士,我志所樂,終不悔恨也。①

按:"阽"解作"猶危"之義,本應接續下文"言己正言危行"一段,作

---

① 《楚辭補注》卷一,頁 24。

進一步引申"猶危"的内容,但注文之中卻突然插入"或云"一段注文,遂使前後文義扞隔不通,明顯已不妥。王逸注釋的條例一般是合上下兩句爲一組,並以一"言己"闡釋句義,然此一注文内卻同時出現兩組"言己",未免顯得突兀,而上下兩句文義不相關聯,則極可能是後來所增入。此條"或曰"不但未見於《文選》注本和單刻本《章句》,梁代顧野王(518—581)《玉篇》殘卷和唐釋慧琳(736—820)《慧琳音義》兩本所引皆闕,黄靈庚認爲"後所增也",所言甚是。①再看第 47 例《大招》"魂乎無北!北有寒山,逴龍赩只",注云:

> 逴龍,山名也。赩,赤色,無草木貌也。言北方有常寒之山,陰不見日,名曰逴龍。其土赤色,不生草木,不可過之,必凍殺人也。或曰:逴龍,色逴越也。赩,懼也。言起越寒山,赩然而懼,恐不得過也。②

按"逴龍"之義,洪興祖、朱熹和現當代楚辭研究者大多釋作"山名"或"燭龍",解作"色逴越"之義,惟僅見於此處"或曰"。③《文選》注本不收《大招》一篇,固然無從據以比勘,然核以單刻本《章句》和其他版本原無"或曰"一段,④黄靈庚認爲"逴越"兩漢未見,蓋六朝人所增益,⑤可從。⑥

---

① 《楚辭章句疏疏》卷一,頁 312。
② 《楚辭補注》卷一〇,頁 218。
③ 《楚辭集校集釋》,頁 2271。
④ 《楚辭章句疏疏》卷一,頁 2750。
⑤ 《楚辭章句疏疏》卷一,頁 2750。
⑥ 其他不見於各本條目,經黄靈庚考證爲後人所增入的,還包括第 1、3、10、39、46、47 和 56 條,詳參《楚辭章句疏證》頁 126、316、2041、2069、2748、2750、2140。

　　上文只舉其中較著者説明,旨在證明《補注》本《章句》"或曰"多有後人竄入之文,若再進一步看,許多"或曰"出現類似"一云"的異文形式,亦與《章句》原本的注釋風格不相符合。譬如《東皇太一》"璆鏘鳴兮琳琅",注云:

　　　　璆、琳琅,皆美玉名也。《爾雅》曰:有璆琳琅玕焉。鏘,佩聲也。詩曰:佩玉鏘鏘。言己供神有道,乃使靈巫常持好劍以辟邪,要垂衆佩周旋而舞,動鳴五玉鏘鏘而和,且有節度也。或曰:糾鏘鳴兮琳琅。糾,錯也。琳琅,聲也。謂帶劍佩衆多,糾錯而鳴,其聲琳琅也。①

注文前面先訓解"璆、琳琅"字義,後闡釋句義,是王注一貫之注釋方式,後引"或曰"將正文整句重新鈔録一次的方式,則與王逸的注釋通例不合。其中"或曰"之"糾"字即對應正文"璆",因爲原文不作"糾"字,所以注文另有對"糾"字的注釋,而同句"琳琅"釋作聲音,更不同前句解作"美玉"。"或曰"所列異文非僅某字詞相異,而是以一句爲單位,此類將不同版本中的異文附注於後的做法,與漢代的校注體式有很大不同。現存文獻所見漢代的注釋仍未見附有此種形式的異文校記。自漢代起官方即開始對古書校勘,當時最著者莫如劉向、劉歆(?—23)父子的校勘工作,其中如根據中古文校歐陽、大小夏侯三家《尚書》經文,得出"文字異者七百有餘",②都只是校而不出注。像稍後於王逸的鄭玄(127—200),校訂古書

----

① 《楚辭補注》卷二,頁55。
② 《漢書》卷三六《藝文志》,頁1706。

時多使用某字"古文"、"今文"等標示，①似未見將整句鈔録成異文校記的成例。② 胡適曾指出："漢儒訓注古書，往往注明異讀，是一大進步。"③但對於版本文字之異同，漢人往往直接將不同版本合拼，而對各本之間的異文不作紀録，更遑論將正文連注釋異文，同録於注文之中。④ 依此而言，如果上文"糾"字跟原文有差別，也許只需於"瑈"字後加入"或曰"，以示不同，諒不必正文連注文一併鈔寫於後，自亂其例。

再看《九懷》"登羊角兮扶輿，浮雲漠兮自娛"，注云："陞彼高山，徐顧睨也。乘雲歌吟而遊戲也。或曰：浮雲漢。漢，天河也。"⑤按：正文"浮雲漠"不辭，聞一多指出"漠"可能爲"漢"之形誤，"浮雲漢"與"登羊角"對文相偶，⑥原本當作"浮雲漢"。單刻本《章句》兩本都無"或曰"一段，益可證此異文乃後人竄入，以致誤作王注。

實際上，上文提到《補注》的"一云"已見到《章句》一書多有後

<hr>

① 關於鄭玄校勘羣書之例，參楊天宇：《鄭玄三禮注研究》，天津：天津人民出版社，2007 年。

② 如學者據東漢《熹平石經》指出石經異文一般是稱"某某"，某某言"某某"，格式與劉向《別録》佚文所載較爲一致。見張宗品：《東漢校書考》，《漢學研究》第 35 卷第 3 期（2017 年 9 月），頁 85。

③ 見胡適：《元典章校補釋例序》，載陳垣：《校勘學釋例》，頁 7。

④ 如李零謂："我們讀的古書都是來源於漢代特別是東漢。東漢經本是糅合今古文的本子，但無論今古，寫定還是用今本，即來自秦系文字的漢代隸本。那時的古本（戰國文本）和整理者的習慣也有差距，但他們沒有我們這種（括注法），無論原本如何，也不論合併了幾種本子，傳留到今天，都是直接合併和直接改定。"見李零：《郭店楚簡研究中的兩個問題——美國達慕思學院郭店楚簡〈老子〉國際學術討論會感想》，收入武漢大學中國文化研究院編：《郭店楚簡國際學術研討會論文集》，武漢：湖北人民出版社，2000 年，頁 51。

⑤ 《楚辭補注》卷一五，頁 273。

⑥ 轉引自《楚辭集校集釋》，頁 2496。

人增入的内容,因此可進一步從《補注》其他注文得到佐證。《大招》"吳酸蒿蔞",注云:

> 蒿,蘩草也。蔞,香草也。《詩》曰"言采其蔞"也。一作芢蔞。注云:芢,菜也。言吳人善爲羹,其菜若蔞,味無沾薄,言其調也。①

此處注文用"一作＋注云"的形式,跟前舉"或曰＋注釋"都是直接附載於王注之後,兩者的分別只在於使用不同的校語,像這類同時校訂正文和注文的方式在《補注》一書中還有許多,例如《九歎》"熊羆羣而逸囿"一句,注云:

> 熊羆,猛獸,以喻貪殘也。囿,苑也。言麒麟奔竄於九皐之中,熊羆逸踊於君之苑也。以言斥遠仁德之士,而養貪殘之人也。逸,一作溢。注云:滿溢君之苑。②

"一作溢"顯而是針對正文"逸囿"之"逸",連帶"注云"也隨之而改作"滿溢君之苑"。對於此種現象,湯炳正指出:

> 蓋世傳《章句》,或因音同而有"溢"、"逸"兩行之本。而抄校者於正文作"逸"者,注文相應改作"逸踊";正文作"溢"者,注文亦相應改作"滿溢",并非王本原有此歧異。③

---

① 《楚辭補注》卷一〇,頁220。
② 《楚辭補注》卷一六,頁304。
③ 湯炳正:《王逸〈楚辭章句〉本亟待整理》,《楚辭類稿》,頁94。

依湯氏的看法，"抄校者"應該先見到《章句》的異本而將其鈔錄下來，後來將這些鈔錄的文字與王逸的注文混在一起，其後各本相因，原貌反而被湮没。據此而言，"或曰"同樣先鈔錄正文異文，注文的釋義亦隨之變動，與"一云"在本質上並無二致。全書出現如此類異文校注的注文總共十五例，包括：《九歌》第 11、19 條；《九章》第 21、23 條；《招魂》第 30、32、33、34、35、37、38、42、44 條；《七諫》第 54 條；《九懷》第 57 條。除了《九歌》、《七諫》和《九懷》三例外，其餘全見於《文選》注本，頗令人懷疑早於唐代或以前，已有人將《章句》的異文錄入文本中。後來洪興祖等人根據已竄亂的版本，並於校訂各本時也將類似的異文鈔錄於《補注》之中，以致將兩本以外的"或曰"以個人的校訂方式附於《補注》中。

　　綜合本節的分析，《章句》五十七例"或曰"中逾半以上存有疑問，其中帶有異文性質的"或曰"，呈現出不同於王逸的注釋風格，明顯有後人增改之迹，而其被混入《章句》中更有可能早於唐代李善注《文選》之前。若將以上各條存疑的條目全部剔除，五十七例"或曰"中僅存二十一條可作進一步討論，從中或可以看出後人改竄《章句》的程度遠較今人想象的嚴重。

五、《楚辭章句》"一云"、"或曰"
引用舊注説的檢討

　　從目前所見文獻可知，兩漢對屈原作品進行注釋始於武帝時的劉安，據《漢書》記載：

　　　　（劉安）都壽春，招賓客著書。而吳有嚴助、朱賈臣，貴顯漢朝,文辭並發,故世傳楚辭。①

劉安招攬的賓客多是深於"文辭"的名家,遂於楚辭多有創作,而淮南國更是楚國舊地,故當劉安奉詔入京作《離騷傳》,便能於"旦受詔"而"日食時"呈上,②充分展現出他對《離騷》的熟習程度。③ 劉安以後,東漢的賈逵和班固分別撰有《離騷經章句》,而王逸同代的馬融則有《離騷注》行世。④ 除《離騷》外,王逸於《天問後序》另外補充了漢人對《天問》的訓解,這些著作或者不是經訓性質,所以王逸認爲除《離騷》之外,未見有其他篇章舊注。⑤ 漢代編撰的各本《楚辭》舊注,現在都散佚不傳,論者於是根據"一云"和"或曰"等標誌的注語,推斷王逸引用的是來自《楚辭》的舊注,更總結出漢人遍注《楚辭》之説。從"一云"的内容和性質來看,本章第三節已指出,全書二百六十九條"一云"大多出自《補注》的異文校注,與王逸徵引前人舊注毫無關係。至於"或曰"與舊注的關係,若剔除可疑之例不論,單從二十一例較可信的條目來分析,恐怕也不能證明是因承舊注而存留下來,以下便據此加以分析。

首先,"或曰"的例子都排列在正文的解釋之後,或用以補充己説,或以示存疑。例如《涉江》"朝發枉陼兮,夕宿辰陽",注:

枉陼,地名。辰陽,亦地名也。言己乃從枉陼,宿辰陽,自

---

① 《漢書》卷二八,頁 1668。
② 《漢書》卷四四,頁 2145。
③ 按:《離騷傳》之説,參湯炳正:《楚辭類稿》,頁 138—142。
④ 《後漢書》卷六〇,頁 1972。
⑤ 王逸《離騷後序》説過:"(《離騷》)其餘十五卷,闕而不説。"《楚辭補注》卷一,頁 48。

傷去國日已遠也。或曰：枉，曲也。陼，沚也。辰，時也。陽，
明也。言己將去枉曲之俗，而趨時明之鄉也。①

按"枉陼"若作爲專有名詞，當指地名；若如"或曰"分列兩義解釋，則意
指水中的陸地。又如《河伯》"與女遊兮河之渚，流澌紛兮將來下"，注：

流澌，解冰也。言屈原願與河伯遊河之渚，而流澌紛然相
隨來下，水爲污濁，故欲去也。或曰：流澌，解散。屈原自比
流澌者，欲與河伯離別也。②

前注"流澌"是名詞；"或曰"作"解散"，則爲動詞。王逸對這些"或
曰"採取兩存異説的方式處理，未見任何駁斥或引申，只是通過對
比以突出兩者釋義的差異，表現出較持平的態度。

其次，在釋句義方面，《招魂》"層臺累榭，臨高山些"，注：

層、累，皆重也。無木謂之臺，有木謂之榭。言復作重層
之臺，累石之榭，其顛眇眇，上乃臨於高山也。或曰：臨高山
而作臺榭也。③

前文"臨高山"王逸引申作"上乃臨於高山"，至"或曰"則另作登臨
高山而"作臺榭"，兩者意義迥然不同，純以"或曰"之説存取異説而
已。又如《九歌·山鬼》"靁填填兮雨冥冥，猨啾啾兮又夜鳴。風颯

---

①　《楚辭補注》卷四，頁130。
②　《楚辭補注》卷二，頁78。
③　《楚辭補注》卷九，頁202—203。

颯兮木蕭蕭",注:

> 言己在深山之中,遭雷電暴雨,猨狄號呼,風木搖動,以言
> 恐懼失其所也。或曰:雷爲諸侯,以興於君。雲雨冥昧,以興
> 佞臣。猨猴善鳴,以興讒言。風以喻政,木以喻民。雷填填
> 者,君妄怒也。雨冥冥者,羣佞聚也。猨啾啾者,讒夫弄口也。
> 風颯颯者,政煩擾也。木蕭蕭者,民驚駭也。①

前注描述屈原處身於深山中之恐懼,未作任何引申,至"或曰"則專指雷爲君,雲雨爲佞臣等。"或曰"連類譬喻,引申至政治諷諫層面發揮,相較於前注敘述屈原的情緒狀態,實更類近王逸本人常用的比興手法,兩者所差的只是釋義指向的分別。② 如果説此類"或曰"是前人《楚辭》注釋,毋寧説是王逸個人存疑之説,以供後人參考而兩説皆保留。

　　"或曰"的内容没有殘留半點舊注的痕迹,我們還能循其他的旁證對上述説法作進一步討論。首先考察《章句》引用前人典籍,一般都交待立説的出處。③ 假如王逸只是將引用的《楚辭》舊注統稱作"或曰",而對其他徵引的文獻則直接注明來源,不但會造成編

---

① 《楚辭補注》卷二,頁81。

② 按:《楚辭章句·離騷序》"《離騷》之文,依《詩》取興,引類譬諭,故善鳥香草,以配忠貞;惡禽臭物,以比讒佞;靈修美人,以媲於君;宓妃佚女,以譬賢臣;虬龍鸞鳳,以托君子;飄風雲霓,以爲小人。"與此"或曰"論調相同。關於王逸《章句》運用比興之方法,相關討論可參吳旻旻:《〈楚辭章句〉之詮釋模式》,《香草美人文學傳統》,臺北:里仁書局,2006年,頁75—87。許子濱:《王逸〈楚辭章句〉比興説發微》,《王逸〈楚辭章句〉發微》,頁209—244。

③ 《章句》引文遍及先秦兩漢典籍,有關研究可參鄧聲國:《〈楚辭章句〉引文考》,《王逸〈楚辭章句〉考論》,頁55—102。

纂體例上的混亂，而且將令閱覽者無所適從。如果再觀察王逸對《楚辭》舊注的看法，更讓人懷疑他會否將舊注保存於《章句》中。兩漢之時，對於屈原的行爲與品格，尤以揚雄和班固等人批評最烈。王逸沒有否定屈原的忠貞，在《章句》自序中對班固訓解之《楚辭》舊注有"虧其高明，而損其清潔者"的負面評價，①至《離騷》後序大肆批評各種《楚辭》舊注"義多乖異，事不要括"，②頗可呈現出他對當時各種《楚辭》舊注的不滿。正是鑒於舊注的缺失，王逸纔會決定"稽之舊章，合之經傳"，編撰十六卷《章句》。③ 從現存《章句》"或曰"各條來看，不但未見任何批評之言，反而處處表現出存取的態度，而"或曰"沒有否定屈原忠誠之志，與王逸注釋立場相同，④或可佐證只是保留一己之異說，因此没必要以加以辯駁。退一步而言，即使王逸曾參考過前人各種舊注，當亦已經融入本注中，並無法從中分辨出哪些是舊注的孑遺，此即劉永濟所説："古人援引舊說，例不分別，今已無從辨析。"⑤

---

① 詳參第一章。

② 《楚辭補注》卷一，頁48。

③ 《楚辭補注》卷一，頁48。

④ 如《雲中君》"極勞心兮忡忡"，注："或曰：君，謂懷王也。屈原陳序雲神，文義略訖，愁思復至，哀念懷王暗昧不明，則太息增欷，心每忡忡，而不能已也。"《楚辭補注》卷二，頁59。

⑤ 劉永濟：《王逸章句識誤》，《箋屈餘義》，頁263。又蔣天樞謂："《章句》雖兼采衆說，除明著引用'淮南子曰'者外，絶不見引及劉安、班、賈逵之説者，即所舉'以壯爲狀'之條，出自劉安乎？抑班固、或賈逵乎？其立説之内涵又何若乎？悉不爲之著明。"《楚辭論文集·論〈楚辭章句〉》，頁218。此外，白馬(Michael Schimmelpfennig)透過《章句》的詮釋模式，指出部分注文中隱含劉安《離騷傳》的内容，王逸不僅能汲取前代的注釋，而且藉此作爲抗衡班固對屈原的批評。"The Quest for a Classic: Wang Yi and the Exegetical Prehistory of his Commentary to the *Songs of Chu*", *Early China* 29 (January 2004), pp.111-162。但到底哪些是前代舊注，現實上難以具體指實。

　　總而言之,漢代各種《楚辭》舊注,除王逸提及《離騷》幾家外,蓋未見有其他篇章注釋。王逸多次使用"或曰",目的應當是出於補解篇章文義,保存一己之異説,從他撰寫的《章句》各篇序言,對於部分篇章作者存疑都不敢遽下判斷,無疑更凸顯他謹慎的注釋態度,①讓後人在閲讀時能够對照各種異説而有所取捨。②

六、結　語

　　王逸大約生於東漢和帝年間,元初中舉上計吏,後來得以進入東觀參與校書工作。王逸於東觀校書期間,以校書郎之職參與經典故籍的整理。據《後漢書》記載元初四年(117):

　　　　帝以經傳之文多不正定,乃選通儒謁者劉珍及博士良史詣東觀,各讎校家法,令倫監典其事。③

估計是年王逸開始擔任校書郎,參與劉珍所領校經典的活動,因此,可推斷王逸負責校訂《章句》一書的上限約爲元初中,下限則早於永寧元年。身爲官方校書郎,應當有更多的機會接觸到中祕典

----

　　①　譬如"《大招》者,屈原之所作也。或曰景差,疑不能明也"。"《惜誓》者,不知誰所作也。或曰賈誼,疑不能明也"。等等。《楚辭補注》卷一〇,頁 216,227。

　　②　"或曰"經常見於古書注釋,一般用以表示對異説存疑,白兆麟指出:"(或曰)前一組表示對有參考價值的異説採取審慎保留的態度,(一曰)後一組表示對未明了的語義採取存疑的辦法。這兩組術語的使用,都反映了古代學者治學嚴謹的科學精神"。《新著訓詁學引論》,上海:上海辭書出版社,2005 年,頁 110。古人著書多用"或曰",詳細舉例可參俞樾《古書疑義舉例》"兩義傳疑而並存例",載俞樾等撰:《古書疑義舉例五種》,北京:中華書局,1956 年,頁 11—15。

　　③　《後漢書》卷七八,頁 2513。

藏,王逸編定《章句》時或許從中參考過一些楚辭學著作。① 論者多認爲王逸引用舊注是爲了存異,"一云"、"或曰"等形式表現出來的就是舊注的内容,但是王逸之前漢人從未對《楚辭》一書進行全面的注釋,"一云"、"或曰"的例子卻遍及全書大部分篇章,可見前人之説不無可疑。

《章句》成書於東漢,從寫本過渡到刻本的階段,中間歷經輾轉的抄寫,當中的内容難免有後人增改之迹。明代馮紹祖(明代萬曆年間人,生卒年不詳)重印《章句》時,所撰《重印校楚辭章句議例》即認爲:

> 《楚辭》先輩稱王逸本最古,蓋去楚未遠,古文不甚流濫脱軼耳。後人人各以意攛易,若晦翁所次《九辯》諸章,固自玢齒,要非古人之舊矣。今一意存古,故斷以王氏本爲正。②

後人"以意攛易"乃馮氏批評宋人竄改《章句》,破壞原書之原貌。《章句》之改編於宋代尤爲頻繁,晁補之《重編楚辭》和朱熹《集注》均删去王逸《九思》,以其注非王逸所作,不是《章句》原來所有。朱熹改動《章句》原編,更删去《七諫》、《九懷》和《九歎》,在漢人擬騷作品中獨選《章句》不收的賈誼《弔屈原》和《服賦》兩篇,而有明一代尤熱衷於翻印《章句》單刻本,實際上可謂反映明人正是利用重刊《章句》來抗衡宋人的改編本。除了透過改編文本篇序之外,《章

---

① 小南一郎認爲王逸的楚辭學是總合了"楚地的《楚辭》傳承"和"中央的《楚辭》傳承"的結果。參見《王逸〈楚辭章句〉研究——漢代章句學的一個面向》,頁28—29。

② 馮紹祖:《重印校楚辭章句議例》,頁11。

句》一書摻雜不少後來的注釋卻一直較爲人所忽視,如林維純就
提醒:

> 序文中的反切,容易分辨,後人不會把它作正文,一些明
> 顯的夾注,也不易混入正文。而其它難以分辨的附注、旁注,
> 在傳抄過程中被誤作原文竄入的情況,則常可見到。①

所論切中肯綮,故對注文尤須加以分辨,以免産生混淆。

現存《章句》通篇夾雜"一云"和"或曰"注語,很多人已預先認
定是王逸引用《楚辭》舊注的孑遺,卻鮮有提出具體證據。本章全
面分析《章句》中"一云"和"或曰"的注文,發現"一云"有別於王逸
一貫的注文形式,絕大部分"一云"是從洪興祖《補注》校語混入,而
非王逸之前的《楚辭》舊注。其次,《補注》本《章句》五十七例"或
曰"中逾半以上存在疑問,部分"或曰"或由後來者羼入,帶有異文
性質的"或曰"更可能早於唐代李善注《文選》時已被竄入《章句》。
分析其餘比較可信的"或曰",得出王逸引用"或曰"只是補充己説,
或以示存疑,與舊注實在無法連上關係。本章進一步審視王逸對
班固等人訓解《楚辭》之批評,指出他對前人舊注多存不滿,相反對
"或曰"抱持平態度,兩者態度判然有別,從中或可旁證"或曰"並非
承襲自前人舊注。辨清"一云"和"或曰"的性質,將有助於吾人深
入探究王逸的注釋體例和思想,進而對《章句》原本之面貌有更準
確的掌握。

---

① 林維純:《試論〈楚辭章句〉"序文"的作者問題》,《暨南學報》(哲學社會科學
版)第 2 期(1986 年),頁 56。

附　表

- 下列各表之統計除特別指明外，均採用《楚辭補注》本《楚辭章句》。
- 附表一統計各本"一云"次數，凡同條重複出現之"一云"亦累計次數。《楚辭補注》主要列王逸注在前，並採用"補曰"以作分別，唯部分不列"補曰"而有"一云"的條目亦包括在内。此外，現存各本《楚辭章句》序文中往往夾雜一些前人注釋，顯而非王逸之注，故不在各表統計範圍内。最後，《文選》注本未錄"一云"，因而未有載列。
- 附表二輯錄"或曰"條目，引文先列《楚辭章句》正文，後列注文，注文以楷體標示。《楚辭章句》各篇序言之"或曰"並非注文性質，故不包括在下表。"♯"號表示《文選》注本未收錄相關《楚辭章句》篇章，"√"號代表該本引用；"×"號表示闕收。

表一　"一云"

序次	篇　名	《楚辭補注》本	正德本	夫容館本
1	《離騷》	13	3	3
2	《九歌》	9	1	1
3	《天問》	25	7	7
4	《九章》	52	2	2
5	《遠遊》	15	0	0
6	《卜居》	3	0	0
7	《漁父》	1	0	0
8	《九辯》	7	1	1

序次	篇　名	《楚辭補注》本	正德本	夫容館本
9	《招魂》	31	0	0
10	《大招》	9	2	2
11	《惜誓》	3	0	0
12	《招隱士》	3	0	0
13	《七諫》	23	18	18
14	《哀時命》	7	5	5
15	《九懷》	16	7	7
16	《九歎》	32	1	1
17	《九思》	20	3	3

表二　"或曰"

序號	篇目	《楚辭補注》本	《文選》注本	正德本	夫容館本
1	《離騷》	余既滋蘭之九畹兮,又樹蕙之百畝。 滋,蒔也。十二畝曰畹,或曰田之長爲畹也。樹,種也。二百四十步爲畝。言己雖見放流,猶種蒔衆香,修行仁義,勤身自勉,朝暮不倦也。(卷一,頁 10)	×	√	√
2	《離騷》	阽余身而危死兮,覽余初其猶未悔。 阽,猶危也。或云:阽,近也。言己盡忠,近於危殆。言己正言危行,身將死亡,上觀初世伏節之賢士,我志所樂,終不悔恨也。(卷一,頁 24)	×	×	×

序號	篇目	《楚辭補注》本	《文選》注本	正德本	夫容館本
3	《離騷》	曾歔欷余鬱邑兮,哀朕時之不當。 曾,累也。歔欷,懼貌。或曰:哀泣之聲也。鬱邑,憂也。言我累息而懼、鬱邑而憂者,自哀生不當舉賢之時,而值菹醢之世也。(卷一,頁25)	×	√	√
4	《離騷》	折若木以拂日兮,聊逍遙以相羊。 若木在崑崙西極,其華照下地。拂,擊也。聊,且也。逍遙、相羊,皆遊也。言己總結日轡,恐不能制,年時卒過,故復轉之西極,折取若木,以拂擊日,使之還去,且相羊而遊,以俟君命也。或謂拂,蔽也,以若木鄣蔽日,使不得過也。(卷一,頁28)	√	√	√
5	《離騷》	前望舒使先驅兮,後飛廉使奔屬。 望舒,月御也。月體光明,以喻臣清白也。飛廉,風伯也。風爲號令,以喻君命。言己使清白之臣,如望舒先驅求賢,使風伯奉君命於後,以告百姓。或曰:駕乘龍雲,必假疾風之力,使奔屬於後。(卷一,頁28)	×	√	√

序號	篇目	《楚辭補注》本	《文選》注本	正德本	夫容館本
6	《離騷》	忽反顧以流涕兮,哀高丘之無女。 楚有高丘之山。女以喻臣。言己雖去,意不能已,猶復顧念楚國無有賢臣,心爲之悲而流涕也。或云:高丘,閬風山上也。無女,喻無與己同心也。舊説:高丘,楚地名也。(卷一,頁30)	×	✓	✓
7	《離騷》	户服艾以盈要兮,謂幽蘭其不可佩。 艾,白蒿也。盈,滿也。或言艾非芳草也。一名冰臺。言楚國户服白蒿,滿其要帶,以爲芬芳,反謂幽蘭臭惡,爲不可佩也。以言君親愛讒佞,憎遠忠直,而不肯近也。(卷一,頁36)	×	✓	✓
8	《離騷》	吕望之鼓刀兮 吕,太公之氏姓也。鼓,鳴也。或言吕望太公,姜姓也,未遇之時,鼓刀屠於朝歌也。(卷一,頁38)	×	×	×
9	《離騷》	遭周文而得舉。 言太公避紂,居東海之濱,聞文王作興,盍往歸之。至於朝歌,道窮困,自鼓刀而屠,遂西釣於渭濱。文王夢得聖人,於是出獵而遇之,遂載以歸,用以爲師,言吾先公望子久矣,	×	✓	✓

序號	篇目	《楚辭補注》本	《文選》注本	正德本	夫容館本
9		因號爲太公望。或言周文王夢天帝立令狐之津，太公立其後。帝曰：昌，賜汝名師。文王再拜，太公亦再拜。太公夢亦如此。文王出田，見識所夢，載與俱歸，以爲太師也。（卷一，頁38）			
10	《離騷》	麾蛟龍使梁津兮，詔西皇使涉予。舉手曰麾。小曰蛟，大曰龍。或言以手教曰麾。津，西海也。蛟龍，水虫也。以蛟龍爲橋，乘之以渡，似周穆王之越海，比黿鼉以爲梁也。詔，告也。西皇，帝少皞也。涉，渡也。言我乃麾蛟龍，以橋西海，使少皞來渡我，動與神獸聖帝相接，言能渡萬民之厄也。（卷一，頁45）	×	√	√
11	《九歌·東皇太一》	撫長劍兮玉珥，璆鏘鳴兮琳琅。撫，持也。玉珥，謂劍鐔也。劍者，所以威不軌，衛有德，故撫持之也。璆、琳琅，皆美玉名也。《爾雅》曰：有璆琳琅玕焉。鏘，佩聲也。詩曰：佩玉鏘鏘。言己供神有道，乃使靈巫常持好劍以辟邪，要垂衆佩周旋而舞，動鳴五玉鏘鏘而和，且有節度也。或曰：糾鏘鳴兮琳琅。糾，錯也。琳琅，聲也。謂帶劍佩衆多，糾錯而鳴，其聲琳琅也。（卷一，頁55）	×	√	√

序號	篇目	《楚辭補注》本	《文選》注本	正德本	夫容館本
12	《九歌·雲中君》	思夫君兮太息,極勞心兮忡忡。君謂雲神。忡忡,憂心貌。屈原見雲一動千里,周徧四海,想得隨從,觀望西方,以忘己憂思,而念之終不可得,故太息而歎,心中煩勞而忡忡也。或曰:君,謂懷王也。屈原陳序雲神,文義略訖,愁思復至,哀念懷王暗昧不明,則太息增歎,心每忡忡,而不能已也。(卷一,頁59)	×	√	√
13	《九歌·湘夫人》	嫋嫋兮秋風,洞庭波兮木葉下。嫋嫋,秋風搖木貌。言秋風疾,則草木搖,湘水波,而樹葉落矣。以言君政急則衆民愁,而賢者傷矣。或曰:屈原見秋風起而木葉墮,悲歲徂盡,年衰老也。(卷二,頁65)	×	√	√
14	《九歌·東君》	撰余轡兮高駞翔,杳冥冥兮以東行。言日過太陰,不見其光,出杳杳,入冥冥,直東行而復出。或曰:日月五星,皆東行也。(卷二,頁76)	♯	√	√
15	《九歌·河伯》	與女遊兮河之渚,流澌紛兮將來下。流澌,解冰也。言屈原願與河伯遊河之渚,而流澌紛然相隨來下,水爲污濁,故欲去也。或曰:流澌,解散。屈原自比流澌者,欲與河伯離別也。(卷二,頁78)	♯	√	√

序號	篇目	《楚辭補注》本	《文選》注本	正德本	夫容館本
16	《九歌·山鬼》	余處幽篁兮終不見天,路險難兮獨後來。 言山鬼所處,乃在幽篁之內,終不見天地,所以來出歸有德也。或曰:幽篁,竹林也。言所處既深,其路險阻又難,故來晚暮,後諸神也。(卷二,頁80)	✓	✓	✓
17	《九歌·山鬼》	采三秀兮於山間,石磊磊兮葛蔓蔓。 三秀,謂芝草也。言己欲服芝草以延年命,周旋山間,采而求之,終不能得。但見山石磊磊,葛草蔓蔓。或曰:三秀,秀材之士隱處者也。言石葛者,喻所在深也。(卷二,頁80—81)	✓	✓	✓
18	《九歌·山鬼》	風颯颯兮木蕭蕭,思公子兮徒離憂。 言己在深山之中,遭雷電暴雨,猨狖號呼,風木搖動,以言恐懼失其所也。或曰:雷爲諸侯,以興於君。雲雨冥昧,以興佞臣。猨猴善鳴,以興讒言。風以喻政,木以喻民。雷填填者,君妄怒也。雨冥冥者,羣佞聚也。猨啾啾者,讒夫弄口也。風颯颯者,政煩擾也。木蕭蕭者,民驚駭也。言己怨子椒不見達,故遂去而憂愁也。(卷二,頁81)	✓	✓	✓

序號	篇目	《楚辭補注》本	《文選》注本	正德本	夫容館本
19	《九歌·國殤》	操吳戈兮被犀甲,車錯轂兮短兵接。 戈,戟也。甲,鎧也。言國殤始從軍之時,手持吳戟,身被犀鎧而行也。或曰:操吾科。吾科,楯之名也。錯,交也。短兵,刀劍也。言戎車相迫,輪轂交錯,長兵不施,故用刀劍,以相接擊也。(卷二,頁82)	√	√	√
20	《天問》	河海應龍,何盡何歷? 有鱗曰蛟龍,有翼曰應龍。歷,過也。言河海所出至遠,應龍過歷遊之,而無所不窮也。或曰:禹治洪水時,有神龍以尾畫地,導水所注當決者,因而治之也。(卷三,頁91)	#	√	√
21	《九章·惜誦》	行不群以巓越兮,又衆兆之所咍。 巓,殞。越,墜。咍,笑也。楚人謂相嘲笑曰咍。言己行度不合於俗,身以巓墮,又爲人之所笑也。或曰:衆兆之所異。言己被放而巓越者,行與衆殊異也。(卷四,頁123)	#	√	√
22	《九章·涉江》	余幼好此奇服兮,年既老而不衰。 奇,異也。或曰:奇服,好服也。衰,懈也。言己少好奇偉之服,履忠直之行,至老不懈。(卷四,頁128)	√	√	√

序號	篇目	《楚辭補注》本	《文選》注本	正德本	夫容館本
23	《九章·涉江》	乘舲船余上沅兮,齊吳榜以擊汰。舲船,船有牕牖者。吳榜,船櫂也。汰,水波也。言己始去乘牕舲之船,西上沅、湘之水,士卒齊舉大櫂而擊水波,自傷去朝堂之上,而入湖澤之中也。或曰:齊悲歌,言愁思也。(卷四,頁129)	✓	✓	✓
24	《九章·涉江》	朝發枉陼兮,夕宿辰陽。枉陼,地名。辰陽,亦地名也。言己乃從枉陼,宿辰陽,自傷去國日已遠也。或曰:枉,曲也。陼,沚也。辰,時也。陽,明也。言己將去枉曲之俗,而趨時明之鄉也。(卷四,頁130)	✓	✓	✓
25	《九章·涉江》	霰雪紛其無垠兮,雲霏霏而承宇。涉冰凍之盛寒。室屋沈没,與天連也。或曰:日以喻君,山以喻臣,霰雪以興殘賊,雲以象佞人。山峻高以蔽日者,謂臣蔽君明也。下幽晦以多雨者,羣下專擅施恩惠也。霰雪紛其無垠者,殘賊之政害仁賢也。雲霏霏而承宇者,佞人並進滿朝廷也。(卷四,頁130—131)	✓	✓	✓
26	《九章·抽思》	願徑逝而未得兮,魂識路之營營。意欲直還,君不納也。精靈主行,往來數也。或曰:識路,知道路也。(卷四,頁140)	#	✓	✓

序號	篇目	《楚辭補注》本	《文選》注本	正德本	夫容館本
27	《遠遊》	仍羽人於丹丘兮,留不死之舊鄉。因就衆仙於明光也。丹丘,晝夜常明也。《九懷》曰:夕宿乎明光。明光,即丹丘也。《山海經》言有羽人之國,不死之民。或曰:人得道,身生毛羽也。(卷五,頁167)	♯	✓	✓
28	《九辯》	泬寥兮,天高而氣清 泬寥,曠蕩空虛也。或曰:泬寥猶蕭條。蕭條,無雲貌也。秋天高朗,體清明也。言天高朗,照見無形。傷君昏亂,不聰明也。(卷八,頁183)	✓	✓	✓
29	《九辯》	獨申旦而不寐兮,哀蟋蟀之宵征。 夜坐視瞻而達明也。見蟄蟲之夜行,自傷放弃,與昆蟲爲雙也。或曰:宵征,謂"七月在野,八月在宇,九月在户,十月蟋蟀入我牀下"。是其宵征。征,行也。(卷八,頁184)	✓	✓	✓
30	《招魂》	去君之恒幹,何爲四方些? 恒,常也。幹,體也。《易》曰:貞者事之幹。言蒐靈當扶人養命,何爲去君之常體,而遠之四方乎?夫人須蒐而生,蒐待人而榮。二者別離,命則實零也。或曰:去君之恒閈。閈,里也。楚人名里曰閈也。(卷九,頁198)	✓	✓	✓

序號	篇目	《楚辭補注》本	《文選》注本	正德本	夫容館本
31	《招魂》	層臺累榭，臨高山些。 層、累，皆重也。無木謂之臺，有木謂之榭。言復作重層之臺，累石之榭，其顛眇眇，上乃臨於高山。或曰：臨高山而作臺榭也。（卷九，頁 202—203）	✓	✓	✓
32	《招魂》	經堂入奧，朱塵筵些。 西南隅謂之奧。朱，丹也。塵，承塵也。筵，席也。《詩》云：肆筵設机。言升殿過堂，入房至室奧處，上則有朱畫承塵，下則有簟筵好席，可以休息也。或曰：朱塵筵，謂承塵搏壁，曼延相連接也。（卷九，頁 203）	✓	✓	✓
33	《招魂》	砥室翠翹，挂曲瓊些。 砥，石名也。《詩》曰：其平如砥。翠，鳥名也。翹，羽也。挂，懸也。曲瓊，玉鉤也。言內卧之室，以砥石爲壁，平而滑澤。以翠鳥之羽，雕飾玉鉤，以懸衣物也。或曰：僵室，謂僵個曲房也。（卷九，頁 203—204）	✓	✓	✓
34	《招魂》	二八侍宿，射遞代些。 二八，二列也。言大夫有二列之樂，故晉悼公賜魏絳女樂二八，歌鍾二肆也。射，猒也。《詩》云：服之無射。遞，更也。言使好女十六人，侍君宴宿，意有厭倦，則使更相代也。或曰：夕遞代。夕，暮也。（卷九，頁 204）	✓	✓	✓

續表

序號	篇目	《楚辭補注》本	《文選》注本	正德本	夫容館本
35	《招魂》	芙蓉始發,雜芰荷些。 芙蓉,蓮華也。芰,菱也。秦人謂之薢茩。言池水之中有芙蓉,始發其華,芰菱雜錯,羅列而生,俱盛茂也。或曰:倚荷,謂荷立生水中持倚之也。(卷九,頁206)	√	√	√
36	《招魂》	紫莖屏風,文緣波些。 屏風,水葵也。言復有水葵,生於池中,其莖紫色,風起水動,波緣其葉上而生文也。或曰:紫莖,言荷莖紫色也。屏風,謂荷葉鄣風也。(卷九,頁206)	√	√	√
37	《招魂》	文異豹飾,侍陂陁些。 豹,猶虎豹。陂陁,長陁也。言侍從之人,皆衣虎豹之文,異采之飾,侍君堂隅,衛階陛也。或曰:侍陂池,謂侍從於君遊陂池之中,赫然光華也。(卷九,頁206)	√	√	√
38	《招魂》	胹鼈炮羔,有柘漿些。 羔,羊子也。柘,藷蔗也。言復以飴蜜胹鼈炮羔,令之爛熟,取藷蔗之汁,爲漿飲也。或曰:血鼈炮羔,和牛五藏爲羔臘,鶩爲羹者也。(卷九,頁208)	√	√	√

續表

序號	篇目	《楚辭補注》本	《文選》注本	正德本	夫容館本
39	《招魂》	二八齊容,起鄭舞些。 齊,同。鄭舞,鄭國之舞也。言二八美女,其儀容齊一,被服同飾,奮袂俱起而鄭舞也。或曰:鄭舞,鄭重屈折而舞也。(卷九,頁210)	×①	√	√
40	《招魂》	菎蔽象棊,有六簙些。 菎,玉也。蔽,簙箸以玉飾之也。或言菎蕗,今之箭囊也。投六箸,行六棊,故爲六簙也。言宴樂既畢,乃設六簙,以菎蔽作箸,象牙爲棊,麗而且好也。(卷九,頁211)	√	√	√
41	《招魂》	分曹並進,遒相迫些。 曹,偶。遒,亦迫。言分曹列偶,並進技巧,投箸行棊,轉相遒迫,使不得擇行也。或曰:分曹並進者,謂並用射禮進也。(卷九,頁212)	√	√	√
42	《招魂》	娛酒不廢,沈日夜些。 娛,樂。言雖以酒相娛樂,不廢政事,晝夜沈湎,以忘憂也。或曰:娛酒不發。發,旦也。《詩》云:明發不寐。言日夜娛樂。又曰:和樂且湛。言晝夜以酒相樂也。(卷九,頁212)	√	√	√

① 按:《文選》李注本有"或曰",唐鈔《文選集注》闕,此處從唐鈔本。

序號	篇目	《楚辭補注》本	《文選》注本	正德本	夫容館本
43	《招魂》	湛湛江水兮,上有楓。 湛湛,水貌。楓,木名也。言湛湛江水,浸潤楓木,使之茂盛。傷己不蒙君惠,而身放弃,曾不若樹木得其所也。或曰:水旁林木中,鳥獸所聚,不可居之也。(卷九,頁 215)	√	√	√
44	《招魂》	目極千里兮傷春心,魂兮歸來哀江南! 言湖澤博平,春時草短,望見千里,令人愁思而傷心也。或曰:蕩春心。蕩,滌也。言春時澤平望遠,可以滌蕩愁思之心也。言魂魄當急來歸,江南土地僻遠,山林嶮阻,誠可哀傷,不足處也。(卷九,頁 215)	√	√	√
45	《大招》	魂乎無東!湯谷宋只。 言魂神不可東行,又有湯谷日之所出,其地無人,視聽宋然,無所見聞。或曰:宋,水蘸之貌。(卷一〇,頁 217)	♯	√	√
46	《大招》	長爪踞牙,誒笑狂只。 誒,猶强也。言西方有神,其狀豬頭從目,被髮鬤鬤,手足長爪,出齒踞牙,得人强笑誒而狂獷也。或曰:誒,笑樂也。謂得人憙樂也。此蓋蓐收神之狀也。(卷一〇,頁 218)	♯	×	×

序號	篇目	《楚辭補注》本	《文選》注本	正德本	夫容館本
47	《大招》	魂乎無北！北有寒山，逴龍赩只。 逴龍，山名也。赩，赤色，無草木貌也。言北方有常寒之山，陰不見日，名曰逴龍。其土赤色，不生草木，不可過之，必凍殺人也。或曰：逴龍，色逴越也。赩，懼也。言起越寒山，赩然而懼，恐不得過也。（卷一〇，頁218）	#	×	×
48	《大招》	五穀六仞，設菰粱只。 五穀，稻、稷、麥、豆、麻也。七尺曰仞。設，施也。菰粱，蔣實，謂雕葫也。言楚國土地肥美，堪用種植五穀，其穗長六仞。又有菰粱之飯，芬香且柔滑也。或曰：仞，因也。以五穀因菰粱廁爲飯也。（卷一〇，頁219）	#	×	×
49	《大招》	吳酸蒿蔞，不沾薄只。 蒿，蘩草也。蔞，香草也。《詩》曰"言采其蔞"也。一作芼蔞。注云："芼，菜也。言吳人善爲羹，其菜若蔞，味無沾薄，言其調也。"沾，多汁也。薄，無味也。言吳人工調鹹酸，爛蒿蔞以爲齏，其味不濃不薄，適甘美也。或曰：吳酸醬酪。醬酪，榆醬也。（卷一〇，頁220）	#	×	×

序號	篇目	《楚辭補注》本	《文選》注本	正德本	夫容館本
50	《大招》	伏戲《駕辯》，楚《勞商》只。 伏戲，古王者也。始作瑟。《駕辯》、《勞商》，皆曲名也。言伏戲氏作瑟，造《駕辯》之曲。楚人因之作《勞商》之歌。皆要妙之音，可樂聽也。或曰：《伏戲》、《駕辯》，皆要妙歌曲也。勞，絞也。以楚聲絞商音，爲之清激也。（卷一〇，頁221）	♯	×	×
51	《大招》	謳和《揚阿》，趙簫倡只。 徒歌曰謳。揚，舉也。阿，曲也。趙，國名也。簫，樂器也。先歌爲倡，言樂人將歌，徐且謳吟，揚舉善曲，乃俱相和。又使趙人吹簫先倡，五聲乃發也。或曰：《謳和》、《揚阿》，皆歌曲也。（卷一〇，頁221）	♯	×	×
52	《大招》	魂乎歸徠！定空桑只。 空桑，瑟名也。《周官》云：古者絃空桑而爲瑟。言魂急徠歸，定意楚國，聽瑟之樂也。或曰：空桑，楚地名。（卷一〇，頁221）	♯	×	×
53	《大招》	魂乎歸徠！鳳皇翔只。 言所居園囿，皆多俊大之鳥，咸有智謨，魂宜來歸，若鳳皇之翔歸有德，就同志也。或曰：鸞、皇以下，皆大鳥，以喻仁智之士。言楚國多賢，魂宜來歸也。（卷一〇，頁224）	♯	×	×

序號	篇目	《楚辭補注》本	《文選》注本	正德本	夫容館本
54	《七諫》	悲楚人之和氏兮,獻寶玉以爲石。遇厲武之不察兮,羌兩足以畢斮。 厲,厲王。武,武王。斮,斷也。昔卞和得寶玉之璞,而獻之楚厲王,或毀之以爲石,王怒,斷其左足。武王即位,和復獻之,武王不察視,又斷其右足。和乃抱寶泣於荆山之下,悲極血出,於是暨成王,乃使工人攻之,果得美玉,世所謂和氏之璧也。或曰:兩足畢索。索,盡也。以言玉石易別於忠佞,尚不能知,己之獲罪,是其常也。(卷一三,頁245)	♯	√	√
55	《哀時命》	釋管晏而任臧獲兮,何權衡之能稱? 臧,爲人所賤繫也。獲,爲人所係得也。言君欲爲政,反置管仲、晏嬰,任用敗軍賤辱係獲之士,何能稱權衡興至治乎?或曰:臧,守藏者也。獲,生禽者也。皆卑賤無知之人。(卷一三,頁263)	♯	√	√
56	《九懷》	結榮茝兮逶逝,將去兮遠遊。 束草陳信,遂奔邁也。遭離於君,之四裔也。《爾雅》曰:林、烝,君也。或曰:烝,進也。言去日進而遠也。(卷一五,頁271)	♯	×	×

序號	篇目	《楚辭補注》本	《文選》注本	正德本	夫容館本
57	《九懷》	登羊角兮扶輿,浮雲漠兮自娛。 陞彼高山,徐顧晼也。乘雲歌吟而遊戲也。或曰:浮雲漢。漢,天河也。(卷一五,頁273)	♯	×	×

第七章　從漢代屈原之爭看王逸
　　　　《楚辭章句》的詮釋方法

一、前　　言

　　《章句》由王逸編成於東漢中後期，是漢代楚辭最具代表的
集大成之作，在楚辭學史上佔有重要的地位。王逸採取"依經釋
騷"的詮釋模式，即是將《楚辭》内容與六經比對，藉由儒家經典
證明屈原合乎"經義"。由於認定"《離騷》之文，依《詩》取興，引
類譬喻"，①《章句》乃透過比興手法來詮釋楚辭，將文中的"善鳥
香草，以配忠貞；惡禽臭物，以比讒佞；靈脩美人，以媲於君，宓
妃佚女，以譬賢臣；虬龍鸞鳳，以托君子；飄風雲霓，以爲小
人"。② 以體現出屈原所蘊藏忠而不用的情志。然而此種詮釋
方法在後世招來不少批評，其中宋代朱熹《集注·序》對王注的
批評可謂最具代表性，他指出王逸注有比附經義、穿鑿附會的
痕迹：

---

① 《楚辭補注》卷一，頁 2—3。
② 《楚辭補注》卷一，頁 2。

　　顧王書之所取舍，與其題號離合之間，多可議者，而洪皆不
能有所是正。至其大義，則又皆未嘗沈潛反復，嗟歎咏歌，以尋
其文詞指意之所出，而遽欲取喻立説、旁引曲證，以强附於其事
之已然。是以或以迂滯而遠於性情，或以迫切而害於義理，使
原之所爲壹鬱而不得申於當年者，又晦昧而不見白於後世。①

朱子認爲王逸未能細探原意，犯上"遽欲取喻立説"的毛病。所謂
"取喻立説"是指作者用比喻之法隱藏本意，②注者探尋文本原意
時不能只直解文字的表層意思，而須以其他方法尋探文辭背後的
深意。事實上朱子並非反對王逸以比興方法闡明屈原的意旨，而
是批評王逸濫用取喻之法，曲解文本，使屈原無法申訴的鬱結在注
解下再度被掩埋，不見於後世。

　　朱子的批評在後世得到進一步引申，如明代汪瑗（？—1566？）
《楚辭集解》在《離騷》"朝搴阰之木蘭兮，夕攬洲之宿莽"一句，王逸
注中云：

　　　　言己旦起陞山采木蘭，上事太陽，承天度也；夕入洲澤采
　　取宿莽，下奉太陰，順地數也。動以神祇，自敕誨也。木蘭去
　　皮不死，宿莽遇冬不枯，以喻讒人雖欲困己，己受天性，終不可
　　變易也。③

---

　　① 《楚辭集注·目録》，頁3。
　　② "取喻立説"即王逸的"引類譬諭"説和"比興手法"，見《楚辭補注》卷一，頁2。
有關王逸《章句》運用取喻之法可參吳旻旻：《香草美人文學傳統》，頁79—82。至於比
興方法對箋釋的影響，可參顏崑陽：《李商隱詩箋釋方法論——中國古典詮釋學例説·
"比興"觀念的窄化及其誤判》，臺北：里仁書局，2005年，頁131—158。
　　③ 《楚辭補注》卷一，頁6。

汪氏指出：“其説迂遠支離之甚。‘朝’、‘夕’二字不過言已汲汲自修、朝夕不忘所有事之意耳，奚必如此之深求而穿鑿也哉！”①的確，王逸詮釋楚辭時常以自己想象的屈原故事坐實文義，但問題是爲何王逸大量使用引喻取譬方法來注釋楚辭？

　　上文援引朱熹和汪瑗對王逸的批評，目的並非簡單地評斷孰是孰非。反過來説，上述的批評都建基於同一種想法，即認爲注者的注釋應當盡量貼近作者原意，將文本中的原有意旨反映出來。歷來的學者幾乎都認定是由於王逸受到經學影響，基於現實需要而求索比興意象的政治寓意，特別看重詩歌的比興寄托，而醉心於揭示詩人深藏其中的隱秘的指涉，②這種看法已成爲現代研究者理解王逸《章句》的基本共識。然而這種過於廣泛而無所不包的“共識”卻也反過來窒礙了探究王逸詮釋方法的嘗試。如果從漢代屈原之爭來看，漢人對於屈原及其作品的評價，幾乎都是從經學以及儒家的綱常倫理規範出發。當時王逸面對的最大挑戰是同樣執持經學道德標準的班固等人之“非屈”主張。如果説兩派的爭論的差異乃是同一方法論下，不同操作方式導致的詮釋分別，③那麼身爲儒者的王逸到底是如何能在這樣的時代背景下突破經學的“框架”，重新建立屈原的形象，以爭取詮釋權？從這個角度出發，我們或許能藉此重新審視當時的注釋家在儒家權威下如何利用不同的詮釋策略，以開拓新的詮釋空間。

　　①　《楚辭集解》，頁310。
　　②　廖棟樑：《“文”的譜系——〈楚辭〉藝術性的探討》，《倫理·歷史·藝術：古代楚辭學的建構》，頁261。
　　③　吳旻旻：《漢代楚辭學研究——知識主體的心靈鏡像》，臺北：花木蘭文化出版社，2009年，頁103—104。

　　另一方面，前人論到漢代屈原之爭，往往單憑《章句》總序和每篇作品前附的序言來闡釋王逸的觀點。由於過度"信賴"序言，卻未落實到王逸實際的詮釋操作來確認兩者是否名實相副，造成序言的作用被過度地誇大，亦有簡化王逸之嫌。序言固然有助於我們了解王逸的意圖，然而更重要的仍然是要落實到他的實踐中去評論，由此或可進一步釐清王逸如何於漢代屈原之爭的背景下，回應前人的種種爭論，而構建出新的詮釋權威。

　　本章試圖由漢代的論屈之爭切入，重新論述王逸《章句》的詮釋方法，首先說明漢代論屈之爭的內容和兩漢人評價屈原的觀點，了解漢人論屈的主張和方法。其次分析《章句》如何重新塑造屈原的形象，以回應前人對屈原的各種批評。最後，將王逸論屈原的方法置於整個漢代論爭的脈絡中來考察，指出王逸所展現出的另類詮釋方法，以及在楚辭詮釋上的意義。

二、漢代論屈之爭的內容與詮釋方法

　　漢代的論屈之爭，簡括而言就是屈原的"人格"之爭，①爭論的重點不離屈原的行為與品格。漢代的屈原形象主要體現於《史記·屈原賈生列傳》所述，即屈原行為忠直，具有治國之才，其"博聞彊志，明於治亂，嫻於辭令。入則與王圖議國事，以出號令；出則

―――――――――――――

　　①　曹晉《屈原與司馬遷的人格悲劇》指出"品格僅指人格的一部分。阿爾波特認為它是'估值的人格'（personality evaluated）即'人格的尺度'，品格僅限於對人的倫理道德的定義，只能說人格愈健全，品格愈高尚。清代以前的《楚辭》學者沒有用'人格'一詞來評價值屈原，但在他們的評述裏已包含了'人格'的某些層面，主要集中於屈原的道德情操與愛國精神"。上海：上海古籍出版社，2008年，頁6。本章對於人格的理解基本依循曹氏之說。

接遇賓客,應對諸侯。王甚任之".① 後來被同朝大臣排擠,楚王
卻不辯曲直而聽信讒言,乃疏遠流放屈原,以致其沉江而死。屈原
忠而被謗,最後投江而死的行爲,充分表現出知識分子的風範,然
而漢人認爲最能表現屈原人格的是他"投江"的這一舉動,並由此
引發了一連串争論。因此,要探究漢人論屈的核心和方法,仔細分
析他們如何評論"投江"一事就是最好的切入點。

《史記》説屈原因與上官大夫争寵而遭流放,"王怒而疏屈平",
楚懷王(約前355—前296)客死秦國,頃襄王(? —前263)即位,
"屈平既嫉之,雖放流,睠顧楚國,繫心懷王,不忘欲反,冀幸君之一
悟,俗之一改也".② 司馬遷認爲屈原被君王放逐兩次,成爲棄臣。
流放意味屈原失去了政治權力和拯救楚國的能力,故作品中屢屢
發出"傷靈脩之數化"、"怨靈脩之浩蕩"的"憤言",甚至以"壅君"等
激烈用辭直斥君王昏庸。③ 王充(27—約97)認爲屈原難忍怨憤,
所謂"屈原懷恨,自投湘江,湘江不爲濤".④ 唐人劉知幾(661—
721)更謂:"懷、襄不道,其惡存於楚賦."⑤都認爲屈原的文章都是
爲批評君主而寫的。

然兩漢人理解屈原之"怨憤"並非如此單一化,如劉安推崇《離
騷》,指出:

　　　　《國風》好色而不淫,《小雅》怨誹而不亂,若《離騷》者,可

---

① 《史記》卷八四,頁2481。
② 《史記》卷八四,頁2485。
③ 《楚辭補注》卷一,頁10、14;卷四,頁150。
④ 王充撰,黄暉校釋:《論衡校釋》,北京:中華書局,1990年,卷四,頁182。
⑤ 《史通新校注》,頁304。

謂兼之。蟬蜕濁穢之中，浮游塵埃之外，皭然泥而不滓；推此志，雖與日月争光可也。①

李大明認爲"好色不淫"和"怨誹而不亂"的評語出自《論語·八佾》"《關雎》樂而不淫，哀而不傷"和《左傳·襄公二十九年》季札論《詩》"勤而不怨"、"樂而不淫"，都是儒家提倡的詩教觀。② 劉安是想藉此將屈原連接至儒家學説，給予屈原人格在儒家學説脈絡下的合法性。③ 也就是説，劉安没有直接否認屈原之"怨"，反而以詩教之旨賦予"怨"以合法地位，化解了屈原被批評激越不合儒家之道。再看司馬遷之論，雖如劉安一樣給予正面評價，但兩者出發點不同，他是循人的本質來了解"怨"的緣起：

> 《離騷》者，猶離憂也。夫天者，人之始也；父母者，人之本也。人窮則反本，故勞苦倦極，未嘗不呼天也；疾痛慘怛，未嘗不呼父母也。屈平正道直行，竭忠盡智以事其君，讒人間之，可謂窮矣。信而見疑，忠而被謗，能無怨乎？④

史遷回到人的本性來理解屈原之"怨"，認爲並非失德的表現，相對而言，較劉安更强調抒發個人之情感，但兩者的解釋互補充，把屈原的"怨"起於竭忠事君，已有相當濃厚的儒家説教意味。

---

① 此處引用出自班固《離騷傳·序》，見《楚辭補注》卷一，頁49。
② 《漢楚辭學史》，頁93。
③ 然而劉安的論述内容仍然摻雜道家的思想，尚不算確切地把儒學貫徹至終。詳細内容，可參李大明：《漢楚辭學史》，頁95—96。
④ 《史記》卷八四，頁2482。

　　漢人以儒論屈，表揚屈原的忠貞，早至西漢嚴忌（約前 188—前 105）《哀時命》中已將屈原和伍子胥（？—前 484）並觀，觀嚴氏謂："子胥死而成義兮，屈原沈於汨羅。雖體解其不變兮，豈忠信之可化？"①實是將伍子胥諫諍吳王夫差（？—前 473）滅越不果而被君王賜死，等同於屈原諫君不成，自沉汨羅。但嚴氏之論"忠信之義"的核心，稍別於漢代以君主爲綱的儒家綱常倫理。② 漢代正統思想以三綱説最具代表，據《後漢書・儒林傳》記載：

> 然所談者仁義，所傳者聖法也。故人識君臣父子之綱，家知違邪歸正之路。③

其中推崇"人識君臣父子之綱"，主張士子需具備盡忠君國的道德行爲，即類同於司馬遷論評屈賦"存君興國而欲反覆之，一篇之中三致志焉"的意思。④

　　漢人以儒學論屈原，至班固時已演成貶抑屈原的理據，其《離騷序》顯而從君王立場，嚴厲批評屈原因"怨"而"投江"：

> 責數懷王，怨惡椒、蘭，愁神苦思，强非其人，忿懟不容，沈江而死，亦貶絜狂狷景行之士。⑤

---

　　①　《楚辭補注》卷一四，頁 265—266。

　　②　魯瑞菁指出"先秦原非是一個臣子對君主的倫常行爲概念，而是一個君主對人民的政治行事概念"。魯瑞菁：《論王逸〈楚辭章句〉的聖人觀》，《臺灣學術新視野——中國文學之部（一）》，臺北：五南圖書出版公司，2007 年，頁 52。

　　③　《後漢書》卷七九，頁 2589。

　　④　《史記》卷八四，頁 2485。

　　⑤　《楚辭補注》卷一，頁 49。

以上班固主要批評屈原不應因不受重用便責罵懷王,怨惡子椒、子蘭,可知他將投江致死的責任歸咎於屈原本人。此種看法,漢人雖未必完全同意,但把懷王的責任推與君王身邊的讒邪之士。[①] 譬如《史記》謂"上官大夫與之同列,爭寵而心害其能";[②]桓寬(生卒年不詳,漢宣帝時人)《鹽鐵論·非鞅》亦謂"是以上官大夫短屈原於頃襄";[③]至王符《潛夫論·明暗》則謂:"屈原得君而椒、蘭搆讒。"[④]如此等爲君王諱的説法,是爲了將屈原自沉的責任歸咎於小人惡行的挑撥,君王的罪責充其量只限於輔助的角色。[⑤] 值得一提的是漢人不但將批評轉移至小人身上,同時對屈原逞智使能的行徑亦加以懷疑。關於屈原之爲人處事,《史記》的記載最詳細,其謂屈原嫻熟辭令,長於外交:

> 博聞彊志,明於治亂,嫻於辭令。入則與王圖議國事,以出號令;出則接遇賓客,應對諸侯。王甚任之。[⑥]

---

①　如司馬遷《屈原賈生列傳》指出:"懷王以不知忠臣之分,故内惑於鄭袖,外欺於張儀,疏屈平而信上官大夫、令尹子蘭。兵挫地削,亡其六郡,身客死於秦,爲天下笑。此不知人之禍也。《易》曰:'井泄不食,爲我心惻,可以汲。王明,並受其福。'王之不明,豈足福哉!"又如《太史公自序》:"懷王客死,蘭咎屈原,好諛信讒,楚幷於秦。"《史記》,卷八四,頁 2485;卷一三〇,頁 3309。

②　《史記》卷八四,頁 2481。

③　桓寬著,王利器校注:《鹽鐵論校注》,天津:天津古籍出版社,1983 年,卷二,頁 95。

④　王符著,汪繼培箋,彭鐸校正:《潛夫論箋校正》,北京:中華書局,1985 年,卷二,頁 60。

⑤　吳旻旻亦謂:"對於屈原被同朝大臣讒言陷害,漢儒理解的角度,乃超越政治鬥爭的層次,而是視之爲邪曲傷害賢直、小人欺負君子,隱涵道德意義與價值評斷的不公平經驗。"《漢代楚辭學研究——知識主體的心靈鏡像》,頁 66。

⑥　《史記》卷八四,頁 2481。

漢人如揚雄(前53—18)的《法言》道出屈原的"智"：

　　　　或問："屈原智乎?"曰："如玉如瑩,爰變丹青。如其智！如其智！"①

揚雄表面讚揚屈原之智,實則暗批屈原逞智使能,但他稱屈原"如玉如瑩",似乎貶屈之餘也帶有讚賞之意,不如後來班固論屈原毫無保留地訾議："露才揚己,競乎危國羣小之間,以離讒賊。"②班固評屈原"露才揚己",注意到屈原之智,但不同於揚雄等人,班固指出正是因其"才"令屈原陷入重重危機,導致發生沉江悲劇,楚國無法得以保存。班固如此指責屈原,文中又將"羣小"描述成"讒賊",可知他非不辨忠姦,只是身處岌岌可危的國勢時,若再貿然發起對抗讒賊的行動,實非明智之舉,這跟他一貫存身保命之理念相通,背後隱含的根本是儒家自身處世之道,③有關這點的分析,詳見

----

① 汪榮寶撰,陳仲夫點校:《法言義疏》,北京:中華書局,1987年,卷三,頁57。
② 《楚辭補注》卷一,頁49。
③ 正如李誠《楚辭論稿》指出:"班固對人的評價,往往是從儒家學説中較爲消極保守的觀念即明哲保身的觀念出發的。但這僅僅是他看人的一方面,而不能忽略的另一方面是,班固又是一位傑出的歷史學家,他服膺司馬遷的'良史之材',因而對於基本的歷史事實,包括對人物的記敘和基本定性,卻又不願脱離歷史的真實。因而他的論人,如同其論文,又是以雙重標準來衡量的。"北京:中國社會科學出版社,華齡出版社,2006年增訂本,頁513。又班固奏記干求東平王是年輕時求仕的進取表現,與後來批評屈原廁身於官場,身份已有明顯的不同。正是如此,岡村繁亦指出:"出仕宮廷後的班固無論是編述《漢書》或是創作賦、頌,乃至生活的各種場面,都使人感到他是一個爲迎合權勢而不惜混淆視聽的人。致使他以這種生活態度終其生涯的原因恐正是其在《離騷序》《楚辭》王逸注本所收)中所强調的'明哲保身'的處世哲學。"岡村繁著,陸曉光譯:《班固與張衡——論兩者創作態度的異質性》,《周漢文學史考》,上海:上海古籍出版社,2002年,頁227。

下文。

　　從上述分析可見，漢人對屈原看法頗不一致，若仔細分析漢人悲嘆屈原投江的內容，可見當中有着他們想象屈原如沒有陷身自溺時而可能出現的情況。例如賈誼（前 200—前 168)《惜誓》謂：

　　　　　　彼聖人之神德兮，遠濁世而自藏。使麒麟可得羈而係兮，又何以異虖犬羊?①

賈誼以"聖人"比擬屈原的智德之材，若處身紛紜的濁世，就應當避免汲汲用世，以保存性命爲重，否則同犬羊般無異，可見賈誼認爲不遇時最好的處世方式是隱藏己身。揚雄論屈，同樣不主張積極用世，但他訴之時命觀謂："君子得時則大行，不得時則龍蛇，遇不遇命也，何必湛身哉!"②揚雄相信人生遇與不遇是由時命決定，並執持這種時命論，以爲君子不遇則潛藏己身，不必沉江自盡。揚雄的時命觀後來得到班固的宏揚，變成他貶屈的一個重要理由：③

　　　　　　且君子道窮，命矣。故潛龍不見是而無悶，《關雎》哀周道

---

　　① 《楚辭補注》卷一一，頁 231。
　　② 《漢書》卷八七，頁 3515。吳旻旻指出嚴忌、東方朔、劉向也都關注於時命感受，但與揚雄所論極爲不同，一者是融入主體感受，抒發時命不當的慼傷；一者是客觀抽離，推向形上的哲學思考。《漢代楚辭學研究——知識主體的心靈鏡像》，頁 93。
　　③ 需要指出班固之父班彪(3—54)亦執持此種論調，其《悼騷賦》："夫華植之有零茂，故陰陽之度也；聖哲之有窮達，亦命之故也。惟達人進止得時，行以遂伸，否則詘而圻蠖，體龍蛇以幽潛。"《全後漢文》，頁 229。

　　　而不傷。蘧瑗持可懷之智，甯武保如愚之性，咸以全命避害，
　　　不受世患。故《大雅》曰：既明且哲，以保其身。斯爲貴矣。①

班固之言都是出自儒家典籍，如"君子道窮"是從《論語》"君子固
窮"演變而來，"潛龍不見是而無悶"是櫽括《易》"潛龍勿用"，《關
雎》和《大雅》則是《詩經》的篇目，可見他是以儒家之道應付時人的
説法，因此班固主張存命避害是"儒隱"的做法，並不同於賈誼"道
隱"，主張"歸真反璞"。② 值得一提的是司馬遷評論屈原"以彼其
材，游諸侯，何國不容，而自令若是"，③認爲屈原應該乾脆遠離楚
國，另謀遠就，此種積極之説與他本身懷才不遇的情志不無關
聯，④卻與前説消極的態度大相逕庭。

　　無論如何，漢人所論屈原已被籠罩於儒家光環下，變成忠臣的
"代言人"，此種論點實跟漢代政治背景有密切關係。西漢的立國
本由楚地出身的劉邦（前 256—前 195）取得治權，劉邦極受楚文化
薰陶，⑤後來的君主更表現出熱愛楚辭的態度，⑥如以楚辭作爲徵
召文士爲官，籠絡知識分子的手段，最爲有名的當推侍臣朱買臣

---

① 《楚辭補注》卷一，頁 49。
② 《漢代楚辭學研究——知識主體的心靈鏡像》，頁 98。
③ 《史記》卷八四，頁 2503。
④ 《漢楚辭學史》，頁 159。
⑤ 徐復觀指出："《離騷》在漢代文學中所以能發生鉅大地影響，一方面固然是因
爲出身豐沛的政治集團，特別喜歡'楚聲'，而不斷地加以提倡。"《兩漢思想史》，上海：
華東師範大學出版社，2001 年，卷一，頁 168。
⑥ 如劉邦喜愛楚冠楚服，又好楚聲、楚舞、楚歌。後來的武帝更獨愛《離騷》，令淮
南王劉安爲之作《離騷傳》，開創楚辭注釋的先河。漢宣帝雅好儒學，不但喜好《楚辭》、
造歌詩，更嘗將楚辭與"古詩同義"比合，大有提升楚辭的地位。以上記載見於班固撰，
顏師古注：《漢書》卷四〇，頁 2036；卷四四，頁 2145；卷六四，頁 2829。

（？—前 115）因"言楚詞"拜中大夫，①九江被公（生卒年不詳）後也因"能爲楚辭"受徵召。② 文人士子能因楚辭獲君主尊崇禮遇，不免引發更多人由此求取仕宦，楚辭之興也順勢而起。然而，不能忽視的是文人參與楚辭創作，卻將屈原有關不遇的題材通通化成創作的泉源，以借屈原不遇來寄喻個人失志情懷。洪興祖就指出賈誼的《弔屈原文》："不過哀其不遇而已。"③大量文人參與辭賦創作，使楚辭倍受注視，原來戰國時楚辭只限於南方"以相教習"，頓時登入北方大雅之堂。不過，當獨尊儒術的大環境漸趨成熟後，楚辭之詮釋就不得不受政治規範，個人情感的抒發更限制於儒家法則下，屈原的一言一行也因此成爲儒者經學化的產物。漢代評屈之所以特別重視人格，原因即在處於此種經學的環境之內。

　　透過以上分析可知王逸之前，兩漢人已不時非議屈原的行徑，然對其忠貞本質卻甚少置疑，所以漢人論屈之爭並不是要質疑屈原的忠貞，反而是着力於屈原的忠貞行爲跟道德法則的規範有多大距離。其實，漢人沒有否定屈原忠誠之志，與其説是他們感懷屈原身世時摻雜的同悲之情，致使他們無法作出客觀的評述，毋寧説是政治規範的忠貞價值觀，介入了他們的詮釋行爲。雖然漢人曾想象屈原可以不自絕的可能性，隨着後來班固用儒家的詮解手法，此種表達個人心境的自處方法也隨之置入儒家的範疇。這種預定的政治立場，使漢人歸咎屈原逞智使能，招致小人疾忌而投江致死。屈原不遇引起的"怨憤"之情，不論是劉安的褒屈還是班固的

---

①　《漢書》卷六四，頁 2791。
②　《漢書》卷六四，頁 2821。
③　《楚辭補注》卷一，頁 50。

貶屈，基本上都在儒家中尋找各自合適的詮釋法則，可見主導漢代屈原之爭的論調就是儒家的勢力。①

三、《楚辭章句》對屈原形象的
重新塑造與詮釋

通過前面的梳理，可知漢人論屈之意見分歧，是在於投江一事引起的道德紛爭。漢人塑造出的屈原形象雖不及後來王逸描述的全面，然屈原的儒者形象已漸漸形成。以下將透過三個角度，探究王逸在注釋中如何繼承前代，另行構造屈原的新形象，此種討論一方面可接續之前有關漢人的論議，另一方面體現出王逸詮釋的特色。

（一）從"忠臣"到"聖賢"

漢人描述屈原的忠貞，多用"忠"或"忠信"等的詞語。如以《章句》序文和注文統計，"忠"字的次數超過二百五十次。然王逸不但單言"忠"字，《章句》刻劃屈原之"忠貞"有不同的表述，如"忠信"、"忠正"、"忠厚"，②試看如以下四篇《章句》序文：

> 《九章》："言己所陳忠信之道，甚著明也。"
> 《遠遊》："忠信之篤，仁義之厚也。"
> 《卜居》："屈原體忠貞之性，而見嫉妒。"

---

① 透過論爭的過程會發現過去研究者劃分褒、貶兩方不够全面，譬如司馬遷推揚屈原忠誠可貴之餘，也批評屈原死困楚國不智。班固指責屈原人格偏激，也没妨礙他讚揚屈原文采斐然。由此看來，所謂褒、貶的兩種評屈觀不如後世想見的完全壁壘分明，無法謀合。至於王逸重塑屈原形象的背後是否還涉及當時儒學觀念的變化，以目前所掌握的資料而言，尚難進一步推論。

② 許子濱：《王逸〈楚辭章句〉發微》，頁167。

《九辯》："屈原懷忠貞之性,而被讒邪。"①

至於注釋中表現"忠貞"的形象更是多不勝數,例如:

> 《湘君》："屈原言己執忠信之行,以事於君,其志不合,猶入池涉水而求薜荔,登山緣木而采芙蓉,固不可得也。"
>
> 《山鬼》："言己所以怨公子椒者,以其知己忠信,而不肯達,故我悵然失志而忘歸也。"
>
> 《惜誦》："言己志行忠信正直,性若金石,故爲讒人所危殆。"
>
> 《橘頌》："言屈原自知爲讒佞所害,心中覺寤,然不可變節,猶行忠直,橫立自持,不隨俗人也。"②

王逸跟前人一樣,於用語上多稱屈原爲"忠臣",但所理解的"忠臣"卻更接近儒家所謂的"聖賢"境界,③一方面王逸將屈原的行爲跟比干等聖賢人物相提並論,另一方面將屈原的才能提升到不同於凡人的"類聖"境界,此即洪興祖指出:"屈子之事,蓋聖賢之變者。使遇孔子,當與三仁同稱雄,未足以與此。"④屈原作爲聖人,自然

---

① 《楚辭補注》卷四,頁 121;卷五,頁 163;卷六,頁 176;卷八,頁 182。

② 《楚辭補注》卷二,頁 62、81;卷四,頁 125、154。

③ 魯瑞菁認爲從儒家的角度來看,經典唯有聖人可以傳述、創作,所以可以推測,王逸心中亦將屈原目爲聖人。見魯瑞菁:《論王逸〈楚辭章句〉的聖人觀》,頁 31。

④ 《楚辭補注》卷一,頁 51。"三仁"即《論語・微子》記載的"微子去之,箕子爲之奴,比干諫而死"的"殷有三仁"。《十三經注疏》整理委員會:《論語注疏》卷一八,頁 280。王逸常以比干比附屈原,如《離騷後序》"是以伍子胥不恨於浮江,比干不悔於剖心,然後忠立而行成"。又如《離騷》"悔相道之不察兮,延佇乎吾將反",注:"言己自悔恨,相視事君之道不明審,當若比干伏節死義。"《楚辭補注》卷一,頁 48、16。

要擁有超凡的能力，王逸注中於此著力尤多。

譬如，王逸稱屈原出生時"得陰陽之中正也"；①"正則"的稱名則"皆合天地之正中"；②而屈原"内含天地之美氣"，可參通天地，跟神明相接，③如《橘頌》"秉德無私，參天地兮"，王逸注便謂：

> 言己執履忠正，行無私阿，故參配天地，通之神明，使知之也。④

此中極力營造出屈原擁有超越常人的能力，掌握和神明溝通的力量，故當屈原遭受君王流放，徬徨山澤之時，就可以上天下地的求索天帝，傾訴冤屈，例如以下兩例：

> 《離騷》："濟沅湘以南征兮，就重華而敶詞。"《章句》："言己依聖王法而行，不容於世，故欲渡沅、湘之水南行，就舜敶詞自説，稽疑聖帝，冀聞祕要，以自開悟也。"
>
> 《九歌·大司命》："吾與君兮齋速，導帝之兮九坑。"《章句》："言己願修飾，急疾齋戒，侍從於君，導迎天帝，出入九州之山。冀得陳己情也。"⑤

誠如魯瑞菁指出：

---

① 《楚辭補注》卷一，頁3。
② 《楚辭補注》卷一，頁4。
③ 《楚辭補注》卷一，頁4。
④ 《楚辭補注》卷四，頁155。
⑤ 《楚辭補注》卷一，頁20；卷二，頁69。

屈原能合天地之中正、能與天地合德，即能參贊天地之化育，適成三才之德性，此乃儒家《易傳》之神聖義理。[1]

然王逸除了誇大屈原的能力外，並跟儒家"聖人"孔子（前 551—前479)作一比較。《章句·前序》中提到：

> 昔者孔子睿聖明喆，天生不羣，定經術，删《詩》、《書》，正禮樂，制作《春秋》，以爲後王法。門人三千，罔不昭達。臨終之日，則大義乖而微言絶。其後周室衰微，戰國並爭，道德陵遲，譎詐萌生。於是楊、墨、鄒、孟、孫、韓之徒，各以所知著造傳記，或以述古，或以明世。而屈原履忠被譖，憂悲愁思，獨依詩人之義而作《離騷》。[2]

按王逸的詮解，指出孔子的儒道自他没後便逐漸旁落，異端邪説和諸子百家趁此時競相而起，而屈原滿懷幽憤創作的《離騷》恰好於此"獨依詩人之義"。由此來看，王逸並不是從文學價值來肯定屈原，而是將之比作繼承孔子志懷的傳人。屈原固非師承於孔子，但王逸用了極爲巧妙的説法，指出孔子"門人三千，罔不昭達"，意即孔子的學徒没有得到孔子的真傳，反而由於屈原"履忠被譖"，跟孔子心志互通，遂能够成爲繼承孔子儒家道統的傳述者。雖然屈原是"詩人"，但"詩人之義"的"義"字説明了王逸所理解的屈原，其内

---

[1] 魯瑞菁：《論王逸〈楚辭章句〉的聖人觀》，頁 32—33。又王逸此種解釋受到儒家的陰陽五行思想影響，可參徐利華：《論陰陽五行説對〈楚辭章句〉的影響》，《唐山師範學院學報》第 6 期(2008 年)，頁 33—36。

[2] 《楚辭補注》卷一，頁 47—48。

容不離其表述志懷的目的。施奈德（Laurence A. Schneider）曾指出：

> 孔子是通過《詩經》而成爲對於"唐虞盛世"以及"道"的傳播者那樣；王逸也是通過《離騷》作同樣的傳播。這使屈原也因王逸而取得他的聲譽。①

事實上，唯有如此理解屈原聖賢的身份，纔能明白王逸爲什麼硬要將書中意旨比附爲"依托五經以立義"的形式。"依托五經以立義"的宗旨是指屈原創作取材皆自儒家的"五經"，"五經"不是一字一句地抄錄，在楚辭裏面均已經過屈原消化，再用他自己的文字演繹出來，王逸認爲從《離騷》可以找出"依托五經以立義"的痕迹：

> "帝高陽之苗裔"，則"厥初生民，時惟姜嫄"也；"紉秋蘭以爲佩"，則"將翶將翔，佩玉瓊琚"也；"夕攬洲之宿莽"，則《易》"潛龍勿用"也；"駟玉虬而乘鷖"，則"時乘六龍以御天"也。"就重華而陳詞"，則《尚書》咎繇之謀謨也；"登崑崙而涉流沙"，則《禹貢》之敷土也。②

王逸旨在證明屈原的作品不是憑空想象出來的，而是字字句句皆

---

① 勞倫斯・A・施奈德著，張嘯虎、蔡靖泉譯，張嘯虎校：《楚國狂人屈原與中國政治神話》，武漢：湖北教育出版社，1990 年，頁 30。後人亦常將屈原的觀點，視作孔子之道的傳承，如李大明《漢楚辭學史》謂："王逸對屈原的評價和推崇，正是以孔子所謂'殺身以成仁'的觀點爲宗。"頁 363。

② 《楚辭補注》卷一，頁 49。

有其來歷,也就是說屈原沿循孔子一路以來的道統,事事曉合經義,纔能創作出同經義相通的作品,可見王逸理解的屈原非一般儒者忠臣可相比。①

(二)從"怨憤說"到"諷諫說"

王逸另一重要的詮釋策略是解釋屈原作品中的"怨憤"之言。劉安認爲屈原的"怨憤"跟詩教傳統若合符節,但遭班固指責爲"斯過其真"。② 王逸對屈原是否"怨憤"的判斷卻不在"怨"的本身,而是先去解釋此種行爲是否合法,《章句·後敘》指出:

> 且詩人怨主刺上曰:"嗚呼! 小子,未知臧否,匪面命之,言提其耳!"風諫之語,於斯爲切。然仲尼論之,以爲大雅。③

儒家向君主進諫有"諷諫"之說,《說苑·正諫》記載其内容:

> 一曰正諫,二曰降諫,三曰忠諫,四曰戇諫,五曰諷諫。④

孔子最推崇"諷諫",所謂:"諫有五,吾其從諷諫。"⑤據《白虎通》所載,孔子獨好"諷諫",因爲:"(諷諫)事君進思盡忠,退思補過,去而

---

① 是以後世文人多將屈原所作視作接續《詩經》以來的傳統,如明代申時行(1535—1614)所謂"蓋屈平處臣之厄,而《離騷》極風、雅之變,上續《詩》統,而下開百代之詞賦者也"。《重刻楚辭序》,收入王逸撰,朱燮元、朱一龍校,西村時彦批校:《楚辭章句》,黄靈庚主編:《楚辭文獻叢刊》,北京:國家圖書館出版社,2014年,第6册,頁2b,總頁391。

② 具體論述可見上文,此處不贅。

③ 《楚辭補注》卷一,頁49。

④ 劉向撰,向宗魯校證:《說苑校證》卷九,北京:中華書局,1987年,頁206。

⑤ 《說苑校證》卷九,頁206。

不訕,諫而不露。"①儒家講求中庸溫和,"諫而不露"的柔性手段,有助避免激化諫諍者的行爲,又可兼存君王體面之意,故爲孔子所推崇。孔子既以爲"諷諫"爲"大雅",王逸便順勢指出屈原遵從"諷諫"之説實合乎儒家道統。王逸藉着孔子的權威,得以肯定屈原"諷諫"行爲的合法性。正因將儒家服膺的"諷諫説"放在屈原創作意圖上,王逸纔會處處強調屈原"諷諫"君主的目的,如以下三例:

> 《章句·後序》:"獨依詩人之義而作《離騷》,上以諷諫,下以自慰。遭時闇亂,不見省納,不勝憤懣,遂復作《九歌》以下凡二十五篇。"
> 《九辯序》:"而作《九歌》、《九章》之頌,以諷諫懷王。"
> 《招魂序》:"故作《招魂》,欲以復其精神,延其年壽。外陳四方之惡,内崇楚國之美,以諷諫懷王,冀其覺悟而還之也。"②

與"諷諫"同義的還有"刺",凡遇到涉及君王"不當行爲"的句子,王逸皆刻意標明爲"刺"或"諷諫",例如:

> 《九章·涉江》:"旦余濟乎江湘。"《章句》:"言已放棄,以明旦之時始去,遂渡江湘之水。言明旦者,紀時明,刺君不明也。"
> 《九章·哀郢》:"出國門而軫懷兮,甲之鼉吾以行。"《章句》:"屈原放出郢門,心痛而思,始去,正以甲日之旦而行。紀

---

① 陳立撰,吳則虞點校:《白虎通疏證》卷五,北京:中華書局,1994年,頁236。
② 《楚辭補注》卷一,頁48;卷八,頁182;卷九,頁197。

時日清明者,刺君不聰明也。"

《惜誓序》:"言哀惜懷王,與己信約,而復背之也。古者君臣將共爲治,必以信誓相約,然後言乃從而身以親也。蓋刺懷王有始而無終也。"

《七諫》:"鳥獸驚而失羣兮,猶高飛而哀鳴。"《章句》:"言鳥獸失其羣偶,尚哀鳴相求,以刺同位之人,曾無相念之意也。"

《九歎》:"與《離騷》之微文兮,冀靈修之壹悟。還余車於南郢兮,復往軌於初古。"《章句》:"言己雖見放逐,猶興《離騷》之文以諷諫其君,冀其心一寤,有命還己,己復得乘車周行楚國,脩古始之轍迹也。"①

以上各例雖以諷諫君王爲主,但執掌權位的大臣,"同位之人",亦被納入屈原"怨、刺"的對象範圍。王逸結合這些批評,力圖改變屈原訴諸個人的怨憤之情,而成爲以家國爲旨的忠誠之情。

(三) 從"投江"到"同姓無相去之義"

屈原投江原是漢人論屈的主要論題,但在王逸的重新解釋下,屈原投江自盡是別無他法的選擇,認爲漢人以消極的人生觀和另謀遠就的去國論看待屈原都是對其本意的曲解。

由《章句·離騷經序》會發現王逸嘗試以"同姓無相去之義"這個前人所未發的觀點理解屈原的"忠":②

---

① 《楚辭補注》卷四,頁 129、133;卷一一,頁 227;卷一三,頁 248—249;卷一六,頁 307。

② 關於《章句》"同姓無相去之義"的考證,可參許子濱:《王逸〈楚辭章句〉發微》,頁 40—165。

　　《離騷經》者,屈原之所作也。屈原與楚同姓,仕於懷王,
爲三閭大夫。三閭之職,掌王族三姓,曰昭、屈、景。屈原序其
譜屬,率其賢良,以屬國士。入則與王圖議政事,決定嫌疑。
出則監察羣下,應對諸侯。謀行職修,王甚珍之。①

《史記正義》謂:

　　屈、景、昭皆楚之族。王逸云:"楚王始都是,生子瑕,受屈
爲卿,因以爲氏。"②

《離騷》首句"帝高陽之苗裔,朕皇考曰伯庸",③是屈原自陳家世之
説,强調了自己宗族的來源。王逸找到楚王先祖"高陽氏"跟屈原
的同姓關係,論定屈原是爲了顧念宗族之情纏導致後來的遭遇。④
劉獻廷(1648—1695)《離騷經講録》已指出:

　　千秋萬世之下,以屈子爲忠者無異辭矣。然而未嘗有知
其爲孝者也。其《離騷》一經,開口曰:"帝高陽之苗裔矣,朕皇
考曰伯庸",則屈子爲楚國之宗臣矣。屈子既爲楚國之宗臣,
則國事即其家事,盡心於君,即是盡心於父,故忠孝本無二致。
然在他人,或可分爲兩,若屈子者,盡忠即所以盡孝,盡孝亦即

---

　　①　《楚辭補注》卷一,頁1—2。
　　②　《史記》卷八四,頁2481。
　　③　《楚辭補注》卷一,頁3。
　　④　王逸説到很多有關屈原事蹟都見於《史記》,唯此條"掌王族三姓"不見於今本
《史記》,也不見於現存漢代其他文獻,王逸可能另有所本,但更可能出於他詮解的需要,
見下文。

所以盡忠，名則二，而實則一也。是故《離騷》一經，以忠孝爲宗也。①

一般士子出於以君爲綱的思想，須向君主盡忠職守，但只有君、臣的一重關係，不需肩負孝道上的義務，對貴爲楚國宗族成員的屈原而言，盡忠即盡孝，忠孝兩者實際是互爲表裏，難以相分。一旦國家陷入水深火熱之中，基於孝道責任，屈原不能如其他臣子離國家而去，實乃基於孝道不允許個人置親情於不顧之義。這也就是説，王逸的解説，並不是爲了揭示屈原和楚王的關係那麼簡單，他饒有深意地指出世人不應以一般士子的道德標準來衡量屈原，所以王逸解釋東方朔（前154—前93）《七諫》的篇題便把他跟普通"人臣"分開處理：

> 古者，人臣三諫不從，退而待放。屈原與楚同姓，無相去之義，故加爲《七諫》，慇懃之意，忠厚之節也。②

人臣向君主進諫三次，君主不納取進言，臣子可以退而待放，而《説苑》更指出"三諫而不用則去，不去則亡身"。③ 臣子雖無孝道之義務，也有繼續諫諍君主直到"亡身"爲止，何況同屬"顓頊之孫"的屈原"恩深而義篤"，非一般臣子的身份，當然更加不能違反孝道的規

---

① 轉引自李誠、熊良智主編：《楚辭評論集覽》，武漢：湖北教育出版社，2002年，頁368。

② 《楚辭補注》卷一三，頁236。

③ 《説苑校證》卷九，頁206。"七"字是東方朔此篇的篇名，强調次數之多的虛數，不是真到了七次就可以離去，否則"無相去之義"便無法解釋。

範，離棄國君。所以屈原萌生離國的念頭時，王逸皆以爲他最終會顧及"同姓無相去之義"而不遠適他國，如以下例子：

> 《離騷》："回朕車以復路兮，及行迷之未遠。"《章句》："迷，誤也。言乃旋我之車，以反故道，及己迷誤欲去之路，尚未甚遠也。同姓無相去之義，故屈原遵道行義，欲還歸也。"
>
> 《九歌·湘君》"心不同兮媒勞，恩不甚兮輕絶。"《章句》："言人交接初淺，恩不甚篤，則輕相與離絶。言己與君同姓共祖，無離絶之義也。"①

但王逸提出這個解釋還不夠圓滿，因爲如果屈原決定不離楚國，那他多次遠遊天界，求問聖王、神仙等人的目的又何在？歷來很多人批評王逸混淆"求君"和"求賢"兩種極端相反的處世態度，如朱熹指出：

> 王逸説"往觀四荒"處，已云"欲求賢君"，蓋得屈原之意矣。至"上下求索"處，又謂欲"求賢人與己同志"，不知何所據而異其説也？②

朱子把屈原求宓妃、見佚女、留二姚通通當作屈原求取"賢君"之意，③故"求賢"之説跟"求君"説兩者不相容。然而，"求君"之"君"固然是"明君"，但只是屈原想象幻遊天界時，抒發不遇前代聖君之

---

① 《楚辭補注》，卷一，頁 16；卷二，頁 62。
② 《楚辭辯證》上，頁 180。
③ 《楚辭補注》卷一，頁 17。

情志,如《九懷》"唐虞兮不存,何故兮久留?"《章句》注:"堯、舜已
過,難追逐也。宜更求君,之他國也。"①"堯、舜"等前代聖君,是屈
原尋求心靈慰藉理想中的聖君人物,並非欲藉離開楚國另尋明主
的意思。大抵王逸心中已先假定屈原"同姓無相去之義"的情志,
他的遠遊只是爲了搜求更多同道中人治理家國,②並以此來突顯
"同姓無相去之義"的重要性。

　或許有人會質疑爲何必須由屈原來承擔保衛家國的責任,難
道楚王族裏其他同姓的人不可以代替嗎? 宋代洪興祖一早看出王
逸説法的漏洞,爲之申辯如下:

　　　故比干以諫見戮,屈原以放自沈。比干,紂諸父也。屈
　原,楚同姓也。爲人臣者,三諫不從則去之。同姓無可去之
　義,有死而已。《離騷》曰:阽余身而危死兮,覽余初其猶未
　悔。則原之自處審矣。或曰:原用智於無道之邦,虧明哲保
　身之義,可乎? 曰:愚如武子,全身遠害可也。有官守言
　責,斯用智矣。山甫明哲,固保身之道。然不曰夙夜匪解,
　以事一人乎! 士見危致命,況同姓,兼恩與義,而可以不死
　乎! 且比干之死,微子之去,皆是也。屈原其不可去乎?
　有比干以任責,微子去之可也。楚無人焉,原去則國從
　而亡。③

---

①　《楚辭補注》卷一五,頁 275。
②　如王遠指出:"按求女當是比求賢人與之共事君者。求宓妃,求三皇之佐也;求
佚女,求帝者之佐也;求二姚,求王者之佐也。所求遞降,而卒皆不可得,故發歎也。"《楚
辭集校集釋》,頁 530。
③　《楚辭補注》卷一,頁 50。

洪氏指出微子去國可由比干承責，但屈原處身的環境則不同，因他面對的是“楚無人”的困境，兩者自不可同日而語。雖然洪氏的辯解不見得合情合理，卻延續漢代以來屈原之爭的論調，因他引用“原用智於無道之邦，虧明哲保身之義，可乎？曰：愚如武子，全身遠害可也”，這樣的內容便是始自班固的批評，而此一論點則是王逸借用“同姓無相去之義”反駁前人論屈原的理由之一，故可視洪興祖的辯解爲王逸之說的延伸。至於王逸這種詮釋背後的目的，留待下文再作分析。

四、《楚辭章句》的詮釋方法及其意義

　　如果把漢人論屈的方法放置在整個漢代論爭的脈絡中來考察，最突出的轉變是屈原形象逐步走向“儒家化”。漢人熱衷於追求屈原的儒者形象，這跟時代背景關係密切。皮錫瑞（1850—1908）謂：“經學自漢元、成至後漢，爲極盛時代。”①漢代實行以儒治國，文學作品都帶有“通經致用”的目的，②特別是文人儒士深信文章作品負載著倫理的教化作用，可以窺探道德內涵。如揚雄《法言·問神》中認爲結合語言和文字足可判斷作者的人品：“故言，心聲也；書，心畫也。聲畫形，君子小人見矣。”③鍾嶸（？—518）的《詩品》評論陶淵明（？—427）時，也是以人品和作品兩者並觀：“每

---

　　① 皮錫瑞撰，周予同注釋：《經學歷史》，北京：中華書局，1959 年，頁 101。
　　② 如魏禧（1624—1680）指出“惟文章以明理適事，無當於理與事，則無所用文”。魏禧：《惲遜庵先生文集序》，《魏叔子詩集》，《續修四庫全書》據復旦大學圖書館藏清易堂刻《寧都三魏全集》本影印，上海：上海古籍出版社，1995 年，第一四〇八册，卷八，頁38a，總頁 530。
　　③ 《法言義疏》卷八，頁 160。

觀其文,想其人德."①人們普遍相信好的作品,作者必然擁有崇高的人品,故一旦作者行爲失當或失德,其作品亦必然無甚可觀。古人抱持人品決定作品的方法解釋經典,②往往糾纏於作者人格的高低,從而冷落文章藝術技巧的探討。

王逸在這樣的時代背景下,加上其儒者身份,實無法突破前人的詮釋框架,故此他只能在原有的框架下,利用盛行的價值觀重新建立屈原的形象,試圖爭取詮釋權。至此則不難明白何以他要着意挑出揚雄、劉向、班固等人注釋失當,③而自詡其注釋能够:"事事可曉,俾後學者永無疑焉",④表現出他對《章句》一書的自負。在前代衆多的注釋家中,以班固最爲重要,王逸既自信"俾後學者永無疑焉",自然考慮到如何推翻班固纔能建立自己的新説,所以即使《章句》的注釋表面無明言批評班固之處,很多地方都是針對班固之論而發。王逸視班固爲主要的競爭者,主要因班固的注釋本身具有儒家詮釋的效力。班固依據儒家的綱常倫理,徵引《詩經》和"蓬瑗"、"甯武子"兩個儒家認可的歷史人物,指責屈原人格違背儒家的法則,班固所論皆與儒家的道德品鑒相合。⑤ 同時,班固主張臣子不能公然責罵君王,就算同代漢人未必認同,相信亦没

---

① 鍾嶸:《詩品》,收入何文焕輯《歷代詩話》,北京:中華書局,1981 年,上册,頁 13。

② 關於文如其人的紛争可參蔣寅:《文如其人——詩歌作者和文本的相關性問題》,《古典詩學的現代詮釋》,北京:中華書局,2009 年增訂本,頁 231—250。

③ 《楚辭補注》卷三,頁 118—119。

④ 《楚辭補注》卷三,頁 119。

⑤ 黄俊傑《儒家論述中的歷史敘述與普遍理則》提到:"儒家哲學論證的展開常常是將抽象命題或道德命題置於具體而特殊的時空脈中,引用古聖賢先賢、歷史人物或往事陳迹加以證明,以提昇論證的説服力。"收入黄俊傑編:《中國經典詮釋傳統(一):通論篇》,臺北:喜瑪拉雅研究發展基金會,2002 年,頁 409。

有人膽敢公然反對此種以君爲本的"忠君"意識。

　　這裏已碰觸到王逸與班固之爭的關鍵處,即既然王逸也是儒生,①如何能反駁同樣持儒家學説的班固,在這場論争中"獲勝"呢? 很多論者執持兩人以儒釋騷的前提,斷言兩人未有超越經學的藩籬,未嘗無理,②但問題是既然兩人皆以儒釋騷,王逸如何論證己見,以推翻班固的論調,提出迥然不同的結論呢? 王逸想打破漢人既定的成説,必須先説服人們相信他的詮釋是"事事可曉"和"永無疑焉"的。

　　從漢人論屈的情況來看,王逸比前人擁有更多面向的闡釋空間。③ 據吳旻旻的分類,漢代論屈原的文獻大約有兩大類,一是直接針對屈原生平事蹟作傳,另外一類只在行文之中部分表現其遭遇、人格,④無論是哪一類文獻,仍有許多地方皆無確實的記載,如屈原修憲令的内容、屈原係先疏絀而後逐,抑或兩度被放等問題,⑤所以漢人的擬騷作品大多只能根據屈原的作品東拼西湊。更重要的是,漢代注釋家沒有人能像王逸般將屈原《離騷》和《天問》以外的作品納入注釋範圍之中。這些前人所未發之處都讓王

---

　　① 《後漢書》卷八〇《文苑傳》,頁 268。
　　② 如李誠指出"王逸的這篇《敍》仍然是從論人、論文兩個方面反駁班固之説而維護劉安之論。其論人、論文的思想方法與立場都完全從儒家思想出發。"李誠:《楚辭論稿》,頁 472。如廖棟樑則指出:"王揚班抑,看似壁壘分明的論戰,但從揚抑的價值判斷言,二人如出一轍,都未有超越經學的藩籬,很大程度是經學的延伸和具體化。"《建構、定型與深化:論儒家文化視野中屈原研究的詮釋策略》,收入《倫理・歷史・藝術:古代楚辭學的建構》,頁 18。
　　③ 當然王逸也得面對文獻不足徵的問題,但從詮釋空間來説,前人的注釋越少可以發揮的空間自然相對地較大,何況王逸注釋範圍遠遠大於前人,所以他有更大的自由和優越條件。
　　④ 《漢代楚辭學研究——知識主體的心靈鏡像》,頁 64。
　　⑤ 劉永濟:《研究屈賦之困難及由此而生之疵病》,《箋屈餘義》,頁 215。

逸得以自由發揮，毋須受制於前人的注釋。

　　如果觀察《章句》一書的架構，會發現兩篇總敘和各篇序言均預先交待立論的宗旨，如先在序言提出反駁班固之論，而注釋則是悉心經營屈原形象的場地，所以窺探王逸的詮釋方法，不能如前人般局限在篇序之上，而捨棄注釋的具體實踐，因爲對屈原形象的塑造已成爲王逸的詮釋手段之一。王逸重新定義了屈原的各種面貌以回駁前人的論說，例如，由上文分析漢人糾纏於忠臣行爲的討論，王逸應對之法便是重新定義"忠臣"的内涵，將之等同"聖賢"，再將"聖賢"的身份套用到屈原身上，使其居於儒家崇高地位。如此一來，"聖賢"所陳"皆同取道德仁義"的品格就可以適用於屈原。①

　　對屈原"聖賢"身份的重新定義，並不是隨便亂攀，只是爲了將屈原提高到儒家聖賢之列，接續孔子一脈道統，那麼屈原的道德人格就不可再被非議。這種詮釋回歸到儒學形塑人格的道德源頭，最終有力地消解了班固"非經義"的批評，同時創造出一種難以撼動的權威地位。

　　從另一方面說，王逸從經學賦予的權力重新詮解"怨"的合法性，通過"諷諫說"的移接，屈原"怨憤"之言被闡釋作儒道溫和敦厚的"諷諫"之言。如此屈原的作品便成了刺君之作，而不是個人失意的激越之辭。如果王逸所論，屈原諫君之"怨"是不帶個人怨懟的"不遇之怨"成立，那麼論者執持"露才揚己"，怨憤投江的指責便變得毫無意義，這也許是王逸引申劉安"諷諭說"的真正原因。王逸再以"同姓無相去之義"接合儒家的倫理綱常，一反漢人反對投

---

① 桓譚：《桓子新論・正經》，收入嚴可均：《全後漢文》，頁132。

江的共識,將屈原之死論述爲"必然"之果,便無損屈原的忠貞形象,可謂向漢人釋出另類的闡釋方法,發明了創造性的闡釋。

王逸的儒者身份使他無法質疑班固的儒學立場,也無法踰越儒家範疇重新立説,因而最終只能採取重新定義的詮釋策略,卻較之班固等人,發掘出更多儒家綱常倫理的説法作爲支持,修飾屈原的人格道德。兩人雖同以儒釋騷,展現的方法卻不盡相同。後來的論者把屈原的儒者形象在王逸注釋之下進一步充實和擴大,而增衍的"聖賢"、"諷諫"、"同姓無相去之義"等意涵,卻奠定了後世的屈原模樣,一直左右後人的解讀。

五、結　語

歷史思想和文化很多時經由古代經典的承載,得到發揚。然時移世易的過程造成的歷史間距和文化差異卻不斷拉闊經典與時代的距離,所以經典一般難以爲後人把握。此時幸而經典注疏,肩負起消除文義隔閡的重任,纔會不使古人傾注於經典的心血不致於難以窺復。王博指出任何一個時代,都存在著經典舊意義的維護者,他們往往具有强大的勢力,因此新意義的代表(詮釋者)面臨着巨大壓力,要求詮釋者必須證明其詮釋的合法性。[①] 本章從漢代屈原之爭入手,首先發現王逸有意地調適詮釋策略來面對舊經典的權威。對於班固等人給予屈原人格的負面評價,爲王逸所帶來的最大挑戰並非提出任何的批評内容,乃至規範了屈原的面貌,

① 王博:《早期出土文獻與經典詮釋的幾個問題》,收入葉國良編:《文獻及語言知識與經典詮釋的關係》,臺北:財團法人喜瑪拉雅研究發展基金會,2003 年,頁 44。

更重要的反而是背後的儒家權威有不可以被超越的限制。不過即使不能踰越儒家的藩籬，也不意味王逸只能剿襲前說，服膺前代的詮釋，以致無法別立新意。王逸雖無法逾越儒學的框架，但他有效地利用儒學系統裏的豐富意涵，巧妙地迴避班固執持的儒學立場，轉移發掘其他可行的儒家根據以回應批評。換言之，王逸消解班固等人的詮釋効力，是透過在儒家架構中重新形塑屈原的新形象，然而屈原畢竟不是儒生，將經學的思想意蘊移植於其身上，無疑會帶來各種詮釋問題，①但更重要的是經過不斷的擴充和增衍，王逸所建立的屈原形象最終成爲後世的典範，可見在經典詮釋上，《章句》有其非常獨特的地位。

---

①　如劉漢初就指出："漢人這種以作者爲主的論文方式，較利於闡發作家的情性本質與作品感染力之間的內在聯繫，但如過度運用發揮，則容易流於穿鑿附會，甚至使作品詮釋陷入意義落空的困境。"見氏著：《王逸〈楚辭章句〉的詮釋理念——兩漢以人論文批評觀的一個考察》，《臺北師院學報》第九期(1999 年)，頁 235。

附録一　《天問》"后帝"與
地神祭祀釋證

一、前　言

　　《天問》是一首以四字句爲基本格式的詩作,全文由三百多句提問組成,用疑問的語氣提出了百多個問題。這些問題從宇宙洪荒寫起,雜陳夏、商、周三代等史事與傳説,牽涉到天文、地理和歷史等範疇。由於《天問》時代久遠,語言精簡,即使二千多年來很多人對當中的各種問題提出過解釋,至今仍有不少字句仍然無得到準確的索解,本文討論的"后帝"便是其中一例。"后帝"在《天問》一文共出現兩次,一向是注釋家關注的焦點。歷來對於"后帝"的身份,主要有天神、地神和人君三種不同説法,由於"后帝"牽涉到夏代等傳説故事,頗具濃厚的神話色彩,要確切地理解當中的文義頗爲不易,因此對"后帝"身份誰屬迄今尚未有一致看法。然而,隨着傳世文獻研究的持續深入,加上大量出土文獻源源不斷的出土,爲此一問題的釋讀和考證帶來新的契機。本文嘗試通過歸納各家所論,同時結合傳世文獻和出土文獻,從字義和詞匯等角度分析"后帝"的涵義,冀望能够釐清"后帝"的身份,同時爲進一步研究楚地祭祀文化提供新的角度。

二、《天問》"后帝"諸説檢討

《天問》共出現兩次"后帝",分別見於"何獻蒸肉之膏,而后帝不若"和"緣鵠飾玉,后帝是饗"句中,其論及的内容主要涉及夏代之事。第一例"后帝",王逸釋作天帝,謂:

> 言羿獵躲封狶,以其肉膏祭天帝,天帝猶不順羿之所爲也。[1]

由於前文已提到"帝降夷羿,革孽夏民",此處之"羿"自可連繫至曾經統治夏民的有窮氏后羿,故歷來注家如洪興祖、朱熹、姜亮夫等人多從王逸之説訓作天帝。[2] 陳本禮(1739—1818)則主張"后帝"當屬於人君,意指夏代君主"太康",因后羿奪取夏政,故於"冬祭日,獻鳩肉而弑帝也"。[3] 此外,譚介甫依據《説文》"古文厚從后土"作垕,指出此后帝應是"垕帝"的省文,不應看作天帝,整句當解作"羿於冬祭時獻上肉脂,猶不感動地祇,以致爲浞所殺"。[4]

至於第二例"后帝",王逸的注解與前注截然不同而改釋作殷

---

[1] 《楚辭補注》卷三,頁 100。

[2] 《楚辭補注》卷三,頁 100。《楚辭集注》卷三,頁 60。林庚:《天問箋釋》,《林庚楚辭研究兩種》,北京:清華大學出版社,2007 年,頁 207。姜亮夫:《重訂屈原賦校注》,《姜亮夫全集》,昆明:雲南人民出版社,2002 年,第六册,頁 256。

[3] 陳本禮:《屈辭精義》,《續修四庫全書》據清嘉慶(1796—1820)刻本影印,上海:上海古籍出版社,1995 年,第 1302 册,卷三,頁 16a,總頁 488。

[4] 《屈賦新編》,下集,頁 476。

湯,整句當是:

> 言伊尹始仕,因緣烹鵠鳥之羹,脩玉鼎,以事於湯。湯賢
> 之,遂以爲相也。①

此一説法得到洪興祖、蔣驥(清康熙時人,生卒年不詳)、何劍熏等
人的贊同。② 至於持相反意見的有錢澄之(1612—1693),他指出
"后帝"應是"上帝"。③ 王夫之(1619—1692)進一步發揮"上帝"之
説,認爲:"飾玉,謂禹錫玄圭,告成上帝歆饗以有天下。後世子孫,
貽謀可承,何至桀而滅喪。"④比較特別的是譚介甫分析本句"后
帝"仍然承接上句釋作地祇的説法:

> 緣木素作器而飾之以玉,然後器成……后帝,謂地祇,蓋
> 桀與湯在當時都是用這種飾玉的木器饗祀地祇以表示敬而求
> 福祐的。⑤

除此外,有注釋者將"后"和"帝"二字看作是"后土"和"上帝"的合
稱,比如第一例"后帝"中,劉夢鵬(1731? —1789)便認爲"后,后

---

① 《楚辭補注》卷三,頁 105。
② 《楚辭補注》卷三,頁 105。《山帶閣注楚辭》卷三,頁 94。何劍熏:《楚辭拾
瀋》,成都:四川人民出版社,1984 年,頁 65。
③ 錢澄之:《莊屈合詁》,《四庫全書存目叢書》據華東師範大學圖書館藏清康熙
(1662—1722)斟雉堂刻本影印,濟南:齊魯書社,1997 年,子部第 164 册,頁 21a,總頁
729。
④ 王夫之:《楚辭通釋》,北京:中華書局,1975 年,卷三,頁 57。
⑤ 《屈賦新編》,下集,頁 492。

土。帝,上帝。若,順也。言羿纂夏淫遊,帝不居歆也"。①

　　從以上來看,對"后帝"的身份誰屬,由古至今衆說紛紜,莫衷一是,可見此一問題還未得到完全的解決。如果將前人各說歸納起來,"后帝"所指大體可以區分爲天神、②地神和人君三類,當中又以持天神和人君二說者居多。儘管前人對"后帝"的考釋做了多方面的探討,但一般比較側重於個別字句的單獨考釋,以致多用力於發掘文句背後的微言大義,甚少能比勘兩例"后帝"之間的意義聯繫,從而掩蓋了原文的意思,以致未能深入分析其中的内涵。

　　首先,從《天問》的文本結構而言,本篇是屈原作品中最奇特譎怪的一篇,其文辭不但古奧,而且因時代相隔遙遠,不易於解讀,正如王逸曾說過"楚人哀惜屈原,因共論述,故其文義不次序云爾"。③現代有學者更指出此篇有可能受到錯簡竄亂,導致結構散亂,例如金開誠就認爲:"《天問》既由屈原自己'合綴成章',就該有條有理;而現在卻多有錯亂,顯然是因爲在流傳中發生了錯簡。"④雖然如此,從現存《天問》的整體結構而論,篇中問及天、地、人之事大體有序,即使個別文句存有錯簡之嫌,似仍無妨其出自一人編纂之說。假如以《天問》屬一人之作,則作者在同一篇中用來表達"后帝"一詞的意義,便不應同時出現三種不同語義。誠然,古書中固然有一字多義、同

---

　　①　劉夢鵬:《屈子章句》,《四庫全書存目叢書》據清華大學圖書館藏清乾隆五十四年(1789)蔡青堂刻本影印,濟南:齊魯書社,1996年,集部第2冊,卷三,頁12a,總頁545。

　　②　"天帝"在古人眼中泛指天神之最尊者,但有時又分作"天"或"帝",有時則稱"上帝"、"皇天"和"昊天"等異名,本文爲求行文方便,除另有說明外,一律統稱作"天神"。

　　③　《楚辭補注》卷三,頁85。

　　④　《屈原辭研究》,頁210。

名異實和各種情境的用法，①惟觀此篇兩例"后帝"同屬合成詞，構成形式相對穩固，在具體語境中一般不易出現歧義。再者，文中兩例"后帝"都與夏代侍奉神靈之事有密切聯繫（參看下文），以古人如此重視祭祀，又對神祇充滿敬畏之情來看，似不應一時用作"天帝"，一時又稱作"人君"或"地神"，令人無所適從。也因此，只有將"后帝"一詞視作同一語義，各句之間的真正意義纔能得有效的解釋。

　　從《天問》的語義對應關係來考慮，兩處"后帝"均涉及夏代史事。上文第二例中"后帝"自王逸解作"殷湯"後，多爲後世注家所採用。"后"字於文獻中雖可釋作"帝"或"君"等義，進而聯繫至商湯本人，但"后"與"帝"構成"后帝"此一詞組，卻未曾見諸於先秦時期的商湯專稱。參考屈賦中"商湯"或單字稱"湯"，或以兩字作"成湯"、"湯武"等，如《天問》中有"成湯東巡，有莘爰極"、《惜往日》"不逢湯武與桓繆兮，世孰云而知之"等，②可見屈原作品中未嘗用"后帝"來指稱商湯。至於其他先秦載籍，如《墨子》"成湯之治天下也，不若堯舜。"《荀子》"契玄王，生昭明，居于砥石遷于商，十有四世，乃有天乙是成湯。""湯"或作"成湯"、"天乙"；③甲骨、金文作"成"、"大乙"、"唐"、"成唐"、"湯"等；④戰國竹簡或單作"湯"，或稱"后"等，⑤同樣皆未

---

　　①　"同名異實"是指同一詞在古書不同的語境中表達不同的意思，詳參徐仁甫：《廣古書疑義舉例》，北京：中華書局，2014 年，卷一，頁 5—7。

　　②　《楚辭補注》，卷三，頁 108；卷四，頁 151。

　　③　孫詒讓撰，孫啓治點校：《墨子閒詁》，北京：中華書局，2001 年，卷一，頁 41。王先謙撰，沈嘯寰、王星賢點校：《荀子集解·成相》，北京：中華書局，1988 年，卷一八，頁 464。

　　④　趙誠編著：《甲骨文簡明詞典——卜辭分類讀本》，北京：中華書局，1988 年，頁 21—22。

　　⑤　徐在國：《上博楚簡文字聲系》，合肥：安徽大學出版社，2013 年，第四冊，頁 1668。清華大學出土文獻研究與保護中心編，李學勤主編：《清華大學藏戰國竹簡》，上海：中西書局，2012 年，第一冊，頁 128；第三冊，頁 167。

有"后帝"連言用作"成湯"的先例,因此將"后帝"一詞釋作商湯,恐怕並不符合先秦時期商湯的稱名習慣。至於蔣驥據《史記》"夏商之君皆稱帝",推斷"后帝"的身份,也不見得完全準確。因爲商代卜辭中,"帝"不但可用來指稱人王,同時也包含神明之義在内,只是凡稱"帝"者,若指涉人王,幾乎都是用來稱呼先王先公。[1]

進而言之,王逸將"后帝"訓作"殷湯",明顯是比合伊尹見成湯一事而引申之。據《史記》記載:

> 伊尹名阿衡。阿衡欲奸湯而無由,乃爲有莘氏媵臣,負鼎俎,以滋味説湯,致于王道。[2]

後世注釋家諸如王逸、陳本禮和聞一多等人,多據此將《天問》"緣鵠飾玉"一句,看成是伊尹背負鼎俎見成湯一事。然而,此句是否意指傳説中伊尹向成湯講解王道的記載,實頗存疑問。"緣鵠飾玉"一句,王逸謂"因緣烹鵠鳥之義,脩玉鼎",[3]聞一多承襲王注將"緣"讀爲"臑",並引《大招》"鼎臑盈望"一句注文"臑,熟也",[4]解作煮熟之義。陳本禮從鼎的形制謂"鵠,鼎之形象鵠者,以玉飾之,取其潔也",[5]而蔣驥另將"鵠玉"二字連讀,認爲"鵠玉,皆鼎俎之飾也。"[6]然而從鼎器的出土實物來看,常見的鳥足鼎而又同時飾以玉者極之罕見。而注家從字義連繫至鼎器,再將"玉"釋作鼎具

---

① 李學勤主編:《字源》,瀋陽:遼寧人民出版社,2012 年,頁 2。

② 《史記》卷三,頁 94。

③ 《楚辭補注》卷三,頁 105。

④ 聞一多:《天問疏證》,《聞一多全集》,頁 595。

⑤ 《屈辭精義》卷三,頁 20b,總頁 490。

⑥ 《山帶閣注楚辭》卷三,頁 94。

的裝飾,其實並不符合鼎器的實際特徵。商周青銅器中,用以裝飾青銅器的物料除綠松石一類是屬於玉石外,其餘主要採用紅銅、金、銀、錫等,①朱鳳瀚曾指出綠松石多施用於青銅武器與小型飾物上,極少在容器上使用。② 進而言之,煮食用的鼎器材質一般以銅或陶爲主,外層若再飾以玉其實不便於炊煮加熱。青銅器用玉作裝飾者多屬於禮器一類,禮器一般用作崇神祭祖,表徵政治權利的媒介之物,③與實用器之間當有區別,很難想象伊尹會隨身帶着宗廟祭祀用的禮器來干謁成湯。退一步而言,即使"緣鵠"和"飾玉"真如以上各家釋作配飾之物,也無法斷定必與鼎器有關。由是可見,釋作伊尹"負鼎俎"向成湯闡述治國之道,仍有待商榷。

反而從文義方面來考慮,游國恩提出"緣鵠與飾玉對文,皆指祭器言",似較貼合原句意涵。揆諸禮書中飾玉類的禮器記載甚多,在古代禮制活動中也屬於經常使用的物品。例如《周禮·天官冢宰·大宰》:

> 祀五帝,則掌百官之誓戒,與其具脩。前期十日,帥執事而卜日,遂戒。及執事,眡滌濯。及納亨,贊王牲事。及祀之日,贊玉幣爵之事。祀大神示亦如之,享先王亦如之。贊玉几、玉爵。大朝覲會同,贊玉幣、玉獻、玉几、玉爵。大喪,贊贈玉、含玉。④

---

① 朱鳳瀚:《古代中國青銅器》,天津:南開大學出版社,1995年,頁544。
② 《古代中國青銅器》,頁545。
③ 吳十洲:《兩周禮器制度研究》,臺北:五南圖書出版公司,2016年,頁25。
④ 《十三經注疏》整理委員會:《周禮注疏》卷二,頁55—60。

由《周禮》可見不論是祭祀神明或先王等,很多時都會使用玉製的器具。早期禮器中尤以玉器爲重,玉器作爲最高級的禮器,十分符合當時的禮儀規範。① 又,下句"后帝是饗"之"饗"字蓋可訓作祭獻之義,如《禮記·月令》"乃命太史次諸侯之列,賦之犧牲,以共皇天、上帝、社稷之饗。"鄭玄注:"饗,獻也。"②據此益可證"緣鵠"應當解作飾以鵠形之狀,其中"飾玉"是指用玉作裝飾之用,兩者皆與祭祀的關係密切。

再從文句方面來分析,《天問》"緣鵠飾玉,后帝是饗"兩句,未曾言及"伊尹"的名字。"伊尹"一名要於此句之後"帝乃降觀,下逢伊摯"中纔首次出現,緊接此句的"何乘謀夏桀,終以滅喪",所談及的卻是商湯滅夏的史事。參考前文第一例"后帝",后羿獲天帝指派來"革孽夏民",此事見載於《史記·夏本紀》《索隱》引《左傳》魏莊子曰:

　　昔有夏之衰也,后羿自鉏遷于窮石,因夏人而代夏政。③

后羿"代夏政",取得了統治地位,固然能以君王的身份向"后帝"進獻"蒸肉之膏",以祈求得到保佑。第二例"后帝"同屬夏代之事,進獻的人應是同樣具備君王身份的夏桀。那麼,何以夏桀要向"后帝"進獻?據林雲銘之說,是因"夏代諸王,皆克享天也。桀本繼諸王而謀國者,何終致亡國?"④進一步而言,兩例中的后羿和夏桀同

---

① 《兩周禮器制度研究》,頁 202。
② 《十三經注疏》整理委員會:《禮記正義》卷一七,北京:北京大學出版社,2000年,頁 657—658。
③ 《史記》卷二,頁 86。
④ 林雲銘:《楚辭燈》,《四庫全書存目叢書》據遼寧大學圖書館藏清康熙三十六年(1697)挹奎樓刻本影印,濟南:齊魯書社,1997 年,集部第 2 冊,卷二,頁 39a,總頁 196。

樣極力向"后帝"備禮告祭,但都沒有得到"后帝"給予保佑,結果一爲寒浞所殺,一爲商湯推翻,下場竟如此一致,致令《天問》的作者難以理解,因而採用問句的方式提出朝代更替的疑問。通過以上的歸納和分析,基本可以確本文中兩例的"后帝"當歸屬於同一類型的神明人物,如此,"后帝"便不能以商湯等人君來解釋了。

三、《天問》"后帝"與地神的關係

前文雖揭示出《天問》中的"后帝"是神明一類人物,但對於此一神祇的具體身份,尚須進一步論證。從字義角度而言,許慎(東漢人,生卒年不詳)《説文解字》釋"后"謂:

> 繼體君也。象人之形,施令以告四方,故厂之。从一、口。發號者,君后也。[1]

許氏將"后"看作繼任之人君,然而在漢人的訓釋中,"后帝"一詞卻常用作天神之稱。前引《天問》"后帝不若",王逸注:"天帝也",[2]又《詩‧魯頌‧閟宮》:"皇皇后帝",鄭玄《箋》:"謂天也。"[3]然而從甲金等較早文字來分析,"后帝"之"后"字本身蓋與天帝之義無涉。王國維很早就指出甲骨"毓"、"后"、"後"三字"實本一字","毓"字從每從㐬,㐬即倒子,表生育之義,"'后'字之

---

①　許慎:《説文解字》,北京:中華書局,1963年,卷九,頁186。

②　《楚辭補注》卷三,頁100。

③　《十三經注疏》整理委員會:《毛詩正義》,北京:北京大學出版社,2000年,卷二〇,頁1661。

誼,本從'毓'義引申",①因此,商代甲文"后"每用"毓"字爲之。②
于省吾後更指出"'后'爲'毓'的後起字","以'后'爲'毓',當起於
春秋時期。"③晚周前"后"字常與"司"字形體相混,左向右向無別,
後來"后"、"司"方向始固定。④ 商代借"毓"表"后"義,一般可釋作
商王先王先公的稱號,同時又可解作商王之配偶等義。金文"后"
字承繼了卜辭之義,也有"君后"和"妃后"二義,⑤例如吳王光鑑銘
文中的"往矣弔姬,虔敬乃后,孫孫勿忘",其中"后"字正是指蔡國
國君昭侯,⑥可知"后"字後來也用以表示諸侯王的名稱。事實上,
商代卜辭和周代金文中用來表示"天帝"或"天神"的意義,主要使
用"帝"或"天"等字,⑦似還未見直接使用"后"或"后帝"來替代,是
以從字義的角度而觀,最初"后帝"之"后"字大抵與天神之義沒有
直接聯繫。

---

① 季旭昇:《説文新證》,臺北:藝文印書館,2014 年,頁 708。王國維:《殷卜辭
中所見先公先王續考》,《觀堂集林》,《王國維全集》,第 8 卷,頁 291。

② 徐中舒主編:《甲骨文字典》,成都:四川辭書出版社,1989 年,頁 997。

③ 于省吾:《壽縣蔡侯墓銅器銘文考釋·吳王光鑑》,《古文字研究》,北京:中華
書局,1979 年,第一輯,頁 49。

④ 黄德寬主編:《古文字譜系疏證》,北京:商務印書館,2007 年,頁 923。《金文
形義通解》一書據卜辭例指出"后"、"司"兩種朝向者皆爲"司"字,見張世超、孫凌安、金
國泰、馬如森:《金文形義通解》,京都:中文出版社,1996 年,卷九,頁 1651,總頁 2243。
然王蘊智據花東卜辭認爲"后"、"司"乃一字之分化,讀爲齒頭音的"司"較爲晚出,可備
一説,王文見《從花東卜辭"其雨亡后"談古"后"字的釋讀》,《華夏考古》2011 年第 4 期,
頁 131—136。

⑤ 陳初生編纂,曾憲通審校:《金文常用字典》,西安:陝西人民出版社,1987 年,
卷九,頁 854。

⑥ 《金文形義通解》卷九,頁 2244。

⑦ 商代"帝"亦可指死去的人王,朱鳳瀚《商周時期的天神崇拜》謂:"'上帝'是帝
在天上,爲天神之意。商代後期,商人已將部分死去的先王稱作'帝'。"《中國社會科學》
1993 年第 4 期,頁 191 注 1。

　　反之，"后帝"之"后"字，在字義上跟土地之神明有十分密切的聯繫。商代卜辭中早已出現用"后"字來表達土地之義，沈建華曾分析甲文中廩辛和晚期卜辭，得出"毓（后）"字作地名的"在后"，"顯然是指在'后土'神廟舉行的意思"，而"早期無名組卜辭多見記有合文'中土'祭祀……實際就是早期'社'的前身"，①進一步揭示"后"字與土地之義有直接聯繫。到戰國時代，"后帝"作爲神靈地祇仍具備崇高的地位，故如《楚辭·橘頌》謂"后皇嘉樹，橘徠服兮"，當中"后皇"即是"后帝"的別稱。至於王逸注但謂"后，后土也"，②大抵是漢人多不以爲"后土"具有"帝"的身份，故乃逕稱之爲"后土"。

　　進一步而言，古人崇天敬地，在其心目中天與地儼然有別，當中曾以"母"爲"地"之別稱，而"后土"又稱作"地母"，用作土地總神的名稱。③《周易·説卦》謂"乾，天也，故稱乎父。坤，地也，故稱乎母。"④蕭登福繼而指出天稱父，地稱母，天公地母，因此后土也被稱爲"地母"。⑤丁山則認爲"社母，纔是真正的'后土'"。⑥先秦載籍中部分土地神靈，如"后土"和"后稷"等都是在名稱前貫有"后"字。⑦在上古母系社會中，女性乃生育之母，居於社會主導地

---

　　①　沈建華：《釋卜辭中的"后土"及其相關字》，《初學集：沈建華甲骨學論文選》，北京：文物出版社，2008 年，頁 144、146。又劉桓《卜辭社稷説》指出"甲骨卜辭中凡將'土'用做神名的，均應讀社，不見例外"，《甲骨徵史》，哈爾濱：黑龍江教育出版社，2002 年，頁 151。

　　②　《楚辭補注》卷四，頁 153。

　　③　丁山：《中國古代宗教與神話》，上海：上海書店，2011 年，頁 33。

　　④　《十三經注疏》整理委員會：《周易正義》卷九，頁 388。

　　⑤　蕭登福：《后土與地母——試論土地諸神及地母信仰》，《運城學院學報》第 23 卷第 1 期（2005 年 2 月），頁 14。

　　⑥　《中國古代宗教與神話》，頁 45。

　　⑦　又"句龍"雖不以"后"稱，但戰國楚系文字多借"句"表"后"字，而據典籍所述"句龍"乃共工氏之子，獲派擔任土地之神，其雖不以"后"稱，但從字義而觀，仍見兩者關係密切。

位,乃稱之曰"后"。① 典籍中夏代諸王稱名如"后相"、"后芬發"和"后荒"等,大都貫以"后"字以示王名,②恰又能作爲"后"字義演變的證明。由以上的論證來看,"后"字代表早期對土地神靈的尊稱,當如"帝"原是天上最高之神的尊稱一樣。③

　　從詞匯的角度來看,"后帝"一詞屢見於先秦典籍,當中多與神靈祭祀有關。例如《論語·堯曰》載録商湯向"后帝"祭告之説:

　　　　予小子履,敢用玄牡,敢昭告於皇皇后帝:有罪不敢赦。帝臣不蔽,簡在帝心。朕躬有罪,無以萬方;萬方有罪,罪在朕躬。④

此處對於"后帝"到底屬於天神或地神,歷來的注釋家持有不同看法。孔安國(前 156? —?)注云"后,君也。大,大君。帝,謂天帝也。"⑤《論語集説》卷一〇引林氏則謂"帝謂上帝,后謂后土。"⑥其實,《論語》此段文字又重見於《墨子·兼愛》,其云:

　　　　湯曰:"惟予小子履,敢用玄牡,告於上天后曰:'今天大

---

　　① 郭沫若指出:"'后'迺母權時代女性酋長之稱謂。母權時代,族中最高之主宰爲母,而母氏最高之屬德爲毓,故以毓爲王母之稱。"郭沫若:《釋祖妣》,《甲骨文字研究》,北京:中國科學院,1962 年,頁 44。

　　② 范祥雍編:《古本竹書紀年輯校訂補》,上海:上海人民出版社,1962 年,頁7—10。

　　③ 楊寬:《西周史》,上海:上海人民出版社,2003 年,頁 17。

　　④ 《十三經注疏》整理委員會:《論語注疏》卷二〇,頁 302。

　　⑤ 《十三經注疏》整理委員會:《論語注疏》卷二〇,頁 304。

　　⑥ 蔡節:《論語集説》,《景印文淵閣四庫全書》,臺北:臺灣商務印書館,1986 年,第二〇〇册,卷一〇,頁 13b,總頁 708。

旱，即當朕身履，未知得罪於上下，有善不敢蔽，有罪不敢
赦，簡在帝心。萬方有罪，即當朕身，朕身有罪，無及
萬方。'。"①

相對於《論語》"后帝"，《墨子》記錄較詳細，比勘兩段文字，兩書中
的商湯祭告之說大體相同，惟"今天大旱"一段《論語》闕錄，但"皇
皇后帝"在《墨子》中卻作"上天后"。兩書一作"后帝"，一作"上天
后"，雖文字上有差別，但顯而是指向同一對象。② 揆之先秦傳世
典籍用例，《墨子》"上天后"僅見及此，不論是解作天神或地神都頗
嫌不辭。對此，孫詒讓《墨子閒詁》指出：

　　《御覽》八十三引《帝王世紀》載此文作"告於上天后土"，
　疑此"后"下亦脫"土"字。畢云："孔書作'上天神后'。"③

———————————

　　① 　《墨子閒詁》卷四，頁122—123。
　　② 　《詩·魯頌·閟宮》另有一例"后帝"："皇皇后帝，皇祖后稷。享以騂犧，是饗是
宜。"據《詩序》，《閟宮》一詩出自"頌僖公能復周公之宇也"，詩中追溯周先祖后稷創始之
功，記載周人以后稷配"后帝"的祭祀儀式。由於周人祭祀后稷時常配以天，因此注家都
將此處"后帝"釋作天帝，如鄭玄《箋》："皇皇后帝，謂天也。"《十三經注疏》整理委員會：
《毛詩正義》卷二〇，頁1661。然而后稷配天僅屬周人三大祭祀系統之一，其餘兩個系
統有地祇和祖神配祭后稷的組合。參看書傑：《后稷傳說與稷祀文化》，北京：社會科學
文獻出版社，2006年，頁312。傳世文獻中論及后稷配天祭祀，未有如《詩經》稱作"后
帝"，如《史記·封禪書》"周公既相成王，郊祀后稷以配天，宗祀文王於明堂以配上帝。"
《史記》卷二八，頁1357。都直言"天"而不作"后帝"。周代十分崇尚土地祭祀，社與稷
連在一起，祭社即祭土，而后稷是稷神的代表，祭社時要配以稷神，是以稷神只是陪襯，
社才是主。參看張鶴泉：《周代祭祀研究》，臺北：文津出版社，1993年，頁87。此處《詩
經》先稱"后帝"，再言"后稷"，毋寧更像是周代"社稷"合祭的儀式。
　　③ 　僞《古文尚書·武成》載此亦作"厎商之罪，告于皇天后土、所過名山大川"。
《十三經注疏》整理委員會：《尚書正義》，北京：北京大學出版社，2000年，卷一一，
頁345。

孫氏依據類書引證,推論《墨子》原本當作"上天后土",所論信而有徵。因此,《墨子》"上天"應當指"皇天",而"后土"則對應《論語》中的"后帝",兩者稱名儼然有別,故此句中"后帝"恐怕也只能用來指稱掌管土地的神明,而不應用以表示天神之義。

抑有進者,"皇天"和"后帝"在先秦文獻中常構成一組對應的神明體系,分別代表主宰天上和地下的神明。例如出土文獻中,上博《三德》簡 19"皇天之所弃,而句(后)帝之所憎",①文中將"后帝"與"皇天"對舉,特別強調"天供時,地供材,民供力"的天、地、人觀念,②從中不但能够區分出"皇天"與"后帝"的不同,還揭示出當時"后帝"與"皇天"同樣擁有相同的懲罰權力,可見在對比之下,"后帝"代表土地的神祇,與天神並無相涉。除此外,傳世文獻中"后帝"亦多用作"后土",並與"皇天"構成對文,前者一般代表大地之神,而後者則代表天上神明,兩者之區別十分明顯。具體例子如《左傳‧僖公十五年》晉大夫對秦伯謂:

> 君履后土而戴皇天,皇天后土實聞君之言,羣臣敢在下風。③

又《國語》曰:

---

① 馬承源主編:《上海博物館藏戰國楚竹書》,上海:上海古籍出版社,2005 年,第五册,頁 301。曹峰指出簡 19 的"'皇天'代表的是'天'、'上帝','后帝'代表的是人,非普通的君王,祇能是'黃帝'。"《上博楚簡思想研究》,臺北:萬卷樓圖書股份有限公司,2006 年,頁 238。不過,先秦文獻載籍中,"皇天"與代表"后帝"的"后土"經常並舉,合稱天地。《三德》此篇强調天、地、人相配,較之以"黃帝"配"皇天"似更符合篇中旨意。
② 《上海博物館藏戰國楚竹書》,第五册,頁 288。
③ 楊伯峻:《春秋左傳注》,北京:中華書局,1990 年修訂本,頁 358。

後世子孫，有敢侵蠹之地者，使無終没於越國，皇天后土、四鄉地主正之！

注云：

天神地祇、四方神主當征討之，正其封疆也。①

又《楚辭》作品中，宋玉《九辯》"皇天淫溢而秋霖兮，后土何時而得漊?"東方朔《七諫》"皇天保其高兮，后土持其久"，等等，②以上各例無不是將"皇天"和"后土"對舉。由以上各種例子可見，我們不但不能將"后"和"帝"看作是"后土"和"上帝"的合稱，更不能單純地將"后帝"釋作天神。總而言之，在《天問》一篇中"后土"並不等同於"皇天"，揆其身份地位當是主宰大地山川的總神，並於早期的信仰中具有崇高的地位，自然就不能混同於其他神祇。

四、《天問》"后帝"與地神祭祀

古人認爲宇宙萬物都各有神靈主宰，其對大地之神的膜拜，莫非源自早期先民生活十分依賴於土地，乃欲透過祭祀儀式，祈求土地神賜以一切順利。前文指出"后帝"在典籍中一般稱作"后土"，是管理土地之大神，而其在早期文獻中大多視作"社神"。③ "社"

① 徐元誥撰，王樹民、沈長雲點校：《國語集解》，北京：中華書局，2002年，頁589。
② 《楚辭補注》，卷八，頁188；卷一三，頁244。
③ 蕭登福：《后土與地母——試論土地諸神及地母信仰》，頁14。

字不見於殷商甲骨卜辭,學者指出或當時以"土"借之。① 劉桓指出"甲骨卜辭中凡將'土'用做神名的,均應讀社,不見例外"。② 沈建華進一步考證:"早期無名組卜辭多見記有合文'中土'祭祀,其字像在丘土堆上豎扞旗幟,實際就是早期'社'的前身……從這個意義上,不難看出'中土'文字背後與'后土'文化内涵有不可分割的密切關係。"③社,即總管土地之主,後來和五穀之神稷神合祀,稱爲社稷。《禮記·郊特牲》"社稷大牢",《疏》云:"社,五土總神。"④《孝經緯》又云:"社,土地之主也。土地闊不可盡敬,故封土爲社,以報功也。"⑤古人建社立神,社神也是由土地神演化而來,其中共工之子句龍便是社神之一。《左傳·昭公二十九年》:"顓頊氏有子曰犁,爲祝融;共工氏有子曰句龍,爲后土,此其二祀也。"⑥《禮記·祭法》:"共工氏之霸九州也,其子曰后土,能平九州,故祀以爲社。"⑦句龍善於治理水土,獲尊奉作后土之神,得以在社中享有祭祀,而句龍擁有"平九州"神秘力量,在先民祭祀觀念中,自非

---

① 王國維《殷禮徵文·外祭》:"(土)卜辭假爲社字。《詩·大雅》:'乃立冢土。'傳云:'冢土,大社也。'《商頌》'宅殷土茫茫',《史記·三代世表》引作'殷社茫茫'。《公羊·僖三十一年傳》:'諸侯祭土。'何注:'土謂社也'是古人固以土爲社矣。"《王國維全集》,第5卷,頁56。又王國維於《戩壽堂所藏殷虛文字考釋》亦據卜辭謂"疑諸土字皆社字之假借","土當爲相土,社矣"。《王國維全集》,第5卷,頁322。

② 劉桓:《卜辭社稷説》,《甲骨徵史》,頁151。

③ 沈建華:《釋卜辭中的"后土"及其相關字》,頁146—147。

④ 《十三經注疏》整理委員會:《禮記正義》卷二五,頁897。

⑤ 《藝文類聚》卷三九,頁706。中社與后土在楚簡中已出現分化,晏昌貴指出:"社、后土、地主在合流的同時也存在分化,簡文中后土又分化出宫后土,地主分化成大地主、宫地主和野地主,即其顯例。"《巫鬼與淫祀——楚簡所見方術宗教考》,武漢:武漢大學出版社,2010年,頁128。

⑥ 《春秋左傳注》,頁1503。

⑦ 《十三經注疏》整理委員會:《禮記正義》卷四六,頁1524。

泛泛之神所能比。

從《天問》記載"羿"和"桀"對"后帝"的祭祀來看,夏代對地神之祭祀甚爲重視,推測其個中原因之一或許與夏人先祖大禹獲奉作社神有所聯繫。大禹治水是上古時代廣爲流傳的傳説,在傳世和出土文獻中多有記載,《孟子·滕文公上》"禹疏九河,瀹濟、漯而注諸海",①《豳公盨》:"天命禹敷土,墮山濬川,廼差地設征。"②《史記·夏本紀》謂大禹治水成功後,"於是天下皆宗禹之明度數聲樂,爲山川神主"。③ 大禹生前是山川神主,死後便成爲社神,《淮南子·氾論訓》:"禹勞天下,故死而爲社。"高誘(東漢人,生卒年不詳)注:"勞力天下,謂治水之功也。托祀於后土之神。"④正是由於古人認爲大禹等治水英雄有着超乎常人的力量,於是將他們奉作社神加以祭祀。

夏人奉禹和句龍等爲社神,⑤並設有供奉社神的地方。據《論語·八佾》:

哀公問社於宰我。宰我對曰:"夏后氏以松,殷人以柏,周

---

① 《十三經注疏》整理委員會:《孟子注疏》,北京:北京大學出版社,2000 年,卷五,頁 173。

② 吳鎮烽:《商周青銅器銘文暨圖像集成》,上海:上海古籍出版社,2012 年,第十二卷,頁 456。

③ 《史記》卷二,頁 82。

④ 劉文典撰,馮逸、喬華點校:《淮南鴻烈集解》,上册,卷一三,頁 460。

⑤ 丁山認爲"禹即后龍",見《中國古代宗教與神話》,頁 33。馮時指出傳統社主形象與陶寺龍盤句龍所銜之木的形象完全相同,因此"社神、句龍與夏禹有機地聯繫在一起,三者實爲一體"。《夏社考》,中國社會科學院考古研究所編:《21 世紀中國考古學與世界考古學》,北京:中國社會科學院,2002 年,頁 228。

人以栗,曰使民戰栗。"子聞之,曰:"成事不説,遂事不諫,既往不咎。"①

孔安國曰:"凡建邦立社,各以其土所宜之木。"②古人立社多樹以木,夏人蓋以松爲之,然則何以立社須使用樹木?《白虎通·社稷》指出:"尊而識之,使民望見即敬之,又所以表功也。"③古文獻中記載夏人所立之社稱作"夏社",《史記·殷本紀》載:"湯既勝夏,欲遷其社,不可,作《夏社》。"《集解》引孔安國謂:"欲變置社稷,而後世無及句龍者,故不可而止。"④孔氏謂夏社中供奉句龍,是夏人曾以句龍爲社神之證,然而商人滅夏後急欲遷移夏社,是因爲社是國家權力的象徵,社存則國存,社亡則國亡。《周禮·司徒》:"凡建邦國,立其社稷,正其畿疆之封。"⑤由是可見,在新政權建立後,都必須透過更改"社稷"用以宣揚主權的更替。然而夏人祭社的場所,不單是一個祈求風調雨順,穀物豐收的祭祀場所,更是處理軍事務的中心。《尚書·甘誓》載夏启討伐有扈氏之誓:"用命,賞於祖。弗用命,戮於社,予則孥戮汝。"⑥《墨子·明鬼下》:"故聖王其賞也必於祖,其僇也必於社。賞於祖者何也。告分之均也;僇於社者何也。告聽之中也。"⑦如此實反映出夏人出於對社神的敬畏,乃透過祭社來處罰戰事中不用命的士卒。

---

① 《十三經注疏》整理委員會:《論語注疏》卷三,頁 45。
② 《十三經注疏》整理委員會:《論語注疏》卷三,頁 45。
③ 陳立撰,吳則虞點校:《白虎通疏證》,北京:中華書局,1994 年,卷三,頁 89。
④ 《史記》卷三,頁 96。
⑤ 《十三經注疏》整理委員會:《周禮注疏》卷一一,頁 336。
⑥ 《十三經注疏》整理委員會:《尚書正義》卷七,頁 207。
⑦ 《墨子閒詁》卷八,頁 235。

　　"后土"的地位在商周時雖處於"皇天"之下，然而在商代之前，尤其新石器時代早期與農業祭祀有關的祭祀，都與土地祭祀有關，反之與祭天關係還未能得到直接的證明。[①] 從《天問》"后帝"事例可見，夏王對地神敬畏有加，推知其地位與權威不當亞於天神之下，可見當時的天神與地神之間還沒有嚴格的上下高低之別，因此總管大地之神的"后帝"自能以帝自稱。商周以後人們重天多於重地，地神的地位逐漸下降，而在"天帝"定於一尊的情況下，"后帝"多改稱"后土"，從而成爲"天帝"統屬下的神明，以致其形象逐漸人格化，[②] 神秘色彩隨之而減少。在"天帝"光芒的掩蓋下，"后帝"此前獲尊崇爲"帝"的形象勢必遭淡化，無怪乎後人乃有誤以爲古代神明中只有"天帝"能稱帝，甚至將"后帝"與"天帝"混作一談。在此背景下，《天問》篇中能保留早期地神祭祀內容，讓人窺見"后帝"身份地位的變化，尤顯得彌足珍貴。

五、結　語

　　地神崇拜是早期社會遺留下來的產物，在古代的政治、社會和經濟各層面中產生過很大的影響。《天問》內容十分豐富，問及天、地、人之事，表達了作者對天地、歷史以至上古傳說的看法，文中的記錄儘管未必皆真實，當中對天地山川崇拜等內容卻是上古時代

---

　　① 魏建震：《先秦社祀研究》，北京：人民出版社，2008 年，頁 180。
　　② "后土"之人格化於戰國時代已出現，見姚小鷗、盧翮：《〈清華簡·赤鵠〉篇與"后土"人格化》，《民俗研究》2013 年第 3 期（總第 109 期），頁 95—98。又見姚小鷗主編：《清華簡與先秦經學文獻研究》，北京：生活·讀書·新知三聯書店，2016 年，頁389—397。

先民的宗教文化遺留，實具有極其重要的價值。據王逸之言，《天問》是屈原在流放途中，"見楚有先王之廟及公卿祠堂，圖畫天地山川神靈，琦瑋僪，及古賢聖怪物行事"。[①] 雖然《天問》所問未必皆出自"先王之廟及公卿祠堂"，但部分内容源出楚地間流傳的上古傳説和神話則應當没有疑問。據《史記·夏本紀》"禹之父曰鯀，鯀之父曰帝顓頊"，《楚世家》又謂"楚之先祖出自帝顓頊高陽"，[②]楚和夏的祖先共同出自顓頊一源，兩族的關係尤見密切。從文化淵源而論，楚族接受的主要是夏夷氏族的原始神話文化，而非北方西周禮化後的文化，[③]因此，屈原的《天問》將傳説中夏人的地神祭拜加以保留，自然非偶然的巧合。本文綜合傳世文獻和出土文獻，從字義和詞彙等角度分析"后帝"的涵義，釐清了"后帝"是掌管土地之神，將有助吾人進一步對《楚辭》相關字句的釋讀，同時亦能爲深入探討地神崇拜在楚地的發展提供新的角度。

---

① 《楚辭補注》卷三，頁 85。
② 《史記》卷二，頁 49；卷四〇，頁 1689。
③ 江林昌：《楚辭與上古歷史文化研究——中國古代太陽循環文化揭秘》，濟南：齊魯書社，1998 年，頁 12。

附録二　方績《屈子正音》
及其用韻研究

一、引　言

《楚辭》歷來重義理而輕音韻,音韻之作寥寥無幾。宋代朱熹《集注》以叶音改讀字音,又本之吳棫(約 1100—1154)《韻補》,對當時影響最大。至明代陳第(1541—1617)撰《屈宋古音義》,對朱熹叶音之説加以駁斥,可謂是"古音"研究《楚辭》的先聲。惟其後如毛晉(1599—1659)、屠畯(1542—1622)等諸家皆不用古音,[1]清代前期古音研究又大多轉向《詩經》用韻,《楚辭》音韻備受冷落。乾隆年間(1736—1799),方績(1752—1816)編撰《屈子正音》(下簡稱《正音》),充分吸收古音學成果,開啓了以古音專研《楚辭》的風氣。《正音》是清代前期利用古音研究《楚辭》的代表之作,過去卻鮮爲研究者提及。[2]　本

---

①　鄧廷楨:《屈子正音序》,《屈子正音》,日本早稻田大學藏光緒六年(1880)網舊聞齋本,頁 1a—2b。

②　本文發表後方得見黄靈庚先生《屈子正音》提要,其論述詳贍,當可補本文未盡充分之處。詳見黄靈庚:《屈子正音》,收入潘嘯龍、毛慶主編:《楚辭著作提要》,頁 238—240。修訂本另見《楚辭文獻叢考》,頁 1504—1511。

文介紹《正音》的音注特色,繼而考察其用韻得失,以見其在《楚辭》音韻史的地位。

二、方績生平及其著述

方績,字展卿,晚自號牧青,安徽桐城人,乾隆丁卯戊辰(1747)以優行貢,入成均。方氏少有異禀,博學工詩文,曾受業於姚鼐(1732—1815),有詩文集行世。其詩出入杜甫(712—770)、黄庭堅(1045—1105)間,其文則高古雄邁,造語奇崛。方氏一生"坎坷貧困",在舉業上不得志,居家後以校正史傳諸子百家爲務。其著述頗豐,計有《經史劄記》十二卷,《牧青詩鈔》六卷,《古文》一卷、《鶴鳴集》六卷及《屈子正音》三卷等。[1] 據鄧廷楨(1176—1846)所述,《正音》成書於乾隆壬寅(1782),[2]道光七年(1827)其子方東樹(1772—1851)將稿本交付鄧氏始得以刊刻。現存最早之刊印本爲清道光七年丁亥(1827)江寧鄧廷楨精刊本,[3]此本前有鄧廷楨《屈子正音序》,文末附方東樹致鄧氏之數劄書函。光緒六年(1880)"罔舊聞齋"予以重印,本文所用版本即以此爲據。

---

① 以上生平資料見方宗誠:《方展卿先生傳》,《柏堂集補存》,《清代詩文集彙編》編纂委員會編:《清代詩文集彙編》據清光緒六年(1880)刻本影印,上海:上海古籍出版社,2010年,第六七二册,卷二,頁15a—17b,總頁654—655。方東樹:《族譜後述下篇》,《考槃集文録》,《清代詩文集彙編》據清光緒二十年(1894)刻本影印,第五〇七册,卷一一,頁309。

② 鄧廷楨:《屈子正音序》,《屈子正音》,頁1—2。

③ 有關版本内容可參《楚辭書目五種》,頁310—311。

三、《屈子正音》的編寫體例

　　《正音》全書分上中下三卷：上卷收《離騷》、《九歌》；中卷收《天問》、《九章》；下卷收《遠遊》、《卜居》、《漁父》、《招魂》。本書題稱"屈子"而不作"楚辭"，因以《漢志》所收"屈原"之作由《離騷》至《招魂》而止。① 是書鈔録屈賦原文，用夾注雙行字注明韻字，先列《廣韻》韻部和反切，如《離騷》"彼堯舜之耿介兮，既遵道而得路"。"路"，音注作"《廣韻》十一暮，洛故切"。② 《惜誦》："惜誦以致愍兮，發憤以抒情。""情"，謂"《廣韻》十四清，疾盈切"。③ 爲本書基本之條例。其次，《正音·自敍》提到"以古音正之"，④凡今音與古音不同處，皆注出古音讀，故除《廣韻》以外，並引吳棫《韻補》及先秦兩漢各種韻文輔以説明。如《九歌·湘夫人》"繚之兮杜衡"之"衡"字：

　　　　古音杭，宋玉《風賦》與陽、芳、堂、房韻。《韻補》收入十陽，《廣韻》十二庚誤。⑤

《遠遊》"漱正陽而含朝霞"之"霞"字：

　　　　古音胡，司馬相如《大人賦》與都、華韻。古音敷，《黃庭經》

_____

① 　本文所引稱"《楚辭》"以《正音》所論爲限，不包括宋玉等人及漢以後等作品。
② 　《屈子正音》，卷上，頁2b。
③ 　《屈子正音》卷中，頁11b。
④ 　《屈子正音·自敍》，目録，頁1a。
⑤ 　《屈子正音》卷上，頁21a。

與枯、華、蘇、驅、輿、書韻。《韻補》收入九魚,《廣韻》九麻誤。①

然"衡"字古音讀爲"杭","霞"字古音讀爲"胡",均同於顧炎武(1613—1682)《唐韻正》一書,②可見其古音説主要依據顧炎武音説。③

《正音》除方績注外,還收録鄧廷楨和方東樹的按語。鄧廷楨字嶰筠,江蘇江寧人,曾於閩浙及陝西等地爲官。鄧氏本人工詩文,尤精於音韻之學,著有《説文雙聲疊韻譜》、《詩雙聲疊韻譜》和《雙硯齋筆記》等,其注以"墨圈"和"今按"附於方績注後。例如《九章·惜通》"欲儃佪以干傺兮,恐重患而離尤。""尤",《正音》謂:

> 古音羽其反,《詩·載馳》四章、《易·賁·象傳》、《剥·象傳》、《大畜·象傳》、《蹇·象傳》、《鼎·象傳》、《旅·象傳》並仝。《韻補》收入五支,《廣韻》十八尤。④

鄧氏"今按"云:"'尤'當入之韻。《廣韻》以爲'流''求'等字部首誤。"⑤因當時"顧氏書雖行,而江氏、戴氏之書猶未盛",⑥故鄧氏每

---

① 《屈子正音》卷下,頁 2b。

② 顧炎武:《唐韻正》卷四,收入《音學五書》,北京:中華書局,1982 年,頁 295、268。

③ 值得注意的是《正音》考證"古音"幾乎都隱去顧氏之名,此可能與顧炎武的遺民身份和當時學術環境有關,詳參張民權:《清代前期古音學研究》,北京:北京廣播學院出版社,2002 年,上册,頁 61—62。

④ 《屈子正音》卷中,頁 14a。

⑤ 《屈子正音》卷中,頁 14a。

⑥ 《屈子正音·自敘》,頁 2。

能利用段玉裁（1735—1815）、孔廣森（1751—1786）等人之古音説以駁《正音》之誤。例如《離騷》"保厥美以驕傲兮，日康娛以淫游。雖信美而無禮兮，來違棄而改求"。《正音》謂：

> （游）《詩・泉水》四章、《江漢》首章、《常武》三章並讀蕭、宵、肴、豪内韻，《廣韻》十八尤誤。（求）《詩・桑扈》四章、《下武》二章、《江漢》首章並讀如游韻，《廣韻》仝上誤。①

鄧氏按：

> 《詩聲類》以幽、尤、蕭爲一部，《音均表》以尤、幽爲一部，而以蕭、茅等字隸之，其説並同。即顧氏《古音表》合蕭、宵、肴、豪、幽爲一部，然皆以蕭就幽、尤，不以幽、尤就蕭。如《泉水》四章以游韻漕，漕，孔氏謂從曹之字聲，當以慒爲正。慒，似由切。《江漢》以游、求韻滔，滔古讀若揄。《常武》三章以游韻騷，騷古讀若捜，故太史公曰："《離騷》，猶離憂也。"《桑扈》四章以求韻敖，段氏謂敖爲古合韻，而觓、柔爲正協。《下武》二章，以求韻孚，孚古讀若浮。是皆以蕭就幽、尤也。蓋蕭從肅聲，當讀若膲，故與幽、尤同。《廣韻》以游、求等字入十八尤，不誤，但尤字古音隸之部，不當以爲游、求等字部首耳。②

上所引《詩聲類》和《音均表》分別出自孔廣森和段玉裁，鄧氏據以

---

① 《屈子正音》卷上，頁 11b—12a。
② 《屈子正音》卷上，頁 11b—12a。

糾正《正音》之誤。《正音》一書經方績之子方東樹彙集整理，各條下附其按語，如《九章·惜誦》：“言與行其可迹兮，情與貌其不變。故相臣莫若君兮，所以證之不遠。”《正音》作：

> （變）《廣韻》三十三線，彼眷切。又《韻會》平免切。又《莊子·田子方》與天、泉韻，音邊。（遠）《廣韻》二十阮，又二十五願，義異古音互同，後倣此。①

方東樹有不同其父之説，乃另加按語謂：“義亦不異，後人强分兩音，遂立兩義。如冠、觀，好、惡也。”②然如《離騷》“前望舒使先驅兮，後飛廉使奔屬。鸞皇爲余先戒兮，雷師告余以未具”，《正音》“屬”下謂：“《廣韻》音燭，轉去聲，則音樹。《詩·角弓》六章與附協。”鄧氏按語則謂：

> 屬爲侯部之入聲，《角弓》六章以韻附。附古讀浮晝反，故《縣》之九章與後、奏爲韻。具爲侯部之去聲，《常棣》以韻足、《無羊》以韻餱，孔氏、段氏説並同。③

鄧氏用《詩經》韻例及段、孔二説，駁斥《正音》轉讀之誤，方東樹於鄧説下另加按語謂：“屬轉去聲，《周官·攷工·匠人》以當注音。”④此條引自鄭玄（127—200）注，雖未有直斥鄧氏之非，卻贊同

---

① 《屈子正音》卷上，頁 11b—12a。
② 《屈子正音》卷上，頁 11b—12a。
③ 《屈子正音》卷上，頁 10b。
④ 《屈子正音》卷上，頁 10b。

其父所持"轉聲"說，實有爲其父辯護之意。整體而言，方東樹每於鄧注時加辯駁，卻常曲從父說，惟其説古音亦無所發明，無怪乎姜亮夫批評其"博而寡要，徒見枝蔓矣"。①

四、《屈子正音》的音注特色

《正音》研究《楚辭》古韻，大體依從顧炎武古韻十部，這表現在古韻分部和音讀兩方面。如《九歌·東君》："長太息兮將上，心低佪兮顧懷。羌聲色兮娛人，觀者憺兮忘歸。""懷"、"歸"兩字相韻，《廣韻》屬皆、微韻，《正音》謂："古支、脂、之、微、齊、佳、皆、灰"同，②就是根據顧炎武的古韻十部。至於《正音》所注之古音，如《天問》"何勤子屠母而死分竟地"，"地"，古音"沱"；《九章·哀郢》："將運舟而下浮兮，上洞庭而下江。""江"字古音爲"工"等，③大抵亦是本於顧炎武之説。④

此外，顧炎武提倡古人四聲一貫，謂古人詩歌不拘於四聲之限，⑤也對《正音》影響甚深。例如《離騷》"衆皆競進以貪婪兮，憑不厭乎求索"，"索"字，《廣韻》入十九鐸，轉去聲音素，⑥亦是本於顧炎武四聲一貫說。又如《離騷》："忳郁邑余侘傺兮，吾獨窮困乎此時也。""時"字的音讀顧炎武未釋，《正音》則謂"《廣韻》七之，古

---

① 《楚辭書目五種》，頁 311。
② 《屈子正音》卷上，頁 24a。
③ 《屈子正音》卷中，頁 17a。
④ 《唐韻正》卷一，頁 226。
⑤ 《音論》，《音學五書》卷中，頁 39—43。
⑥ 《屈子正音》卷上，頁 4a。

四聲轉用。《韻補》收入五寘,正與下態字韻",①按"時"字本讀平聲,《正音》因"四聲轉用"認爲當由平轉讀去聲,實際也是應用了顧炎武四聲一貫的原理。

　　方績研究《楚辭》古韻,在觀念上雖力主顧炎武古音説,但在實際應用上卻有所不同。首先在韻部方面,例如《離騷》:"民生各有所樂兮,余獨好修以爲常。雖體解吾猶未變兮,豈余心之可懲。""常"、"懲"兩字相協,但顧炎武古音十部"陽"隸第七部,"蒸"第九部,兩部不通押。②然《正音》改從吳棫《韻補》"懲"字入"陽"部,③與上句通押。如依王力《楚辭韻讀》,以上當作"陽"、"蒸"合韻,而不應改入同部。④

　　其次,兩人對一些入韻字的理解亦不同。如《天問》"禹之力獻功,降省下土四方",按顧炎武古音十部"功"與"方"入東、陽部,分隸第一和第七部,⑤其中"功"字可不入韻,王力《楚辭韻讀》亦同。《正音》不從顧炎武,據《韻補》以"功"入陽部,與"方"字協韻。⑥

　　由是可見,《正音》的音注雖然因循顧炎武古音十部,但在實際運用上沒有嚴格遵從顧炎武的分部。⑦下面將會説明《正音》對古

---

①　《屈子正音》卷上,頁 6b。

②　《古音表》,《音學五書》,卷下,頁 553—554。

③　《屈子正音》卷上,頁 8b。

④　王力:《楚辭韻讀》,《王力文集》,濟南:山東教育出版社,1986 年,第六卷,頁 482。

⑤　《古音表》卷上,頁 546、553。

⑥　《屈子正音》卷中,頁 4b。

⑦　此外,顧炎武有用諧聲偏旁分析《詩》韻,《正音》似亦受其影響。如《九歌·大司命》:"吾與君兮齋速,導帝之兮九阬。""阬"字,《正音》謂:"《説文》'阬'從亢聲。《韻補》收入十陽,《廣韻》十二庚、四十二宕俱誤。"方績:《屈子正音》,卷上,22a。

韻部的分合，主要是受到古人韻緩説的影響。

五、《屈子正音》的用韻研究

　　《楚辭》用韻研究一般包括韻式和合韻兩方面，孔廣森《詩聲分例》提到："欲審古音，必先求乎古人用韻之例也。"[1]可見分析用韻尤爲重要。據王顯的研究，《楚辭》韻式没有《詩經》的紛繁，歸納起來大約有十種韻式，其中《離騷》韻式整齊，純粹由四句兩韻所組成。[2]

　　今檢之《正音》，《離騷》韻式一般四句兩韻，如"怨靈修之浩蕩兮，終不察夫民心。衆女疾余之蛾眉兮，謠諑謂余以善淫"。"心"入"侵"部，與下句"淫"字同押。[3]然也有四句三韻例，如"惟草木之零落兮，恐美人之遲暮。不撫壯而棄穢兮，何不改乎此度？乘騏驥以馳騁兮，來吾導夫先路。""暮"、"度"、"路"三字同押暮部，[4]構成四句三韻式，與一般韻式不合。[5]至於其他篇章如《天問》"雄虺九首，倏忽焉在。何所不死，長人何守。"[6]江有誥（？—1851）、王力已指出"死"字不入韻，"首"、"在"、"守"幽之合韻，[7]但《正音》卻

---

　　① 孔廣森：《詩聲分例》，收入嚴式海編：《音韻學叢書》，北京：國家圖書館出版社，2011年，第九册，頁7，總頁331。

　　② 王顯：《屈賦的韻例》，《語文研究》1984年第1期（總第6期），頁61。

　　③ 《屈子正音》卷上，頁7a。

　　④ 《屈子正音》卷上，頁3a。

　　⑤ 關於韻式，可參陳耀基：《楚辭體式探論》，《漢學研究》第22卷第2期（2014年12月），頁473—475。

　　⑥ 《屈子正音》卷中，頁4a。

　　⑦ 江有誥：《楚辭韻讀》，《續修四庫全書》據南京圖書館藏清嘉慶（1796—1820）、道光（1821—1850）間江氏刻本影印，上海：上海古籍出版社，1995年，第二四八册，頁13b，總頁131。《楚辭韻讀》，頁504。

將"守"與"首"視作交韻。

韻式規律對於分辨韻與非韻有著重要的作用,只有了解韻式纔能深入分析韻部,然而《正音》不重視韻式規律,只根據韻中位置分別韻句,就難免將非韻字看作韻字,造成錯誤,此是《正音》的局限。

合韻方面,《正音》受當時音韻水平的限制,對合韻現象採取了不同的處理方法,簡而言之共有以下四種方式:

(一) 歸入同一韻部

《離騷》:"帝高陽之苗裔兮,朕皇考曰伯庸,攝提貞於孟陬兮,惟庚寅吾以降。"《廣韻》"庸"入"三鍾","降"入"四江",顧炎武以"四江""古與一東、二冬、三鍾通爲一韻",①歸入第一部。《正音》不同意顧炎武之説,認爲"(顧炎武)謂江與陽南北朝以前不通,唐以下始雜入陽韻,是未攷古東、冬、鍾、江與陽、唐通也"。② 故《離騷》此句正反映出古音"東、冬、鍾、江、陽,唐本爲一韻"。③ 然此處王力《楚辭韻讀》作"東"、"冬"合韻,④《正音》則視作同一韻,是將合韻理解爲同一韻部。又如,《離騷》:"勉升降以上下兮,求榘矱之所同。湯禹嚴而求合兮,摯咎繇而能調。""調"字,《廣韻》入"三蕭",《正音》改從《韻補》入"一東"讀爲"同"。⑤ 王力以"同"、"調"作"東"、"幽"合韻。⑥

(二) 利用異文改字

《離騷》:"百神翳其備降兮,九疑繽其並迎。皇剡剡其揚靈兮,

---

① 《唐韻正》卷一,頁 226。
② 《屈子正音》卷上,頁 1b。
③ 《屈子正音》卷上,頁 1b。
④ 《楚辭韻讀》,頁 478。
⑤ 《屈子正音》卷上,頁 15a。
⑥ 《楚辭韻讀》,頁 487。

告余以吉故。"《正音》根據漢儒讀"禦"爲"迓","迓"、"禦"一字,①
指"迎"字必是"迓"字之誤。《正音》改"迎"作"迓"入"禦"部,與下
"故"字入"暮"部協。王力"迎"字不作"迓",上下兩句屬"陽"、"魚"
通韻。②

（三）改易音切

《卜居》:"寧誅鋤草茅,以力耕乎? 將游大人,以成名乎? 甯正
言不諱,以危身乎? 將從俗富貴,以偷生乎?""生",《廣韻》入"十二
庚,所庚切",《正音》改從"所爭切",入"耕"部,以與上句同押,③王
力作"耕"、"真"合韻。④

（四）避開合韻字,以交韻視之

《九章·惜誦》:"擣木蘭以矯蕙兮,鑿申椒以爲糧。播江離與
滋菊兮,願春日以爲糗芳。恐情質之不信兮,故重著以自明。矯茲
媚以私處兮,願曾思而遠身。"《正音》"身"與上"信"字韻,以交韻視
之,⑤王力不以交韻看待,"糧、芳"入陽部,"明、身"屬"陽"、"真"
合韻。⑥

總的來説,《正音》本之顧炎正十部,但對合韻的處理卻以
改易韻部來就韻。一方面顧炎武的韻部所分雖寬,仍然不免出
韻。另一方面方績極力反對用方音解釋合韻現象,他認爲顧炎
武將"耕、清、青"三韻讀入"真、諄、臻"韻是不明白古韻的

---

① 《屈子正音》卷上,頁14b。
② 《楚辭韻讀》,頁487。
③ 《屈子正音》卷下,頁7a。
④ 《楚辭韻讀》,頁540。
⑤ 《屈子正音》卷中,頁14b。
⑥ 《楚辭韻讀》,頁515。

諧協：

> 如以爲夫子生於周季世，變風移爲方音所限，則臨與躬
> 韻，《蕩》首章諶與終韻，下至屈原《天問》亦後人所協之音，謂
> 古人之有異抑亦過矣。[1]

又由於古人韻緩，不必改字，隨其音讀之而自協，[2]所以凡遇合韻
字，《正音》不是改易字音，避開合韻，便是以通韻視之。然而《正
音》已注意到音變的現象，又能够利用音切和異文校正合韻字，雖
然當中錯誤難免，也沒有加以規範化，但以當時的音韻水平而言亦
屬難得。

六、總　結

　　清代前期古音研究多從《詩經》韻出發，較少論及《楚辭》音
注。毛先舒（1620—1688）曾將《楚辭》與《詩經》並舉，謂：“《毛
詩》音通，古韻半功；《楚辭》上口，韻學什九。蓋《詩》《騷》誠韻家
之宗也。”[3]實際上清人治古音甚少本之於《楚辭》音，至於當時爲
《楚辭》音注，如丘仰文（1696—1777）的《楚辭韻解》仍囿於毛先
舒五部三聲兩界兩合説，未能擺脱叶韻通轉説的束縛。因此，

---

　　①　《屈子正音》卷下，頁 9a。
　　②　《屈子正音》卷上，頁 19a。
　　③　毛先舒：《聲韻叢説》，《四庫全書存目叢書》據清華大學圖書館藏清康熙
（1662—1722）刻《昭代叢書》本影印，濟南：齊魯書社，1997 年，第二一七册，卷二九，
頁 10b，總頁 399。

《正音》通過古音訂正《楚辭》音讀，無疑開啓了古音專研《楚辭》的風氣。《正音》對古音學研究雖不多，錯誤闕漏亦不少，然其取韻大體依循顧炎武古韻分部説，也能够利用一些諧聲字分析字音，在當時古音説未流行之際，對《楚辭》音韻的研究無疑具有重要的意義。

徵 引 書 目

本書徵引書目分爲中文和外文論著兩大部分,每部分又按類分列。先列中文書目,次列外文書目。漢語及日文著作以作者姓氏筆劃爲次,英文著作則依作者姓名字母排次。

一、中文論著

甲、專書

1. 《十三經注疏》整理委員會:《毛詩正義》,北京:北京大學出版社,2000年。

2. 《十三經注疏》整理委員會:《周易正義》,北京:北京大學出版社,2000年。

3. 《十三經注疏》整理委員會:《周禮注疏》,北京:北京大學出版社,2000年。

4. 《十三經注疏》整理委員會:《孟子注疏》,北京:北京大學出版社,2000年。

5. 《十三經注疏》整理委員會:《尚書正義》,北京:北京大學出版社,2000年。

6. 《十三經注疏》整理委員會：《論語注疏》，北京：北京大學出版社，2000 年。

7. 《十三經注疏》整理委員會：《禮記正義》，北京：北京大學出版社，2000 年。

8. 《饒宗頤二十世紀學術文集》編輯委員會：《饒宗頤二十世紀學術文集》，臺北：新文豐出版公司，2003 年。

9. 丁山：《中國古代宗教與神話》，上海：上海書店，2011 年。

10. 丁邦新：《魏晉音韻研究》，臺北："中央研究院"歷史語言研究所，1975 年。

11. 力之：《楚辭與中古文獻考説》，成都：巴蜀書社，2005 年。

12. 于安瀾著，暴拯羣校改：《漢魏六朝韻譜》，鄭州：河南人民出版社，1989 年。

13. 中國古籍總目編纂委員會編：《中國古籍總目》，上海：上海古籍出版社，2013 年。

14. 孔廣森：《詩聲分例》，嚴式海編：《音韻學叢書》，北京：國家圖書館出版社，2011 年。

15. 方宗誠：《柏堂集補存》，《清代詩文集彙編》編纂委員會編：《清代詩文集彙編》，上海：上海古籍出版社，2010 年。

16. 方東樹：《考槃集文録》，《清代詩文集彙編》編纂委員會編：《清代詩文集彙編》，上海：上海古籍出版社，2010 年。

17. 方績：《屈子正音》，日本早稻田大學藏光緒六年(1880)网舊聞齋本。

18. 毛先舒：《聲韻叢説》，《四庫全書存目叢書》據清華大學圖書館藏清康熙(1662—1722)刻《昭代叢書》本影印，濟南：齊魯書社，1997 年。

19. 牛若麟修，王煥如纂：《吳縣志》，《天一閣藏明代方志選刊續編》據明崇禎十五年（1642）刻本影印，上海：上海書店，1990 年。

20. 王力：《楚辭韻讀》，《王力文集》，濟南：山東教育出版社，1986 年。

21. 王天海：《意林全譯》：貴陽：貴州人民出版社，1997 年。

22. 王夫之：《楚辭通釋》，北京：中華書局，1975 年。

23. 王世貞：《弇州四部稿》，《景印文淵閣四庫全書》，臺北：臺灣商務印書館，1986 年。

24. 王充撰，黃暉校釋：《論衡校釋》，北京：中華書局，1990 年。

25. 王先謙撰，沈嘯寰、王星賢點校：《荀子集解》，北京：中華書局，1988 年。

26. 王河主編：《中國歷代藏書家辭典》，上海：同濟大學出版社，1991 年。

27. 王偉：《楚辭校證》，北京：中華書局，2017 年。

28. 王符撰，汪繼培箋，彭鐸校正：《潛夫論箋校正》，北京：中華書局，1985 年。

29. 王博：《易傳通論》，北京：中國書店，2003 年。

30. 王欽若等纂：《册府元龜》，《景印文淵閣四庫全書》，臺北：臺灣商務印書館，1986 年。

31. 王逸：《楚辭章句》，馮紹祖觀妙齋萬曆十四年（1586）刻本，臺北：藝文印書館，1974 年。

32. 王逸：《楚辭章句》，臺北“中央圖書館”明隆慶五年（1571）豫章王氏夫容館刊本攝製顯微影片本。

33. 王逸：《楚辭章句》，臺北“中央圖書館”藏善本明嘉靖間

(1507—1567)吳郡黃省曾校刊本攝製顯微影片本。

34. 王煥然：《漢代士風與賦風研究》，北京：中國社會科學出版社，2006 年。

35. 王鏊：《王文恪公全集》，哈佛大學藏明萬曆間(1573—1620)震澤王氏三槐堂刊本。

36. 司馬遷撰，裴駰集解，司馬貞索隱，張守節正義：《史記》，北京：中華書局，1959 年。

37. 永瑢等總裁，紀昀等總纂：《四庫全書總目》，北京：中華書局，1981 年。

38. 白兆麟：《新著訓詁學引論》，上海：上海辭書出版社，2005 年。

39. 白銘：《二十世紀楚辭研究文獻目錄》，北京：學苑出版社，2014 年。

40. 皮錫瑞撰，周予同注釋：《經學歷史》，北京：中華書局，1959 年。

41. 任遠：《句讀學論稿》，杭州：浙江古籍出版社，1998 年。

42. 任繼愈主編：《佛教大辭典》，南京：江蘇古籍出版社，2002 年。

43. 朱季海：《楚辭解故》，上海：上海古籍出版社，1980 年。

44. 朱迎平：《宋代刻書産業與文學》，上海：上海古籍出版社，2008 年。

45. 朱碧蓮：《楚辭論學叢稿》，臺北：文史哲出版社，2000 年。

46. 朱鳳瀚：《古代中國青銅器》，天津：南開大學出版社，1995 年。

47. 朱熹撰，蔣立甫校點：《楚辭集注》，上海：上海古籍出版社，2001 年。

48. 江有誥：《江氏音學十書》，《續修四庫全書》據南京圖書館藏清嘉慶(1796—1820)、道光(1821—1850)間江氏刻本影印，上海：上海古籍出版社，1995 年。

49. 江有誥：《楚辭韻讀》，《續修四庫全書》據南京圖書館藏清嘉慶 (1796—1820)、道光(1821—1850)間江氏刻本影印，上海：上海古籍出版社，1995 年。

50. 江林昌：《楚辭與上古歷史文化研究——中國古代太陽循環文化揭秘》，濟南：齊魯書社，1998 年。

51. 何天行：《楚辭作於漢代考》，上海：中華書局，1948 年。

52. 何文煥輯：《歷代詩話》，北京：中華書局，1981 年。

53. 何劍熏：《楚辭拾瀋》，成都：四川人民出版社，1984 年。

54. 余嘉錫：《古書通例》，北京：中華書局，2007 年。

55. 余嘉錫：《四庫提要辨證》，昆明：雲南人民出版社，2004 年。

56. 佚名編選：《唐鈔文選集註彙存》，上海：上海古籍出版社，2000 年。

57. 吳十洲：《兩周禮器制度研究》，臺北：五南圖書出版公司，2016 年。

58. 吳宏一：《詩經與楚辭》，臺北：臺北書店，1998 年。

59. 吳旻旻：《香草美人文學傳統》，臺北：里仁書局，2006 年。

60. 吳旻旻：《漢代楚辭學研究——知識主體的心靈鏡像》，臺北：花木蘭文化出版社，2009 年。

61. 吳廣平：《白話楚辭》，長沙：岳麓書社，1996 年。

62. 吳鎮烽：《商周青銅器銘文暨圖像集成》，上海：上海古籍出版社，2012 年。

63. 呂思勉：《章句論》，臺北：臺灣商務印書館，1977 年。

64. 李大明：《楚辭文獻學史論考》，成都：巴蜀書社，1997 年。

65. 李大明：《漢楚辭學史》，北京：中國社會科學出版社，華齡出版社,2005 年增訂本。

66. 李中華、朱炳祥:《楚辭學史》,武漢:武漢出版社,1996 年。

67. 李玉:《秦漢簡牘帛書音韻研究》,北京:當代中國出版社,
1994 年。

68. 李昉:《太平御覽》,上海涵芬樓據影宋本影印,北京:中華書
局,1960 年。

69. 李致忠:《古書版本學概論》,北京:北京圖書館出版社,
1990 年。

70. 李温良:《洪興祖〈楚辭補注〉研究》,新北:花木蘭文化出版
社,2001 年。

71. 李誠、熊良智主編:《楚辭評論集覽》,武漢:湖北教育出版社,
2002 年。

72. 李誠:《楚辭論稿》,北京:中國社會科學出版社,華齡出版社,
2006 年增訂本。

73. 李零:《簡帛古書與學術源流》,北京:生活・讀書・新知三聯
書店,2004 年。

74. 李學勤主編:《字源》,瀋陽:遼寧人民出版社,2012 年。

75. 李學勤主編:《清華大學藏戰國竹簡》(壹),上海:中西書局,
2012 年。

76. 杜佑撰,王文錦等點校:《通典》,北京:中華書局,1988 年。

77. 汪瑗撰,董洪利點校:《楚辭集解》,北京:北京古籍出版社,
1994 年。

78. 汪榮寶撰,陳仲夫點校:《法言義疏》,北京:中華書局,
1987 年。

79. 沈約:《宋書》,北京:中華書局,1974 年。

80. 周大璞主編：《訓詁學初稿》，武漢：武漢大學出版社，1987 年。

81. 周秉高：《楚辭解析》，呼和浩特：內蒙古大學出版社，2003 年。

82. 周建忠：《楚辭考論》，北京：商務印書館，2003 年。

83. 周建忠：《當代楚辭研究論綱》，武漢：湖北教育出版社，1992 年。

84. 周振甫：《文心雕龍今譯》，北京：中華書局，1986 年。

85. 周葦風：《楚辭發生學研究》，桂林：廣西師範大學出版社，2008 年。

86. 季旭昇：《説文新證》，臺北：藝文印書館，2014 年。

87. 尚學鋒、過常寶、郭英德：《中國古典文學接受史》，濟南：山東教育出版社，2000 年。

88. 屈萬里、昌彼德著，潘美月增訂：《圖書板本學要略》，臺北："中華文化大學"出版部，1986 年。

89. 岡村繁著，陸鏡光譯：《周漢文學史考》，上海：上海古籍出版社，2002 年。

90. 易重廉：《中國楚辭學史》，長沙：湖南出版社，1991 年。

91. 林庚：《天問箋釋》，《林庚楚辭研究兩種》，北京：清華大學出版社，2007 年。

92. 林清源：《簡牘帛書標題格式研究》，臺北：藝文印書館，2004 年。

93. 林雲銘：《楚辭燈》，《四庫全書存目叢書》據遼寧大學圖書館藏清康熙三十六年（1697）挹奎樓刻本影印，濟南：齊魯書社，1997 年。

94. 林蓮仙：《楚辭音均》，香港：昭明出版社，1979 年。

95. 金春峰：《漢代思想史》，北京：中國社會科學出版社，1977 年。

96. 金開誠：《屈原辭研究》，南京：江蘇古籍出版社，1992 年。

97. 俞樾：《九九銷夏録》，北京：中華書局，1995 年。

98. 俞樾等撰：《古書疑義舉例五種》，北京：中華書局，1956 年。

99. 姚小鷗主編：《清華簡與先秦經學文獻研究》，北京：生活・讀書・新知三聯書店，2016 年。

100. 姚名達：《中國目録學史》，上海：上海古籍出版社，2005 年。

101. 姚伯岳：《中國圖書版本學》，北京：北京大學出版社，2004 年。

102. 姚振宗：《七略別録佚文》，《續修四庫全書》據復旦大學圖書館藏稿本影印，上海：上海古籍出版社，1995 年。

103. 姚振宗：《後漢藝文志》，《二十五史補編》，北京：中華書局，1955 年。

104. 姚振宗輯録，鄧駿捷校補：《七略別録佚文》《七略佚文》，澳門：澳門大學，2007 年。

105. 姜亮夫：《姜亮夫全集》，昆明：雲南人民出版社，2002 年。

106. 姜亮夫：《楚辭書目五種》，北京：中華書局，1961 年。

107. 查屏球：《從游士到儒士——漢唐士風與文風論稿》，上海：復旦大學出版社，2005 年。

108. 段玉裁：《經韻樓集》，《續修四庫全書》據嘉慶十九年（1814）刻本影印，上海：上海古籍出版社，1995 年。

109. 洪興祖撰，白化文等點校：《楚辭補注》，北京：中華書局，1983 年。

110. 胡樸安、胡道静：《校讎學》，臺北：臺灣商務印書館，1968 年。

111. 范祥雍編：《古本竹書紀年輯校訂補》，上海：上海人民出版社，1962 年。

112. 范曄撰,李賢等注:《後漢書》,北京:中華書局,1965 年。

113. 唐作藩:《上古音手册》,南京:江蘇人民出版社,1982 年。

114. 夏含夷:《古史異觀》,上海:上海古籍出版社,2005 年。

115. 孫詒讓:《札迻》,北京:中華書局,1989 年。

116. 孫詒讓撰,孫啓治點校:《墨子閒詁》,北京:中華書局,
     2001 年。

117. 徐中舒主編:《甲骨文字典》,成都:四川辭書出版社,
     1989 年。

118. 徐仁甫:《廣古書疑義舉例》,北京:中華書局,2014 年。

119. 徐元誥撰,王樹民、沈長雲點校:《國語集解》,北京:中華書
     局,2002 年。

120. 徐天麟:《東漢會要》,上海:上海古籍出版社,1978 年。

121. 徐在國:《上博楚簡文字聲系》,合肥:安徽大學出版社,
     2013 年。

122. 徐志嘯:《日本楚辭研究論綱》,北京:學苑出版社,2004 年。

123. 徐復觀:《兩漢思想史》,上海:華東師範大學出版社,
     2001 年。

124. 晁公武撰,孫猛校證:《郡齋讀書志》,上海:上海古籍出版
     社,1990 年。

125. 晁補之:《雞肋集》,《景印文淵閣四庫全書》,臺北:臺灣商務
     印書館,1986 年。

126. 晏昌貴:《巫鬼與淫祀——楚簡所見方術宗教考》,武漢:武
     漢大學出版社,2010 年。

127. 桓寬著,王利器校注:《鹽鐵論校注》,天津:天津古籍出版
     社,1983 年。

128. 殷光熹：《楚辭論叢》，成都：巴蜀書社，2008 年。

129. 班固撰，顏師古注：《漢書》，北京：中華書局，1962 年。

130. 馬承源主編：《上海博物館藏戰國楚竹書》（第五冊），上海：上海古籍出版社，2005 年。

131. 馬國翰：《玉函山房輯佚書》，《續修四庫全書》據清光緒九年（1883）嫏嬛館刻本影印，上海：上海古籍出版社，1995 年。

132. 馬總：《意林》，《景印文淵閣四庫全書》，臺北：臺灣商務印書館，1986 年。

133. 高似孫：《子略》，王雲五主編：《叢書集成初編》，上海：商務印書館，1939 年。

134. 高步瀛：《唐宋文舉要》，上海：上海古籍出版社，1982 年。

135. 高敏：《秦漢史探討》，鄭州：中州古籍出版社，1986 年。

136. "中央圖書館"特藏組編：《"國立中央圖書館"善本題跋真迹》，臺北："國立中央圖書館"，1982 年。

137. "國家圖書館"特藏組：《"國家圖書館"善本書志初稿》，臺北："國家圖書館"，1999 年。

138. 崔富章、李大明主編：《楚辭集校集釋》，武漢：湖北教育出版社，2003 年。

139. 崔富章：《楚辭書目五種續編》，上海：上海古籍出版社，1993 年。

140. 崔富章總主編：《楚辭著作提要》，武漢：湖北教育出版社，2002 年。

141. 張世超、孫凌安、金國泰、馬如森：《金文形義通解》，京都：中文出版社，1996 年。

142. 張民權：《清代前期古音學研究》，北京：北京廣播學院出版社,2002 年。

143. 張君房:《雲笈七籤》,《景印文淵閣四庫全書》,臺北:臺灣商務印書館,1986 年。

144. 張高評:《印刷傳媒與宋詩特色——兼論圖書傳播與詩分唐宋》,臺北:里仁書局,2008 年。

145. 張涌泉:《敦煌寫本文獻學》,蘭州:甘肅教育出版社,2011 年。

146. 張舜徽:《廣校讎略》,《張舜徽集》,武漢:華中師範大學出版社,2004 年。

147. 張隆溪:《中西文化研究十論》,上海:復旦大學出版社,2005 年。

148. 張溥:《漢魏六朝百三家集》,《景印文淵閣四庫全書》,臺北:臺灣商務印書館,1986 年。

149. 張溥:《漢魏六朝百三家題辭》,北京:人民文學出版社,1960 年。

150. 張溥著,殷孟倫注:《漢魏六朝百三家集題辭注》,北京:人民文學出版社,1960 年。

151. 張德夫修,皇甫汸纂:《長洲縣志》,《天一閣藏明代方志選刊續編》據明隆慶五年(1571)刻本影印,上海:上海書店,1990 年。

152. 張鶴泉:《周代祭祀研究》,臺北:文津出版社,1993 年。

153. 曹峰:《上博楚簡思想研究》,臺北:萬卷樓圖書股份有限公司,2006 年。

154. 曹晉:《屈原與司馬遷的人格悲劇》,上海:上海古籍出版社,2008 年。

155. 曹書傑：《后稷傳説與稷祀文化》，北京：社會科學文獻出版社，2006 年。

156. 梁啓超：《中國之美文及其歷史》，北京：東方出版社，1996 年。

157. 梅鼎祚：《東漢文紀》，《景印文淵閣四庫全書》，臺北：臺灣商務印書館，1986 年。

158. 章太炎：《章太炎全集》，上海：上海人民出版社，1982 年。

159. 章學誠著，葉瑛校注：《文史通義》，北京：中華書局，1985 年。

160. 莊允益：《王註楚辭》，日本寬延二年(1749)庚午五月莊允益校刊，江都書肆前川六左衛門發行，早稻田大學藏本。

161. 許又方：《主題屬性的追尋與重構——屈原的身份認同及漢人對他的閲讀與書寫》，臺北：大安出版社，2011 年。

162. 許子濱：《王逸〈楚辭章句〉發微》，上海：上海古籍出版社，2011 年。

163. 許建勛、徐洪興：《中國經學史》，上海：上海人民出版社，2006 年。

164. 許慎：《説文解字》，北京：中華書局，1963 年。

165. 郭建勛：《漢魏六朝騷體文學研究》，長沙：湖南教育出版社，1997 年。

166. 郭建勛：《辭賦文體研究》，北京：中華書局，2007 年。

167. 郭英德：《中國古代文體學論稿》，北京：北京大學出版社，2005 年。

168. 郭璞：《山海經》，《景印文淵閣四庫全書》，臺北：臺灣商務印書館，1986 年。

169. 陳本禮：《屈辭精義》，《續修四庫全書》據清嘉慶(1796—

1820)刻本影印,上海:上海古籍出版社,1995年。

170. 陳立撰,吳則虞點校:《白虎通疏證》,北京:中華書局,1994年。

171. 陳初生編纂,曾憲通審校:《金文常用字典》,西安:陝西人民出版社,1987年。

172. 陳振孫撰,徐小蠻、顧美華點校:《直齋書録解題》,臺北:臺灣商務印書館,1986年。

173. 陳偉強:《漢唐文學的歷史文化考察》,南京:鳳凰出版社,2014年。

174. 陳寅恪:《金明館叢稿初編》,上海,上海古籍出版社,1980年。

175. 陳煒舜:《明代前期楚辭學史論》,臺北:臺灣學生書局,2011年。

176. 陳壽:《三國志》,北京:中華書局,1964年。

177. 陳夢家:《漢簡綴述》,北京:中華書局,1980年。

178. 陳耀文:《天中記》,《景印文淵閣四庫全書》,臺北:臺灣商務印書館,1986年。

179. 陸侃如:《中古文學繫年》,北京:人民文學出版社,1985年。

180. 傅增湘:《藏園羣書經眼録》,北京:中華書局,1983年。

181. 勞格:《讀書雜識》,《叢書集成續編》據光緒戊寅(1878)吳興丁氏刊月河精舍叢鈔本影印,臺北:新文豐出版公司,1989年。

182. 曾樸:《補後漢書藝文志并考》,《二十五史補編》,北京:中華書局,1955年。

183. 游志誠:《文選綜合學》,臺北:文史哲出版社,2010年。

184. 湯用彤:《理學·玄學·佛學》,北京:北京大學出版社,

1991 年。

185. 湯炳正、李大明、李誠、熊良智：《楚辭今注》，上海：上海古籍
出版社，1996 年。

186. 湯炳正：《屈賦新探》，濟南：齊魯書社，1984 年。

187. 湯炳正：《淵研樓屈學存稿》，北京：中國社會科學出版社，華
齡出版社，2004 年。

188. 程樹德：《論語集釋》，北京：中華書局，1990 年。

189. 黃永年：《古文獻學四講》，廈門：鷺江出版社，2003 年。

190. 黃建榮：《楚辭訓詁史》，北京：高等教育出版社，2015 年。

191. 黃省曾：《五嶽山人集》，《四庫全書存目》據南京圖書館藏明
嘉靖（1507—1567）刻本影印，濟南：齊魯書社，1997 年。

192. 黃虞稷撰，瞿鳳起、潘景鄭整理：《千頃堂書目》，上海：上海
古籍出版社，2001 年。

193. 黃壽祺、張善文：《周易譯注》，上海：上海古籍出版社，
1989 年。

194. 黃德寬主編：《古文字譜系疏證》，北京：商務印書館，
2007 年。

195. 黃靈庚：《楚辭文獻叢考》，北京：國家圖書館，2017 年。

196. 黃靈庚：《楚辭章句疏證》，北京：中華書局，2007 年。

197. 黃靈庚：《楚辭集校》，上海：上海古籍出版社，2010 年。

198. 黃靈庚主編：《楚辭文獻叢刊》，北京：國家圖書館出版社，
2014 年。

199. 勞倫斯・A・施奈德著，張嘯虎、蔡靖泉譯，張嘯虎校：《楚國
狂人屈原與中國政治神話》，武漢：湖北教育出版社，
1990 年。

200. 楊天宇：《鄭玄三禮注研究》，天津：天津人民出版社，2007年。

201. 楊守敬：《日本訪書志》，《楊守敬集》，武漢：湖北人民出版社，1997年。

202. 楊伯峻：《春秋左傳注》，北京：中華書局，1990年修訂本。

203. 楊寬：《西周史》，上海：上海人民出版社，2003年。

204. 楊樹達：《論語疏證》，上海：上海古籍出版社，2006年。

205. 葉德輝撰，楊洪升點校：《郎園讀書志》，上海：上海古籍出版社，2010年。

206. 董運庭：《楚辭與屈原辭再考辨》，北京：中國社會科學出版社，2005年。

207. 虞世南編：《北堂書鈔》，東京大學東洋文化研究所藏萬曆二十八年（1601）序刊本。

208. 道宣編：《廣弘明集》，《景印文淵閣四庫全書》，臺北：臺灣商務印書館，1986年。

209. 廖名春：《周易經傳與易學史新論》，濟南：齊魯書社，2001年。

210. 廖棟樑：《倫理·歷史·藝術：古代楚辭學的建構》，臺北：里仁書局，2008年。

211. 廖棟樑：《靈均餘影：古代楚辭學論集》，臺北：里仁書局，2010年。

212. 熊小明編著：《中國古籍版刻圖志》，武漢：湖北人民出版社，2007年。

213. 熊良智：《楚辭文化研究》，成都：巴蜀書社，2002年。

214. 聞一多：《聞一多全集》，武漢：湖北人民出版社，1993年。

215. 褚斌傑：《楚辭要論》，北京：北京大學出版社，2003 年。

216. 趙誠編著：《甲骨文簡明詞典——卜辭分類讀本》，北京：中華書局，1988 年。

217. 劉文典撰，馮逸、喬華點校：《淮南鴻烈集解》，北京：中華書局，1989 年。

218. 劉永濟：《屈賦通箋》，北京：中華書局，2007 年。

219. 劉永濟：《屈賦釋詞》，北京：中華書局，2007 年。

220. 劉永濟：《箋屈餘義》，北京：中華書局，2007 年。

221. 劉向撰，向宗魯校證：《說苑校證》，北京：中華書局，1987 年。

222. 劉知幾撰，趙呂甫校注：《史通新校注》，重慶：重慶出版社，1990 年。

223. 劉昫等撰：《舊唐書》，北京：中華書局，1975 年。

224. 劉桓：《甲骨徵史》，哈爾濱：黑龍江教育出版社，2002 年。

225. 劉夢鵬：《屈子章句》，《四庫全書存目叢書》據清華大學圖書館藏清乾隆五十四年(1789)藜青堂刻本影印，濟南：齊魯書社，1996 年。

226. 劉鳳：《續吳先生賢讚》，《四庫全書存目叢書》據中國科學院圖書館藏明萬曆(1573—1620)刻本影印，濟南：齊魯書社，1997 年。

227. 歐陽修、宋祁撰：《新唐書》，北京：中華書局，1975 年。

228. 歐陽詢：《藝文類聚》，《景印文淵閣四庫全書》，臺北：臺灣商務印書館，1986 年。

229. 潘嘯龍、毛慶主編：《楚辭學著作提要》，武漢：湖北教育出版社，2002 年。

230. 蔡節：《論語集說》，《景印文淵閣四庫全書》，臺北：臺灣商務印書館，1986 年。

231. 蔣天樞：《楚辭校釋》，上海：上海古籍出版社，1989 年。

232. 蔣天樞：《楚辭論文集》，西安：陝西人民出版社，1982 年。

233. 蔣寅：《古典詩學的現代詮釋》，北京：中華書局，2009 年。

234. 鄧聲國：《王逸〈楚辭章句〉考論》，北京：國家圖書館出版社，
2011 年。

235. 鄭玄注，賈公彥疏：《儀禮注疏》，北京：北京大學出版社，
1999 年。

236. 黎靖德編，王星賢點校：《朱子語類》，北京：中華書局，
1985 年。

237. 盧文弨：《鍾山札記》，《續修四庫全書》據復旦大學圖書館藏
清抱經堂叢書本影印，上海：上海古籍出版社，1995 年。

238. 蕭統編，李善、呂延濟、劉良、張銑、呂向、李周翰註：《六臣註
文選》，北京：中華書局，1987 年。

239. 蕭統編，李善注：《文選》，北京：中華書局，1977 年。

240. 錢大昕：《十駕齋養新録》，南京：江蘇古籍出版社，2000 年。

241. 錢澄之：《莊屈合詁》，《四庫全書存目叢書》據華東師範大學
圖書館藏清康熙（1662—1722）斲雘堂刻本影印，濟南：齊魯
書社，1997 年。

242. 謝維揚、房鑫亮主編；傅傑、鄔國義分卷主編：《王國維全集》，
杭州：浙江教育出版社，2009 年。

243. 韓嬰撰，許維遹校釋：《韓詩外傳集釋》，北京：中華書局，
1980 年。

244. 顏崑陽：《李商隱詩箋釋方法論——中國古典詮釋學例説》，
臺北：里仁書局，2005 年。

245. 魏建震：《先秦社祀研究》，北京：人民出版社，2008 年。

246. 魏徵等撰：《隋書》，北京：中華書局，1973 年。

247. 魏禧：《魏叔子詩集》，《續修四庫全書》據復旦大學圖書館藏
　　清易堂刻《寧都三魏全集》本影印，上海：上海古籍出版社，
　　1995 年。

248. 羅願：《爾雅翼》，《景印文淵閣四庫全書》，臺北：臺灣商務印
　　書館，1986 年。

249. 藤原佐世：《日本國見在書目錄》，臺北：新文豐出版社，
　　1984 年。

250. 譚介甫：《屈賦新編》，北京：中華書局，1978 年。

251. 嚴可均：《全後漢文》，北京：商務印書館，1999 年。

252. 顧炎武：《音學五書》，北京：中華書局，1982 年。

253. 顧懷三：《補後漢書藝文志》，《二十五史補編》，北京：中華書
　　局，1955 年。

254. 龔克昌等評注：《全漢賦評注》，石家莊：花山文藝出版社，
　　2003 年。

乙、期刊論文

1. 丁延峰：《〈隋書·經籍志〉之“梁有”考釋》，《中國文化研究》
　　2005 年秋之卷，頁 135—139。

2. 大明：《王逸著作存佚略考》，《四川師範大學學報》（社會科學
　　版），總第 120 期，頁 56。

3. 小南一郎著，張超然譯：《王逸〈楚辭章句〉研究——漢代章句
　　學的一個面向》，《中國文哲研究通訊》第十一卷第四期（2001
　　年 12 月），頁 1—35。（此文亦見小南一郎著，劉萍譯：《王逸

〈楚辭章句〉在漢代注釋史上的地位》,《古籍整理與研究》第 6
期,1991 年 6 月,頁 277—285。)

4. 王仁禄:《東漢儒家佚籍輯本考》,《學術論文集刊》第四期
(1977 年),頁 33—46。

5. 王宏理:《楚辭成書之思考》,《杭州大學學報》第 26 卷第 1 期
(1996 年 3 月),頁 42—51。

6. 王雲渠:《楚辭十六卷是劉向所校集的麼(一)》,《北平晨報》
1931 年 11 月 24、26、27 日。

7. 王蘊智:《從花東卜辭"其雨亡后"談古"后"字的釋讀》,《華夏
考古》2011 年第 4 期,頁 131—136。

8. 王顯:《屈賦的韻例》,《語文研究》1984 年第 1 期(總第 6 期),
頁 43—66。

9. 朱鳳瀚:《商周時期的天神崇拜》,《中國社會科學》1993 年第 4
期,頁 191—211。

10. 大明:《王逸著作存佚略考》,《四川師範大學學報》(社會科學
版)2000 年第 3 期,頁 56。

11. 李大明:《兩漢〈楚辭〉訓解佚說考》,《貴州教育學院學報》1990
年第 2 期,頁 7—17。

12. 李清宇:《五嶽山人黃省曾年表稿》,《中國文學研究》2014 年
01 期,頁 113—122。

13. 林維純:《試論〈楚辭章句〉"序文"的作者問題》,《暨南學報》
(哲學社會科學版),1986 年第 2 期,頁 47—62。

14. 林維純:《劉向編集〈楚辭〉初探》,《暨南學報》,1984 年第三期,
頁 86—92。

15. 姚小鷗、盧翮:《〈清華簡·赤鵠〉篇與"后土"人格化》,《民俗研

究》2013 年第 3 期(總第 109 期),頁 95—98。

16. 施盈佑:《再探王逸〈楚辭章句〉之注釋型態》,《淡江人文社會學刊》第 38 期(2009 年 6 月),頁 29—49。

17. 徐利華:《論陰陽五行説對〈楚辭章句〉的影響》,《唐山師範學院學報》,2008 年第 6 期,頁 33—36。

18. 崔富章:《楚辭校勘文獻概論》,《南通師範學院學報》(哲學社會科學版)第 1 期(2001 年 3 月),頁 20—25。

19. 張宗品:《東漢校書考》,《漢學研究》第 35 卷第 3 期(2017 年 9 月),頁 67—104。

20. 曹建國:《〈楚辭章句〉韻體注考論》,《文學評論》第 2 期(2008 年),頁 118—125。

21. 郭明芳:《從"東海大學圖書館"藏〈正續名世文宗〉考論是書刊印時地》,《東海大學圖書館館訊》第 143 期(2013 年 8 月),頁 57—61。

22. 陳松青:《王逸注解〈楚辭〉的文學視角——〈楚辭章句〉之"八字注"探析》,《中國文學研究》2003 年 01 期,頁 77—82。

23. 陳耀基:《楚辭體式探論》,《漢學研究》第 22 卷第 2 期(2014 年 12 月),頁 455—483。

24. 喻遂生:《〈老子〉用韻研究》,《西南師範大學學報》(哲學社會科學版),1995 年第 1 期,頁 108—114。

25. 黃耀堃、戴慶成:《〈楚辭補注〉引〈楚辭釋文〉研究》,《漢學研究》第 23 卷第 2 期(2005 年 12 月),頁 439—466。

26. 黃耀堃:《兩漢辭賦亂辭考》,《新亞學術集刊》第十三卷(1994 年),頁 287—305。

27. 黃耀堃:《論〈楚辭〉與〈萬葉集〉的反歌——兼論〈抽思〉的"亂

辭"和〈反離騷〉的性質》,《輔仁國文學報》第十七期（2001 年）,頁 55—76。

28. 黃靈庚:《〈九思〉序文及注作於六朝考》,《古籍整理研究學刊》2002 年 3 月第 2 期,頁 54—55。

29. 黃靈庚:《〈楚辭〉十七卷成書考辯》,《復旦學報》（社會科學版）,2008 年第 3 期,頁 2—9。

30. 黃靈庚:《關於王逸〈楚辭章句〉的校理》,《中國文化研究》2003 年第 2 期,頁 54—62。

31. 劉利:《讀王逸〈楚辭章句〉》,《徐州師範學院學報》（哲學社會科學版）,1987 年第 3 期,頁 120—126。

32. 劉雅萌:《王逸〈楚辭章句〉韻語注新探》,《浙江學刊》2019 年第 3 期,頁 206—214。

33. 劉漢初:《王逸〈楚辭章句〉的詮釋理念——兩漢以人論文批評觀的一個考察》,《臺北師院學報》第九期（1995 年）,頁 223—240。

34. 魯瑞菁:《"〈離騷〉稱經"與漢代章句學》,《靜宜人文社會科學報》2007 年 2 月第一卷第二期,頁 1—30。

35. 蕭登福:《后土與地母——試論土地諸神及地母信仰》,《運城學院學報》第 23 卷第 1 期（2005 年 2 月）,頁 14—20。

丙、文集論文

1. 于省吾:《壽縣蔡侯墓銅器銘文考釋・吳王光鑑》,《古文字研究》,北京:中華書局,1979 年,第一輯,頁 40—54。

2. 王博:《早期出土文獻與經典詮釋的幾個問題》,葉國良編:《文獻及語言知識與經典詮釋的關係》,臺北:財團法人喜瑪拉雅研究發展基金會,2003 年,頁 27—51。

3. 白馬:《重建王逸〈楚辭章句〉的立足點——再論今已失傳的劉安〈離騷傳〉》,《中國楚辭學》,北京:學苑出版社,2009 年,第十二輯,頁 1—39。

4. 白馬著,張慧文譯:《不同的評注,不同的評注者——以〈楚辭章句〉的多樣化評注爲基礎試探本書的成書的過程》,《中國楚辭學》,北京:學苑出版社,2007 年,第九輯,頁 89—124。

5. 白馬:《關於〈楚辭章句〉評注類型研究的研究目標》,中國屈原學會編:《中國楚辭學》,北京:學苑出版社,2011 年,第十八輯,頁 158—166。

6. 朱東潤:《楚歌及楚辭——楚辭探故之一》、《離騷底作者——楚辭探故之二》、《淮南王安及其作品——楚辭探故之三》、《離騷以外的屈賦——楚辭探故之四》,作家出版社編輯部編:《楚辭研究論文集》,北京:作家出版社,1957 年,頁 365—396。

7. 吳萬鍾:《王逸理解的〈離騷〉》,《中國楚辭學》,北京:學苑出版社,2005 年,第七輯,頁 116—131。

8. 李大明:《王逸生平事蹟考略》,《楚辭研究》,濟南:齊魯書社,1988 年,頁 414—429。

9. 李零:《出土發現與古書年代的再認識》,《李零自選集》,桂林:廣西師範大學出版社,1998 年,頁 30—57。

10. 李零:《郭店楚簡研究中的兩個問題——美國達慕思學院郭店楚簡〈老子〉國際學術討論會感想》,武漢大學中國文化研究院編:《郭店楚簡國際學術研討會論文集》,武漢:湖北人民出版社,2000 年,頁 47—52。

11. 沈建華:《釋卜辭中的"后土"及其相關字》,《初學集:沈建華甲骨學論文選》，北京：文物出版社，2008 年，頁 143—148。

12. 邵榮芬：《古韻魚侯兩部在前漢時期的分合》，《邵榮芬語言學論文集》，北京：商務印書館，2009 年，頁 51—69。

13. 金周生：《〈楚辭章句〉用韻考論》，《第七屆海峽兩岸先秦兩漢學術研討會論文集》，北京：北京師範大學文學院，2009 年，頁 74—102。

14. 金周生：《王逸用韻注〈楚辭〉現象初探》，臺灣中山大學中國文學系、中國訓詁學會編：《第一屆國際暨第三屆全國訓詁學學術研討會論文集》，臺北：中國訓詁學會出版；文史哲發行，1997 年，頁 569—604。

15. 胡適：《元典章校補釋例序》，陳垣《校勘學釋例》，北京：中華書局，1959 年，頁 1—15。

16. 張政烺：《〈王逸集〉牙籤考證》，《張政烺文史論集》，北京：中華書局，2004 年，頁 201—207。

17. 張祝平：《〈楚辭章句〉所引"或曰"蠡測二則》，中國屈原學會編，《中國楚辭學》，北京：學苑出版社，2013 年，第十九輯，頁 160—168。

18. 郭沫若：《釋祖妣》，《甲骨文字研究》，北京：中國科學院，1962 年，頁 15—60。

19. 陳寅恪：《支愍度學説考》，《金明館叢稿初編》，上海：上海古籍出版社，1980 年，頁 141—167。

20. 陳鴻圖：《〈楚辭章句〉韻文注的時代》，中國屈原學會編：《中國楚辭學》，北京：學苑出版社，2011 年，第十六輯，頁 285—294。

21. 游國恩：《〈楚辭·九辯〉的作者問題》，《游國恩學術論文集》，北京：中華書局，1999 年，頁 189—197。

22. 馮時：《夏社考》，中國社會科學院考古研究所編：《21 世紀中
國考古學與世界考古學》，北京：中國社會科學院，2002 年，頁
223—237。

23. 黄俊傑：《儒家論述中的歷史敘述與普遍理則》，《中國經典詮
釋傳統(一)：通論篇》，臺北：喜瑪拉雅研究發展基金會，2002
年，頁 403—431。

24. 黄耀堃：《〈老子道德經河上公章句〉音韻文字札記》，《黄耀堃
語言學論文集》，南京：鳳凰出版社，2004 年，頁 195—222。

25. 黄耀堃：《〈漁父〉的韻文注——〈楚辭章句〉韻文注研究》，中國
屈原學會編：《中國楚辭學》，北京：學苑出版社，2016 年，第二
十四輯，頁 40—49。

26. 黄耀堃：《從〈史記〉論〈懷沙〉的文本與韻讀》，中國屈原學會
編：《中國楚辭學》，北京：學苑出版社，2011 年，第十六輯，頁
177—188。

27. 黄耀堃：《韻讀與解讀——讀〈楚辭章句·漁父〉韻文注札記》，
陳新雄教授八秩誕辰紀念論文集編輯委員會：《陳新雄教授八
秩誕辰紀念論文集》，臺北：萬卷樓圖書股份有限公司，2015
年，頁 491—501。

28. 黄耀堃：《讀〈九辯〉章句——〈楚辭章句〉韻文注研究之二》，中
國屈原學會編：《中國楚辭學》，北京：學苑出版社，2019 年，第
二十六輯，頁 1—14。

29. 葉志衡：《日本莊允益本〈離騷章句〉異文辨析》，中國屈原學會
編：《中國楚辭學》，北京：學苑出版社，2005 年，第七輯，頁
159—178。

30. 虞萬里：《從古方音看歌支的關係及其演變》，《榆枋齋學術論集》，南京：江蘇古籍出版社，2001 年，頁 1—47。

31. 鄭良樹：《論重文現象與屈宋作品年代考釋》，《百年漢學論集》，臺北：臺灣學生書局，2007 年，頁 397—411。

32. 魯瑞菁：《由〈楚辭〉在漢晉南朝的傳播論〈楚辭章句〉韻體釋文的生成》，中國屈原學會編：《中國楚辭學》，北京：學苑出版社，2015 年，第二十二輯，頁 244—265。

33. 魯瑞菁：《論王逸〈楚辭章句〉的聖人觀》，《臺灣學術新視野——中國文學之部（一）》，臺北：五南圖書出版公司，2007 年，頁 25—64。

丁、學位論文

1. 王成娟：《黃省曾研究》，杭州：浙江大學碩士學位論文，2007 年。

2. 姚蕙清：《〈楚辭補注〉研究》，香港中文大學研究院中國語言及文學學部哲學碩士論文，2003 年。

3. 張麗萍：《〈楚辭章句〉和〈楚辭補注〉訓詁比較》，蘭州大學碩士學位論文，2007 年。

4. 許子濱：《屈原行義王逸說考辨》，香港中文大學研究院中國語言及文學學部哲學碩士論文，1994 年。

5. 陳煒舜：《明代楚辭學研究》，香港中文大學研究院中國語言及文學學部哲學博士論文，2003 年。

6. 葛文傑：《王逸〈楚辭章句〉訓詁》，南京師範大學碩士學位論文，2005 年。

7. 劉利：《王逸〈楚辭章句〉訓詁研究》，徐州師範學院文學研究所碩士學位論文，1987 年。

8. 龔佚：《〈楚辭〉研究三題》，廣西師範大學碩士學位論文，
2007 年。

二、外文論著

甲、日文

1. 宮野直也：《"楚辞章句"引書考》，《鹿児島女子大学研究紀要》
第 11 卷第 1 號（1990 年），頁 251—271。

2. 宮野直也：《王逸"楚辞章句"の注釈態度について》，《日本中
国学会報》39 集（1987 年），頁 84—98。

3. 宮野直也：《班固と王逸の屈原評価について》，《九州中国学
会報》26 卷（1987 年），頁 37—55。

4. 小南一郎：《楚辞とその注釈者たち》，京都：朋友書店，
2003 年。

5. 竹治貞夫：《楚辞研究》，東京：風間書房，1978 年。

6. 田宮昌子：《テクストとしての王逸"楚辭章句"：その問題
点》，《宮崎公立大學人文學部紀要》第 13 卷第 1 號（2006 年），
頁 171—181。

7. 田宮昌子：《王逸"楚辭章句"全卷における"離騷"テーマの展
開》，《宮崎公立大學人文學部紀要》第 19 卷第 1 號（2012 年），
頁 59—78。

8. 田宮昌子：《王逸"楚辭章句"注文にみる屈原像の祖型》，載大
野圭介主編：《楚辞と楚文化の総合的研究》（東京：汲古書
院，2014 年），頁 349—378。

9. 田島花野：《"楚辞章句""漁父"注の押韻（付）"卜居"注の前漢音》,《東北大學中國語學文學論集》,第 25 號,2019 年 12 月 30 日,頁 37—60。

10. 田島花野：《"楚辞章句""卜居"注の押韻》,《東北大學中國語學文學論集》,第 23 號,2018 年 12 月 30 日,頁 1—16。

11. 淺野通有：《"楚辞章句"における九弁の編次——王逸によって意図された経伝的構想》,《國學院雜誌》71（7）期,1970 年 7 月,頁 1—11。

12. 淺野通有：《漢代の楚辭——楚辭章句成立への過程》,《漢文學會會報》第 14 輯（1968 年）,頁 13—24。

乙、西文

1. Chan Timothy Wai Keung. "The Jing/Zhuan Structure of the *Chuci* Anthology: A New Approach to the Authorship of Some of the Poems", *T'oung Pao* 84(1998), pp.293 - 327.

2. Chan Timothy Wai Keung. *Considering the End: Mortality in Early Medieval Chinese Poetic*. Leiden: Brill, 2012.

3. Hawkes David, trans. *The Songs of the South: An Ancient Chinese Anthology of Poems by Qu Yuan and Other Poets*. London: Penguin Books Ltd, 1985.

4. Knechtges David R. and Chang Taiping. *Ancient and Early Medieval Chinese Literature: A Reference Guide*, Leiden: Brill, 2013.

5. Loewe Michael (ed). *Early Chinese Texts: A Bibliographical Guide*. Berkeley: Society for the Study of Early China; Institute

of East Asian Studies, University of California, 1993.

6. Schimmelpfennig Michael, Qu Yuan's Transformation from Realized Man to True Poet: The Han-Dynasty Commentary of Wang Yi to the "Lisao" and the *Songs of Chu*. Ph. D. diss., University of Heidelberg, 1999.

7. Schimmelpfennig Michael: "The Quest for a Classic: Wang Yi and the Exegetical Prehistory of his Commentary to the *Songs of Chu*", *Early China* 29 (January 2004), pp.111 - 162.

8. Sukhu Gopal. *The Shaman and the Heresiarch: A New Interpretation of the Li Sao*. New York: State University of New York Press, 2012.

9. Sukhu Gopal. *The Songs of Chu: An Anthology of Ancient Chinese Poetry by Qu Yuan and Others*. New York: Columbia University Press, 2017.

10. Waters Geoffrey R. Three Elegies of Ch'u: An Introduction to the Traditional Interpretation of the *Ch'u Tz'u*. Ph. D. diss. Indiana University, 1980.

11. Zhang Haihui, Xue Zhaohui, Jiang Shuyong, and Gary L. Lugar. ed. *A Scholarly Review of Chinese Studies in North America*. Ann Arbor: Asia Past & Present: New Research from AAS, no. 11, 2013.

12. Zikpi Monica E. M. "Wanton Goddesses to Unspoken Worthies: Gendered Hermeneutics in the *Chu Ci Zhangju*", *Early China* 41 (January 2018), pp.333 - 374.

後　記

　　本書是在我的博士學位論文基礎上修訂而成的。2007年我在香港中文大學中文系修讀博士課程，蒙業師黄耀堃教授提議，開始以《楚辭章句》爲題撰寫博士論文。經過三年的時間，初稿終於在2010年完成。論文通過答辯後，又增寫了第二章《正德本〈楚辭章句〉刊刻及版本考略》，以及附録所收《方績〈屈子正音〉及其用韻研究》和《〈天問〉“后帝”與地神祭祀釋證》兩篇文章。

　　楚辭學向來是中國古代文學中的“顯學”，歷代研究論著多不勝數。自西漢劉向將《楚辭》編纂成書以來，研治者日衆，當中又以東漢王逸保存的《楚辭章句》最受學者推重。然而相對於《楚辭》一書的豐碩研究成果，專以《楚辭章句》爲題的研究專著並不多見，這與其在楚辭學上所取得的地位和價值相比極不相稱。前人對《楚辭章句》的關注不多，或者與此書的注釋較爲“奇特”有關，尤以書中注釋通篇夾雜韻文和散文體注釋，這在兩漢經注中極爲罕見，而其編次不按時代先後又常令人難以理解。然而在我看來，最主要的原因恐怕還是過去一直將《楚辭章句》視爲從屬於《楚辭》的“附注”，因此論述的焦點大多投注於《楚辭》身上，從而掩蓋了《楚辭章句》原有的價值。本書之撰作目的，正是希望解決《楚辭章句》在形成過程中存在的各種問題,藉此窺探古書在形成的過程中所展現的種種變化現象,因此書中所選取的論述方向不採取通論形式,而是立足於前賢的研究成果上,以補充當中所忽略的環節,同時嘗試提出一隅之見。筆者期望透過本書之探討,能對早期古書形成的複雜過程有更深入的認識,並藉此進一步推動《楚辭章句》的研究。

本書中的各章節在完成後均經過重新修改,並於學術期刊、論文集和國際研討會上發表,現將各章發表詳情列之如下:

第一章《王逸〈正部論〉考——兼論其與〈楚辭章句〉之關係》,曾宣讀於香港大學饒宗頤學術館主辦之饒宗頤教授百歲華誕國際學術研討會(2015 年 12 月),將收入《饒宗頤教授百歲華誕國際學術研討會論文集》(北京:中華書局,待刊)。

第二章《正德本〈楚辭章句〉刊刻及版本考略》,《書目季刊》第五十三卷第二期(2019 年 9 月),頁 33—44。

第三章《重論王逸〈楚辭章句〉與劉向〈楚辭〉的關係》,《東華漢學》第二十七輯(2018 年 6 月),頁 63—92。

第四章《論〈楚辭章句〉的編次與經、傳結構》,《經學文獻研究集刊》第十三輯(2015 年 4 月),頁 69—79。

第五章《〈楚辭章句〉韻文注的性質與時代》,前半部從聲韻學角度考證韻文注的時代,曾宣讀於"深圳楚辭學國際學術討論會暨中國屈原學會第十三屆年會"(2009 年 10 月),後收入《中國楚辭學》第十六輯(2011 年 12 月),頁 285—294;後部分論韻文注的類型和句型,曾宣讀於香港中文大學中國語言及文學系、中國古典詩學研究中心聯合主辦之"滄海觀瀾——第三屆古典文學體式與研究方法學術研討會"(2018 年 6 月),後刊登於《淡江中文學報》第三十九期(2018 年 12 月),頁 1—31。

第六章《〈楚辭補注〉本〈楚辭章句〉"一云"與"或曰"論考》，宣讀於香港恒生大學大中華研究中心及中文系合辦之"中國傳統的創造性轉化：中國文學國際研討會"（2018 年 11 月），收入該會論文集，頁 106—131。

第七章《從漢代屈原之爭看王逸〈楚辭章句〉的詮釋方法》曾宣讀於香港中文大學中國語言及文學系主辦之"滄海觀瀾——古典文學體式與研究方法學術研討會"（2016 年 6 月），後刊登於《中國文學學報》第九期（2018 年 11 月），頁 49—68。

附錄一《〈天問〉"后帝"與地神祭祀釋證》，初稿宣讀於"汨羅屈原及楚辭學國際學術研討會暨中國屈原學會第十八屆年會"（2019 年 11 月），收入該會論文集，頁 222—230。

附錄二《方績〈屈子正音〉及其用韻研究》，宣讀於"淮陰屈原及楚辭學國際學術研討會暨中國屈原學會第十六屆年會"（2015 年 7 月），收入《中國楚辭學》第二十六輯（2019 年 6 月），頁 101—106。

此次結集出版，又對原文做了全面修訂，並重新整合內容，同時就知見所及，補充了一些撰文時未及參考和後來新出的相關研究成果。

本書能够順利完成和付梓，端賴黃耀堃老師的指導和訓勉。黃師學養淵博，觀點獨到，從本科到碩士、博士一路以來賜示治學方法，啓發良多，使我終生受益。本書付梓，又蒙黃師題耑賜序，感銘尤深。張光裕老師從本科到現在經常耳提面訓，諄諄教誨，在學術和工作上都給予極大的關懷和支持。魯國堯教授不辭勞苦，多方奔走，居中引薦，令人動容。黃靈庚教授、張健教授和潘銘基教授曾忝任本書博士論文評審委員，在答辯時對初稿提出過不少具體的修改意見，使本文避免犯上一些不必要的錯誤。靈庚教授又多次惠贈大作，殷殷勉勵，深受啓發。陳煒舜教授、蕭振豪教授和許明德博士等師友，從本書初稿到出版面世，都曾給予過關注和協助。上海古籍出版社陳麗娟女士統籌本書，細心校對，令書稿在短時間內面世，勞苦功高，謹在此一併致以衷心的謝忱。又本書部分篇章發表時，曾獲香港特別行政區研究資助局教員發展計劃（UGC/FDS14/H05/17）資助，特此申謝。筆者學殖未深，書中所論難免有粗疏和不足之處，尚祈方家通人不吝指正，是所期盼。

陳鴻圖

二〇二一年六月謹識於香港沙田小瀝源